Daofong: El mar interior

Wang Chia-Hsiang

Daofong:
El Mar Interior

Autor:
Wang Chia-Hsiang 王家祥

Traductoras:
(Hilda) Tsay Su-Hui 蔡淑惠
(Nuria) Chien Jui-ling 簡瑞玲

Revisor:
Sergio Pérez Torres

Corrección de estilo final:
Horacio Gabriel Saavedra Castillo

Primera edición, 2022.
Ediciones El nido del fénix.

Patrocinado por el Ministerio de Cultura
de la República de China (Taiwán)
Sponsored by Ministry of Culture,
Republic of China (Taiwan)

Contacto:
edicioneselnidodelfenix@hotmail.com

ISBN: 978-607-99004-8-9

Punto de partida de la publicación

En la época de la dominación de regímenes externos, la CULTURA AUTÓCTONA es el sustento que mantiene la dignidad y la existencia del pueblo. Una de sus características es hacer especial hincapié en la búsqueda de la historia y el tono suele ser de desconsuelo.

En la época en que la índole de la exterioridad del régimen se desvanece, entonces la cultura local es la cultura del país, es la fuerza motriz fundamental para fortalecer la confianza de la nación e impulsar al desarrollo de la nación y, al mismo tiempo, consolidar el estatus internacional. Su rasgo se inclina a preocuparse por el ambiente vital de la época en la que vive y entonces el tono será optimista y emprendedor.

Vemos con suma claridad que después de cuatrocientos años de la dominación de regímenes externos, hemos entrado poco a poco en la época de la –nueva cultura autóctona–. La esencia de esta nueva cultura local tiene que tener las siguientes características, por lo menos:

1.-Se siente segura de sí misma. Se forma un sistema orgánico, resiste o se fusiona con la cultura extranjera de forma saludable con el propósito de incrementar su saber.

2.-Es tolerante: todas las distintas culturas dentro del territorio son respetadas y viven en armonía. Ya no hay distinción de superioridad ni inferioridad; tampoco existe rechazo mutuo.

3.-Es vital: es la fuente de la esencia de la vida. Su carácter político desaparece: ya no es un arma para resistir la dominación de regímenes externos.

4.-Es una vida nutrida de la tierra, deja de ser un producto creado por ideologías. El cuidado y el amor por esta tierra en la que vivimos es el factor fundamental para crear la nueva cultura autóctona.

Taiwán ya dispone del ambiente para la creación de una nueva cultura autóctona, pero todavía no ha sido completado del todo. Siendo un miembro del círculo cultural, espero que la publicación de la serie de los –nuevos libros autóctonos –pueda aportar un granito de arena a la nueva cultura autóctona.

Confiamos en que, a través de los –nuevos libros autóctonos–, se pueda dar a conocer la nueva cultura autóctona de forma cómoda. Al mismo tiempo, esperamos que, con una actitud de vivir, podamos regar conjuntamente la vida de la nueva cultura autóctona.

Li Yong-De

Contenido

Prólogo
Volver al Mar interior

A menudo vuelvo a la pradera y al Mar interior donde los cazadores de ciervos se movían a sus anchas hace cuatrocientos años. En la costa suroeste de Taiwán de hace cuatrocientos años, del norte al sur estaba el Mar Interior Daofong (actual zona de Nankunshen, Mattau, Jiali), el Mar interior Tayouan (actual zona de Anping, Sicao), la Bahía del pescador (actual zona de la desembocadura del río Erren hasta la península Katiann), el Puerto Yuanjhong (actual Youchang, Houjing) y el Puerto Daiah (actual ciudad de Kaohsiung). Los *sirayas*[1] y la gente de la tribu Makatao vivían en esta zona pantanosa y de pradera, en el cruce entre el río, el mar y las colinas. Muchas veces, los cazadores de ciervos remaban sus canoas atravesando la inmensa marisma del mar interior, subían a la tierra y se adentraban en las praderas y los bosques más espesos para perseguir ciervos. La Sierra Central, extendida en la llanura Jianan, era el lugar donde de vez en vez los cazadores, cuando recorrían el Mar interior y la pradera, levantaban la vista y creían que allí vivían los dioses.

Muchas veces, cuando me siento deprimido por la realidad de la sociedad taiwanesa o cuando deambulo solo por lo que queda de marisma y páramo cerca de la costa, involuntariamente sigo los antiguos documentos volviendo a la antigua Taiwán donde aparecían los dioses. En esa época, los dioses a los que veneraban los cazadores aún amparaban esta tierra. Los dioses se reunían a saborear buenos vinos y, desde la alta montaña, vertían aquello que les quedaba, de manera que cayó hasta hacer surgir el arroyo Baishui. Sus aguas, de color blanco y un poco clara, fluía al río Jishui y los dos ríos llegaron a formar el Mar Interior Daofong.[2]

---

[1] El pueblo *siraya* es un pueblo indígena de Taiwán. Los *sirayas* estaban asentados en la llanura costera de las partes suroeste y este de la isla de Taiwán que corresponde a la ciudad de Tainán y al condado de Taitung. El nombre de Taiwán procede del lenguaje *siraya.*

[2] Para el nombre Daofong, a lo largo del libro empleamos la transcripción basada en la pronunciación del chino mandarín en Taiwán. Otras transcripciones históricas incluyen "Tohon" (neerlandés) y "Tohong" (taiwanés).

Los piratas Han, los pescadores y los contrabandistas seguían los bancos de arena, llamados *Khun-sin* por los chinos, situados fuera del Mar interior y por allí entraban en el Mar interior en busca de las huellas de mújoles y buen puerto para descargar mercancías. La forma de los bancos de arena que emergen en el mar en efecto se parece a un pez gigante del mar. El pez gigante es la ballena, "*hai-ang*", llamada así por los pescadores. En los antiguos documentos holandeses hay la constancia de que el Mar interior Tayouan se llama "el Mar de los huesos de ballena". No se sabe con claridad si se refiere a que en los bancos de arena a menudo muchas ballenas mueren estancadas, mostrando huesos blanquecinos o si la forma extendida de los bancos de arena cerca de la costa parece esqueletos de ballena. Es una historia familiar para los pescadores que, a lo largo de miles de años, las ballenas han llegado a esta marisma de la costa suroeste de abundante alimentación persiguiendo los peces migratorios. Incluso hoy en día, todavía hay ballenas desviadas encalladas en Qigu, Sicao, Anping y la costa de Kaohsiung. Cada año llega gran cantidad de aves migratorias al Lago Sicao donde se encuentra el último resto del Mar interior Tayouan. Existe una sala de exhibición de esqueletos de cachalote al lado del templo Dazhong de Sicao, misma que tiene una colección de restos de estos animales: madre e hijo, varados en la desembocadura del Río Zengwen, lo cual confirma la veracidad de que desde la antigüedad, la zona ha sido un lugar concurrido por las ballenas.

La escena principal de la novela *El Mar Interior Daofong* ocurre en la población Mattau: hace cuatrocientos años, los holandeses lo denominaron "lugar entre dos ríos", debido a que su ubicación está en la planicie aluvial situada entre el río Jishui (tramo arriba del Mar Interior Daofong) y el río Zengwen (antiguamente llamado "*A-ong*"). Es una ubicación geográfica estratégica: Mattau significa "ojo" en la lengua *siraya*; alude a que la población Mattau es el centro de varias poblaciones de la costa suroeste. Hacia el este, se comunica con distintas poblaciones interiores; hacia el oeste, recibe el impacto cultural traído por las poblaciones costeras y los invasores. Sin embargo, mantiene cierta distancia con todos. Saran, el cazador de ciervos –protagonista de la novela–, es el héroe legendario en los ojos de la gente de la población Mattau. El presagio del sueño de la bruja *"el desastre viene del mar"* atraviesa todo el libro e inaugura el preludio de la historia colonial oceánica de Taiwán. Quizás el presagio de la bruja sea verídico. Este gran templo situado en Nankhunsin, lugar que era un banco de arena del Mar Interior Daofong, había aparecido en el sueño de la bruja antes de ser construido hace cuatrocientos años y fue documentado. Más tarde lo descubrí yo y se ha convertido en el enigma de esta historia. El desenlace de este misterio está esperándote después de que abras este libro.

Mis antepasados en línea paterna eran piratas y pescadores que vivían en el Mar interior; los maternos pertenecían a la tribu que era buena pescadora o buena cazadora de ciervos en la tierra interior. En mi sangre fluye el espíritu libre y desafiante de la cultura oceánica. Yo soy una ballena que deambula en la gran Bahía (el Mar interior Tayouan, el origen del nombre de Taiwán) y estoy dispuesto a zarpar hacia el mundo.

Wang Chia-Hsiang
王家祥

Capítulo 1
Vela gigante

El Mar Interior Daofong[3]*,*
entre primavera y verano, 1624 D.C.

En la pequeña canoa (*bangka*), Saran y Gata reman suavemente sobre la superficie del agua, deslizando así la bruma que sobrevuela el agua a primera hora de la mañana. La noche (*soah-hoe*) acaba de abandonar el Mar interior. A ras de la superficie de todos estos bancos de arena flota la niebla. Después de la llegada del alba (*ma-lat-ma-hah*), la niebla (*ma-soan*) bajará su ligero cuerpo y se adherirá en las plantas acuáticas del banco de arena para convertirse posteriormente en rocío (*lat-bok-hah*).

La niebla (*ma-soan*) vuela por el mar (*ma-ong*) hasta que el sol (*i-la-han*) viene a expulsarla. La niebla (*ma-soan*) es la hermana del agua (*lat-lim*) y le encanta volar. Después de que llega la noche (*soah-hoe*) a menudo la niebla (*ma-soan*) asciende, siguiendo la llamada del fantasma (*ma-hu-lan*) desde el río (*a-ong*) que está al lado del bosque, salta desde la hierba (*pa-sek*) de la llanura y desde allí se juntan el banco de peces y las ostras y se convierte en la bruma (*sat-lat-ma*) voladora.

La bruma (*sat-lat-ma*) es la niebla (*ma-soan*) engrandecida, el agua (*lat-lim*) traviesa. El agua (*lat-lim*) que fluye tranquilamente durante el día es clara y transparente y puede curar las enfermedades. El agua (*lat-lim*), seducida por el fantasma (*ma-hu-lan*) de la noche (*soah-hoe*), flota con un movimiento constante por la noche, se transforma en niebla (*ma-soan*). Mucha, mucha agua (*lat-lim*) se convierte en niebla (*ma-soan*), vuela y se reúne en forma de bruma (*sat-lat-ma*) y deja de ser transparente y clara. La bruma (*sat-lat-ma*) bloquea los ojos (*ma-sat*) de la gente,

[3] El Mar Interior Daofong es una laguna costera situada en el sur de Taiwán desde antes del siglo XVIII. Su localización coincide con la zona costera de los distritos actuales Peimen, Sinying, Syuejia, Jiali, Yanshuei, Xiaying y Madou. Debido a las continuas colmataciones en la zona a lo largo de varios siglos casi ha desaparecido por completo; solo queda la laguna costera de Peimen.

bloquea el camino hacia el cielo de la hermosa luna (*i-tal-sel*) y las estrellas (*sat-hah-lan*). La bruma (*sat-lat-ma*) tiene mucho miedo al viento (*ma-li*) y al sol (*i-lat-han*), ya que el sol (*i-lat-han*) envía el viento (*ma-li*) a disipar la bruma (*sat-lat-ma*) y la conduce adonde estaba.

Afortunadamente, hoy no hay mucha niebla (*ma-soan*) reunida en el Mar interior, convertida en bruma (*sat-lat-ma*). La niebla solo vaga por encima de los peces grandes[4] y las plantas acuáticas, de manera que permite que Saran y Gata naveguen por las intrincadas vías fluviales y no se pierdan. La bruma (*sat-lat-ma*) se reúne en la distancia, fuera de los bancos de arena donde emergen peces gigantes, en el área agitada del mar (*ma-ong*) donde las olas son turbulentas y pueden devorar la pequeña canoa (*bangka*).

Por la mañana, después de dispersarse la niebla, el Mar interior se extiende poco a poco en agua plateada. Los confusos islotes arbóreos y los bancos de arena donde se agrupan los peces gigantes están dispersos en la tranquila superficie. Los verdaderos bancos de peces se esconden en los árboles dentro del agua y cerca de las raíces de las algas. Los islotes con árboles y los bancos de arena dividen al Mar interior en complicadas marismas y vías fluviales. Algunas marismas de poca profundidad están cubiertas por plantas acuáticas y lodo. Una vez la canoa se mete en esta zona, tendrá que avanzar con mucho esfuerzo apoyando el remo en el fondo y a veces se queda estancada sin poder moverse.

–Ha aparecido el viento (*ma-li*) y en este momento está expulsando la niebla (*ma-soan*)...–dijo Saran en voz baja a Gata, quien está remando detrás de él.

Saran está escuchando, buscando el débil graznido de las ocas marinas en el viento. Ese graznido se oye entrecortado al igual que la bruma volando y escondiéndose por encima del mar, unas veces se percibe y otras no.

---

[4] Los peces grandes aquí se refieren a los bancos de arena que, vistos desde lejos, parecen ballenas.

La oca marina es el pájaro del mar (*ma-ong*) que mejor conoce los peces. Allí donde se agrupan las ocas marinas, habrá abundantes peces gordos. Remando, Gata gira apresuradamente la canoa acercándose al banco de arena y se esconde entre altas cañas. Una vez pierda la cubierta de la niebla (*ma-soan*), la canoa enseguida quedará expuesta, asustando de esta manera tanto a las ocas marinas como a los peces.

En el Mar interior, entre primavera y verano, un fuerte flujo de aire del sudoeste sopla suavemente extendiéndose por la superficie del agua plateada, por los indistintos bancos de arena y por las marismas repletas de plantas. Este viento trae el cálido olor sureño y la brisa sube a la orilla: se adentra en las praderas rebosantes de verdor y los bosques, provocando olas verdes y sorprendiendo a los ciervos que yerguen la cabeza.

Entre primavera y verano, el Mar interior es cálido y pegajoso. El viento (*ma-li*) que procede del sur es liso, afable y suave; a menudo queda inmóvil, no ruge, acarrea la lluvia (*li-ma-na*) fresca pero no fría, humedece la pradera (*pa-sek*) y la tierra (*o-ma*) para que puedan crecer las hierbas de los ciervos (*bun-lan*) y los mijos de los *sirayas*. Este viento (*ma-li*) no es como el del norte que es feroz y poderoso y nunca se cansa. En el gélido invierno el viento del norte cubre todo el Mar Interior e impide la navegación de los barcos (*a-boan*) de los pescadores.

El año pasado sobre la inmensa marisma sonó el trueno (*lim-sat-hah*), cayeron espantosos relámpagos (*lat-pa-lat-pa*) y de inmediato la amarillenta pradera seca fue devorada por el fuego (*lat-po*). Los ciervos (*bun-lan*) y los jabalíes (*ba-bu*) fueron espantados y corrían por doquier para salvar sus vidas. El fuego (*lat-po*) recorrió la pradera durante más de diez días, al final paró al encontrarse con el río (*a-ong*) y el mar (*ma-oang*). Por eso, la pradera amarilla se quedó en una tierra ennegrecida hasta que en primavera el viento del sur trajo la cálida lluvia (*li-ma-na*), la sagrada agua de vida que despertó a los duendes que estaban dormidos debajo de la tierra y que al levantarse apresuraron las raíces de la hierba para que absorbieran agua con el fin de echar brotes y romper la tierra congelada por la escarcha (*o-hut-ta*) y que se volviera a teñir la pradera amarilla ennegrecida de color verde. Así comenzó el nuevo año.

Con el comienzo del nuevo año, la bruja (*inibus*) prepara ofrendas tales como un cerdo entero, *mai*[5], *buyo*[6], licor, una cabeza de ciervo y pide respetuosamente al dios Antepasado Alid[7] que prohíba que los espíritus errantes deambulen y que vuelvan a descansar en la vasija para que no impidan los trabajos del campo y de la caza.

En el banquete (*pi-li-li*) que se organiza en la plaza del templo (*Kuwa*[8]), el licor destilado (*ta-lat-so*) del año pasado está puesto a los dos lados de las antorchas. Los miembros de la tribu vocean: "¡Bebed! ¡Bebed!" (*bi-ti-ta*); además, se toman de las manos para bailar en círculo toda la noche sin cesar. Al comienzo de la primavera, tras haber escuchado las canciones y los bullicios de la fiesta, los espíritus errantes de la llanura vuelven a la plaza del templo y se esconden en la vasija de Alid, descansan y duermen hasta que las hierbas empiezan a marchitarse.

En la ceremonia de Jinghiang[9] surge el canto para convocar a los espíritus errantes a volver a dormir en la vasija. Estos espíritus

[5] Comida típica de los aborígenes de Taiwán. Está hecha con arroz cocido; puede ser de sabor dulce o salado.

[6] *Buyo*: mixtura hecha con el fruto de areca, hojas de betel y cal de conchas que se mastica en algunos países orientales.

[7] Es el dios de la creencia del pueblo indígena *siraya* de Taiwán. Esta creencia rinde culto a las vasijas. En realidad, lo que veneran los *sirayas* no es a las vasijas en sí, sino el agua en el interior que representa el poder mágico de su dios antepasado.

[8] El templo donde se instala el altar para venerar el dios Antepasado Alid.

[9] En la época anterior, la vida de los aborígenes de Taiwán se divide en dos: la época lluviosa, cuando se dedican al cultivo del campo y la época de caza, cuando se dedican a la caza. Estas normas de la vida se consolidan a través del ritual de ofrecer ofrendas a Dios antepasado. La ceremonia de Jinhiang es un ritual que anuncia la prohibición de algunas actividades. Hiang es un concepto religioso que no se traduce literalmente y que transmite la idea de brujería, tabú y magia. En la época de Jinghiang, la gente de tribu tiene que respetar los tabúes y dedicarse exclusivamente al cultivo del campo; no se permite realizar ninguna actividad de ocio. Existe otro ritual llamado la "ceremonia Kaihiang", en la que se anula la prohibición a través de un ritual de rendir ofrendas al dios antepasado. Tras la Ceremonia de Kaihiang, la gente es libre de cazar, bailar, cantar, contraer matrimonio, etc.

errantes ya no vagan ni molestan a la gente por el momento. Por esta razón, Saran y Gata se atrevieron a salir a escondidas del dormitorio comunitario de la tribu antes de amanecer sin que lo supieran su padre (*a-kiam*) o su tío (*ba-lat-po*). Con el arco (*bu-kek-ji*) y las flechas (*pa-hah*) a sus espaldas, los dos corrieron rápidamente a la orilla y saltaron a la canoa de su padre (*a-kiam*), sin la guía ni la bendición de los ancianos (*ma-bo*), con mucho coraje se deslizaron en el brumoso mar (*ma-ong*).

En el dormitorio comunitario viven solo los hombres (*a-ki-a-i*). A partir de los once o doce años frecuentemente Gata y Saran salían de la vivienda de su madre (*ji-lat*) y sus tías (*asitkoa*) y se quedaban en el *kuba*[10]. Allí, con los hermanos de su madre, aprendían las técnicas de combate y de caza, mejorando la velocidad de carrera y la técnica de tiro con arco y lanzas. Al mismo tiempo, aprendían a tocar el instrumento de arco para cortejar a las chicas. Sin la guía de su padre (*a-kiam*) o los viejos cazadores los chicos jóvenes (*a-lat-lat*) no tenían permitido salir solos a cazar. Además, la madre de Saran ha ordenado una y otra vez al padre (*a-kiam*) que no deje a su hijo ir a la playa solo, ya que una vez la bruja le dijo que había soñado que una catástrofe vendría del mar (*ma-ong*) y caería sobre sus hijos (*a-lak-kang*). La madre (*ji-lat*) tiene miedo de que su hijo Saran sea arrastrado por el mar (*ma-ong*). La madre (*ji-lat*) siempre piensa que la catástrofe del sueño que le explicó la bruja, el mar viene a quitarle la vida de su hijo.

En el Mar interior, entre la primavera y el verano, la fuerte corriente de aire del sudoeste peinaba suavemente el desordenado cabello del juncal. Las ocas, los andarríos y chorlitos despegan y aterrizan, están muy ocupados comiendo y aprovechado el viento del sur, se preparan para volver al norte. Especialmente un ave grande llamada garza real, que es experta en pescar, es un buen indicador para los *sirayas* a la hora de buscar peces.

---

[10] *Kuba* es el lugar de reunión de los hombres aborígenes de Taiwán. Es el centro político, económico y religioso de la población aborigen. También es el lugar de entrenamiento de cazadores y guerreros de la población. Antes de realizar cualquier actividad militar o de cacería, tienen que celebrar un ritual allí.

Cuando tenga oportunidad, Saran cazará unas ocas marinas gorditas. Sus hermosas plumas de verano son una buena decoración para la corona de los hombres (*a-ki-a-ki*), su carne es deliciosa, es un buen regalo para que las mujeres la cocinen, pero las ocas marinas no son tan fáciles de cazar como los ciervos o jabalíes; sus alas las llevan a alejarse de la tierra y vuelan hacia el mar. Saran agarró bien al arco (*bu-kek-ji*) y con la flecha (*pa-hah*) apuntaba a la manada de ocas marinas que estaban fuera del banco de arena y que estaban ocupadas buscando comida. Hay ocas marinas grandes y pequeñas. Saran sabe distinguir cuáles de las ocas son buenas buceando y pescando y las que comen plantas acuáticas. Esta manada de ocas no está lejos de las marismas. La canoa (*bangka*) de Saran y Gata se esconde en el canal detrás del juncal, navega en silencio. Nada más salir del juncal, deben disparar la flecha (*pa-hah*) inmediatamente; de lo contrario, las ocas se asustarán, andando sobre la superficie del agua y volarán hacia el cielo sin volver la cabeza.

Saran es un *mata*[11] de la aldea de Mattau que ha visto florecer las flores del árbol de coral diecisiete veces: se le permite ya tener el pelo largo. Gata es un mancebo (*a-lat-lat*) de pelo corto que no ha visto ni siquiera quince veces florecer las flores del árbol de coral. Tiene que esperar a que las flores del árbol de coral florezcan dos veces más para ascender desde un mancebo (*a-lat-lat*) a un hombre soltero (*mata*) y poder cortejar a las chicas.

A pesar de que Saran ya está cualificado como cazador y puede cortejar a las chicas, su padre (*a-kiam*) se ha mostrado reacio a llevarlo a ver el mar verdadero. Saran ha pasado de ser un mancebo (*a-lat-lat*) a un hombre soltero (*mata*); espera y espera: su pequeña canoa (*bangka*) solo puede pescar en las aguas poco profundas de los canales situados al borde del Mar interior, se niega a deslizarse fuera del canal y entrar en el profundo y extenso Mar interior. Tampoco sobrepasa por esa tranquila agua plateada ni pisa el último banco de arena para ver ese mundo con olas turbulentas y sin tierra. El padre (*a-kiam*) cree el sueño

[11] Categoría de hombre soltero.

de la madre (*ji-lat*) de su hijo, cree en la interpretación del sueño de la bruja (*inibus*): que el desastre vendrá del mar y caerá sobre sus hijos.

En cambio, Gata, el amigo más joven que Saran, ha navegado en la canoa (*bangka*) con su padre para pescar por cada rincón conocido del Mar interior. Gata siempre decía:

–El Mar interior es como una mujer guapa (*ma-jin*) y tranquila, pero el mar de afuera es su marido bruto que la golpea constantemente.

Sin embargo, el padre (*a-kiam*) de Gata tampoco se atreve a dejar la pequeña canoa (*bangka*) acercase a ese marido feroz. Ellos siempre están protegidos por los bancos de arena, pasan rápidamente por el borde del mar, no han tenido ni una oportunidad de parar, ni siquiera poder echar un vistazo.

–Tengo muchas ganas de estar en ese blando banco de arena, mirar las grandes olas del exterior y ver las legendarias ballenas que emergen por la superficie del mar empujadas desde el infinito –solía decir Gata.

–Los Mayores[12] en las noches de las hogueras dijeron que nuestros antepasados estaban en un gran barco construido por muchas personas y este barco fue empujado por las olas gigantes a la tierra –dijo en cambio Saran.

–¿De dónde vinieron? –preguntó Gata con perplejidad.

Saran se encogió de hombros y dijo:

–Mi padre (*a-kiam*) no lo sabía, ni la abuela (*bu-bu*) tampoco.

–Pero todos los años después de las cosechas de otoño la bruja (*inibus*) llama a los Mayores al campo para agradecer a los ratones y les dejan algunos mijos para que estos coman: se llama "la renta de ratones", ¿sabéis por qué?

–¿Por qué? –preguntó Gata picado por la curiosidad.

–La bruja (*inibus*) me dijo que nuestros antepasados eran expertos en navegación. Cuando llegaron a este nuevo hogar, se

[12] Es una posición que existe en muchas poblaciones antiguas o religiones. Se refiere a una persona que tiene una edad avanzada, una posición de autoridad o una persona que tiene y transmite la sabiduría cultural y filosófica.

había agotado la comida. Era tal el hambre que incluso comieron los mijos reservados para sembrar, se los habían comido mientras estaban perdidos en el mar en busca de la tierra –explicó Saran.

–Y eso ¿qué tiene que ver con los ratones? –preguntó Gata.

–Pues, al llegar a la tierra descubrieron que todavía quedaban los mijos robados por los ratones del barco y estos mijos se convirtieron en semillas de sembrar para nuestros antepasados. Para agradecer la ayuda de los ratones, ahora les damos algo de las cosechas como regalo –dijo Saran.

–Los Mayores dijeron una vez que habíamos olvidado la técnica de construir grandes barcos, ya que llevamos varias generaciones viviendo tranquilamente y teniendo descendientes en la tierra –dijo Saran–. Éste ya puede tomar parte en las reuniones tribales de hombres adultos –y fue así como comenzó a tener oportunidades de escuchar la historia oral de los Mayores de la tribu.

–Una vez mi padre (*a-kiam*) dijo que el Mar interior era la madre de la tierra que alimentaba a nuestra tribu, nos ayudaba a bloquear las grandes olas y al mismo tiempo nos permitía criar peces gordos y mariscos deliciosos. Ya no nos hacía falta remar en las pequeñas y frágiles canoas (*bangka*) como los pescadores de Tayouan[13] que muchas veces fueron devorados por los gigantes peces del mar –agregó Gata.

–Los pescadores de otras tribus emprendían combates contra la población de Mattau con el fin de apoderarse del terreno de caza de este Mar interior. Mi padre (*a-kiam*) dijo que la parte sureste del Mar interior pertenecía a la población de Mattau mientras la parte del noroeste era de la población Siaulang. Por eso cuando mi padre (*a-kiam*) está cerca de la parte oeste del Mar interior siempre pasa remando lo más rápido posible y sin parar y además nunca echa la red. Por eso no he tenido nunca la oportunidad de echar un buen vistazo al Mar –dijo Gata.

---

[13] Tayouan se refiere al Mar interior de Taijian del actual distrito Anping. En el siglo XVII, en la época de los holandeses, se refiere al lugar del Castillo Zeelandia (hoy Castillo de Anping).

–Es por eso que mi padre (*a-kiam*) ni siquiera se atreve a pasar por el noroeste y yo nunca he ido a esa parte –dijo Saran.

–Además, según decían los Mayores, nosotros, la población de Tayouan, que vivíamos en el suroeste del Mar y que somos buenos en el comercio marítimo con los chinos y la población de Chakam[14] éramos hermanos del mismo antepasado, pero tras numerosas peleas y combates, hace mucho tiempo que no tenemos ningún contacto entre nosotros. Es más, a partir de ese momento, nos alejamos del océano y olvidamos la técnica de navegación. Se dice que el lugar de la población de Tayouan fue el lugar donde desembarcaron nuestros antepasados –dijo Saran.

–Dicen que la población de Tayouan tiene telas de flores hermosas y perlas vidriadas traídas por grandes barcos y también tiene escopetas que pueden matar un buey de un disparo –dijo Saran.

–¿Qué cosas extrañas se esconden al otro lado del mar? –preguntó Gata con anhelo.

"¿Cuán grande es el barco gigante con grandes velas en el que caben muchos chinos y bueyes?", pensó Saran.

Probablemente Gata, de pelo corto, estaba nervioso o distraído y por eso remó con demasiada fuerza, haciendo que la canoa (*bangka*) se meneara un poco mientras se deslizaba fuera del juncal, haciendo que la flecha de Saran fallara, sin acertar ninguna oca marina. Todas volaron hacia el centro del mar.

–¡Se nos han escapado (*hah-na-hah-na*)! Han ido a coger peces –dijo Saran riéndose.

Gata estaba mustio y seguía remando hacia delante. Saran intentó pescar con la flecha en la parte delantera de la canoa. De vez en cuando levantaba la cabeza para ver si aparecía alguna garza u oca marina. Las bandadas de aves migratorias volaron sobre sus cabezas, sobre los bancos de arena e islotes arbóreos y aterrizaron en los estanques o canales del otro lado del vasto Mar interior, formando una escena bulliciosa.

–¿Quieres que rememos al noroeste? –tanteó Gata.

---

[14] Es una población *siraya* afincada en Anping en el siglo XVII.

–Concentrémonos en coger algún pez (*si-kan*) para la casa! –dijo Saran.

–¿No tienes ganas de ver el verdadero mar grande, ese mar en el que caben innumerables barcos gigantes? –gritó Gata con entusiasmo.

–La parte noroeste es el terreno de caza de la población Siaulang[15]. Si nos descubren, cortarán nuestra cabeza –dijo Saran.

–¿De qué tienes miedo? ¡A lo mejor cortamos dos cabezas suyas y nos convertiremos en héroes al volver a casa! –dijo Gata con entusiasmo.

–Puesto que hemos cometido un error y al fin al cabo nos regañarán igual, ¡arriesguémonos! –exclamó Gata ingenuamente.

–Mi madre (*ji-lat*) me dijo que el desastre vendría del mar y caería sobre nosotros –comentó Saran con calma.

–¿De verdad? –la voz de Gata cayó gradualmente de alto a bajo.

–¿Acaso vas a tener miedo del mar para siempre? –después de estar callado un rato, el pelicorto Gata soltó esta frase en voz baja.

Tras haber pasado la época de rápido crecimiento, el pelilargo Saran de diecisiete años, tiene el cuerpo en camino de ser robusto y ancho como un adulto, pero la forma delgada y joven todavía está oculta en este aparente guerrero cualificado. En un momento la expresión tanto ingenua, impetuosa como madura y racional aparece al mismo tiempo en el semblante de este hombre soltero (*mata*) sin ninguna experiencia bélica. Saran acababa de ser ascendido a guerrero, ¿va a ser derribado por la pesadilla de su madre? Siendo un miembro de los guerreros del Mar Interior Daofong, de generación en generación, el terreno de caza de la tribu está en el mar. ¿Temer al mar no será como temer sus propios campos y graneros? ¿Cómo puede un hombre que no es capaz de salir de su patio e ir al campo, ser un buen guerrero?

---

[15] Una de las comunidades de la población *siraya* que habitaban en el actual distrito Jiali. Es uno de los orígenes de la cultura *siraya*.

La cara de Saran estaba distorsionada: no quería enfrentarse a ese pelicorto e ingenuo mancebo (*a-lat-lat*) que estaba detrás de él. De pronto vio un pez grande que estaba delante, removiéndose en el agua, cogió el arco y lanzó la flecha que estaba atada con una cuerda, hiriendo a ese pez grande. El pez en el agua luchó varias veces con toda su fuerza.

–¡Qué pez (*si-kan*) más grande! –gritó Gata.

Saran retiró lentamente la cuerda unida a la flecha, sacó con cuidado el pez vivo. El agua debajo de la superficie del mar tenía un color cada vez más oscuro.

–¡Cuanto más profunda es el agua, más grande es el pez! –afirmó Saran pensativamente.

–Los peces del noroeste son más grandes todavía, pues están más cerca del océano: ¡habrá más peces (*si-kan*) grandes allí! –dijo Gata animadamente.

–¡Vamos! –Saran golpeó al pez grande con un palo en la cabeza para disminuir el dolor antes de que muriera y sorbió la sangre del pez grande que había sido herido por la flecha, pero sus ojos se desviaron hacia el oeste.

–¡Sorbe, que la fuerza del pez grande entre en tu cuerpo y que la pequeña canoa (*bangka*) vaya rápido y establemente! Si no, no me culpes a mí cuando los guerreros de la población de Siaulang corten tu cabeza –Saran abrazó el pez grande y se lo pasó a Gata, volviéndose para recoger el otro remo y con toda su fuerza comenzó a remar hacia delante. Gata tomó un sorbo del líquido salado y caliente sin pensárselo dos veces, luego dejó el gran pez y se incorporó en la fila de remos.

En este momento el sol (*i-lat-hat*) colgaba por encima del horizonte oriental y rayos de ira irradiaban hacia el oeste como mil flechas, rompiendo la nebulosa bruma (*sat-lat-ma*), las aguas plateadas se volvieron extremadamente brillantes. Su canoa también apuntaba hacia el oeste como rayos enojados deslizándose sobre el agua, cual flechas a punto de cruzar el misterioso y profundo Mar interior:

–Si te encuentras con los barcos (*a-boan*) de la población de Siaulang, ¡date la vuelta enseguida! –gritó Saran y el agua salpicó y mojó su pelo largo.

–¡Tranquilo, nuestra canoa (*bangka*) es mucho más rápida que cualquier barco (*a-boan*)! –gritó Gata.

Acababa de terminar la ceremonia de Jinghiang: los adultos de la tribu estaban inmersos en la borrachera del licor de mijo. Consciente de esto, Saran se atrevió a aventurarse con Gata. Para salir de esta embriaguez la población tenía que pasar por lo menos tres días y tres noches. Durante estos días, si caminabas por el pueblo durante el día aún te encontrabas con hombres y mujeres que estaban borrachos, cantaban toda la noche sin dormir y se tambaleaban por todas partes. Su madre (*ji-lat*) y su padre (*a-kiam*) también estarían borrachos al lado del cochitril de la casa larga, no se despertarían ni siquiera con el hedor.

–No sé si habrán tenido la ceremonia de Jinghiang en la población de Siaulang. Lo mejor es que sus cazadores todavía estén borrachos al lado de Alid y no aparezcan en el mar. ¡Pidamos el favor a Alid! –murmuró Saran para sí mismo.

Después de haber remado un rato, los sonidos de las ocas marinas llegaron desde lo lejos. Grupos y grupos de pájaros sobrevolaron por encima de sus cabezas y parecían que tenían el mismo destino que ellos. El agua debajo del bote era cada vez menos profunda, así que se podía juzgar que la pequeña canoa (*bangka*) había atravesado el centro profundo del Mar interior y había llegado a su parte noroeste.

Con cuidado comenzaron a aprovechar el creciente número de los bancos de arena e islotes de árboles para esconderse. Una vez entró la pequeña canoa (*bangka*) en estas intrincadas marismas y bancos de arena no sería fácil ser descubiertos.

–¡He oído el sonido de olas! –susurró Gata.

–¡Concéntrate en buscar las alas de garzas u ocas marinas! –dijo Saran con expresión seria.

Las fluctuaciones en la superficie del agua se volvían cada vez más obvias. Olas y olas fluían entre bancos de arena, haciendo que la pequeña canoa se levantara y bajara, fluctuaba hacia los dos lados, de manera que era cada vez más difícil avanzar. Se podía sentir que estaba cada vez más cerca del océano.

–¿No quieres ir a ver el mar primero? –gritó Gata.

En ese preciso momento, Gata se levantó desnudo, saltó al agua y nadó hacia el banco de arena más cercano. A Saran no le quedaba otro remedio que acercar la canoa hacia el banco de arena, para luego subir a la tierra siguiendo a Gata.

Este banco de arena se extendía a lo largo de la costa curva y por él fluían arenas suaves y finas como una enorme ballena abarrancada en el arrecife entre olas, con la cabeza y la cola flotando en el agua.

–¡He visto el mar! –el travieso Gata gritó meneando su poderosa cintura como la de un perro macho, corría por el suelo arenoso. Había olas blancas en el mar, mismas que aparecían y desaparecían enviadas hacia la costa por la fuerte corriente de aire del suroeste y nunca se detenían.

"¡Qué mar (*ma-ong*) tan agitado!", pensó Saran. El viento suave y constante dispersó el largo cabello de Saran.

–¡No se ve ninguna tierra ni banco de arena! ¿No habrá nada más allá? –preguntó el pelicorto Gata volviendo la cabeza.

–¡Ese color del mar es tan oscuro que da miedo! –dijo Saran, quien estaba justo detrás de Gata.

–¡Seguro que vive alguna bestia marina temible dentro y desea engullir los barcos (*a-boan*) de pescadores en cualquier momento! –gritó Gata extrañamente.

De repente, a lo lejos, en la parte cubierta de bruma (*sat-lat-ma*) comenzaron a aparecer algunos puntos negros en la superficie del mar que se volvían cada vez más grandes y claros bajo los deslumbrantes rayos del sol.

–Mira, esos puntos negros se acercan a la costa –dijo Saran.

–¿Serán bestias marinas temibles? –dijo Gata dudosamente.

–¡No, son barcos (*a-boan*), barcos gigantes! –gritó Saran.

Poco a poco vieron que las enormes naves estaban equipadas con madera gruesa y utilizaban cuerdas para atar la enorme tela a la madera. La tela podía agarrar el viento, las naves gigantes se dejaban empujar por el viento, de esta manera avanzaban en el mar con una magnitud imponente.

Las naves no se arrimaban a la orilla; navegaban y cambiaban las direcciones todas juntas, se desplazaban en la turbulenta corriente hacia el sur y fluían por la costa, dejaban que la corriente las empujara. Parecía que las naves gigantes estaban buscando un lugar para echar el ancla.

–¡El desastre viene del mar y caerá sobre nosotros! –en la mente de Saran apareció de nuevo la profecía del sueño fantasmal de la bruja (*inibus*) y un sentimiento ominoso se apoderó de su corazón.

Cuando la flota de las naves atravesaba lentamente por el mar exterior de bancos de arena, Saran y Gata vieron claramente la fuerte estructura de estos barcos gigantes, sus mástiles gruesos, se oyeron los ruidos causados por el viento contra las lonas duras. Los movimientos y los gritos de las personas de estos barcos gigantes, el sonido de manipular las cuerdas del torno, el del subir y bajar de las personas; todos están cubiertos por las olas del mar y por los sonidos explosivos de las velas.

–¡Naves gigantes! ¡Irán a la población de Tayouan! –murmuró Gata atónitamente.

Nueve fragatas grandes con las velas abiertas navegaban desde Penghu hacia el estrecho de Taiwán, a lo largo de la costa de bancos de arena situados fuera del Mar interior hacia el sur en busca del puerto natural: la bahía Tayouan. En sus mástiles hondeaban la bandera de la real familia de Holanda de color rojo, blanco y azul. Era el año 1624 D.C.

En aquel momento, la población Mattau estaba situada en la costa suroeste. En la lengua de los *sirayas* se refería la población situada en el centro. Mattau significaba "ojos". La población Tayouan se refería a "terreno costero"; la población Chakam se refería originalmente a "pueblo pesquero"; la población Siaulang se refería a "el lugar de pacto".

Fue en 1624 D.C. cuando los holandeses se retiraron de Penghu y se transfirieron activamente a Taiwán. Habían construido, en el año 1622, en Magong de Penghu un castillo de madera y enviaron 16 soldados holandeses y 34 indígenas de las islas de Banda[16] a construir un castillo en la Bahía Tayouan. A causa de un ataque por parte de los aborígenes locales hubo muchos muertos y heridos, por eso se retiraron a Penghu. No fue sino hasta el año siguiente que regresaron al mismo lugar y reconstruyeron el Castillo de Orange (renombrado como Castillo de Zeelandia en el año 1627).

• Nota del autor:
Todas las palabras de *siraya* en el texto se han tomado del *Manuscrito de Singang* y de la *Crónica del condado de Zhulou.*

[16] Las islas de Banda son un grupo de diez pequeñas islas volcánicas localizadas a unos 2000 km al este de la isla de Java. Hasta mediados del siglo XIX, las islas de Banda fueron la única fuente en el mundo de la nuez moscada. Atraídos por este producto tan codiciado muchos comerciantes europeos llegaron a hacer negocios aquí, primero los portugueses, luego los holandeses y más tarde los ingleses.

Capítulo 2
Los hombres pelirrojos

El Mar Interior Daofong tiene Mattau, Jiali al sur, el puerto de Yanshui al norte, Maoganwei al este, a su oeste está una ristra de bancos de arena separándose del Estrecho de Taiwán. Este mar interior coincide más o menos con la línea costera de hoy. Se fue obstruyendo poco a poco a partir de la época del emperador Qianlong[17] y al final se convirtió en tierra plana.

En el año 1625, el sol estaba enojado y en pleno verano para estar despojado de ropa, el campo de mijo de Jilat que estaba en las afueras se había vuelto gradualmente amarillo y maduro. Cuando soplaba el viento (*ma-li*), el sonido susurrante llegaba a la aldea, advertía a los Mayores que ya debería celebrarse la fiesta de las cosechas de mijo en una noche de luna llena. No quedaban muchas mazorcas de mijo del año pasado. Una vez colgados en la casa larga, esos manojos de mijo con cáscara pueden mostrar cuán capaz y rica es la madre (*ji-lat*) de esta casa. Cada noche la madre (*ji-lat*) quitaba dos o tres mazorcas de mijo y las colgaba en el fuego para secarlas. Se levantaba antes del amanecer para machacar el mijo para luego prepararles una olla de gacha de mijo caliente a Saran y a Akiam. Más tarde ella cogía la cesta de bambú y la hoz de piedra y se iba al campo a cortar troncos de madera y quitar hierbas. Las infatigables madres (*ji-lat*) y tías (*asitkoa*) siempre tenían interminables trabajos en el campo, no paraban hasta el mediodía con el sol enojado y regresaban con agua, cogida del río (*a-ong*), en la vasija de cerámica sobre la cabeza. Al mediodía, todo el pueblo comenzaba a dormir indolentemente. Todos los hombres volvían de cazar o pescar y se escondían en la pérgola de patas altas de la casa larga donde soplaba la brisa sureña y allí arreglaban sus instrumentos de caza. Los ojos salvajes de Saran todavía miraban de vez en cuando hacia el fresco Mar interior con las olas subiendo y bajando de manera constante. Él había estado en el verdadero

---

[17] El emperador Qianlong (1711–1799) fue el sexto emperador de la dinastía Qing, la última dinastía imperial china.

mar majestuoso cerca del Mar interior. A veces las corrientes llegaban desde el mar majestuoso hasta el puerto de Mattau del sur. ¡Cómo quitaba el calor esa agua fresca del mar y espantaba toda esa ira de la luz solar del verano!

Sin embargo, el estricto entrenamiento de caza de su padre (*a-kiam*) le impedía salir de momento. Un buen guerrero debe tener unas buenas costumbres: al volver de la caza, sin importar la distancia, lo primero es sentarse y reparar el equipo de caza, afilar el cuchillo y las flechas. Ya no puede ser tan libre como Gata de pelo corto. Participará en el equipo de cazar ciervos de este otoño, un gran evento anual. También participará en la competencia de lanzas en *Bataheng*[18], organizada por varias poblaciones: quien llegue a ser primero, será el héroe del pueblo. Las mujeres hermosas (*pai-pai*) no rechazarán el jugo de *buyo* (*a-bi-ki*) que escupirá el héroe para mostrar su apasionado amor. Ya no puede ser como estos jóvenes (*a-lat-lat*) que se dejan tentar por frescas aguas del mar y no toma en serio su aprendizaje de pescar. Desde que su padre (*a-kiam*) le permite dejarse el pelo largo, de repente su arco y sus flechas y la lanza se vuelven pesados y feroces. Akiam dijo que eso era porque el dios de guerra Talafula[19] dio el alma valiente al arma vital de un cazador maduro. Uno debe dejarlo tener contacto con la sangre y amarlo devotamente; de lo contrario, se pondrá descontento. Uno no debe separarse de las armas y al mismo tiempo debe vigilarlas

---

[18] *Bataheng* es una competencia de carreras de adultos entre varios pueblos. El ganador no solo ha ganado el premio de la competencia sino que este triunfo conlleva algunos trabajos de honor reservados para él. Por ejemplo, cortar los bambúes que se necesitan para la fiesta del pueblo. El ganador no solo obtiene honor para sí mismo, sino que todo el pueblo lo comparte, ya que se trata de una competencia entre varios pueblos.

[19] Talafula es el dios de la Guerra. En general, los aborígenes de Taiwán son politeístas. Hay dioses venerados por las mujeres, por ejemplo, el dios de la lluvia, que se encarga de producir lluvia para que el campo sea apto para el cultivo. En cambio, Talafula es uno de los dioses de la guerra, venerado por los hombres. Esta creencia refleja la división de trabajo de la sociedad aborigen: las mujeres se encargan de trabajar en el campo; los hombres, de la caza y la defensa del pueblo.

día y noche; de lo contrario, perderán su poder. Es por eso que, de repente, todo el aprendizaje y la enseñanza de cazar se han convertido en una cosa seria y nada descuidada: ya nunca más volverá a ser un juego de niños.

Las puntas de flechas que Saran hizo con los huesos de jabalí y ciervo estaban algo gastadas y romas y debían ser afiladas de nuevo con una piedra de afilar. El padre (*a-kiam*) de Saran sacó una areca y una hoja de betel e hizo dos *buyos* (*a-bi-ki*) y le entregó uno a Saran y después subió a conversar a la casa larga de los hombres (*a-ki-a-ki*). Saran seguía sentado en la sombra de la casa larga masticando el *buyo* y afilando con mucha paciencia sus armas hechas de huesos. No quería entrar en la reunión de los hombres de la casa larga. Cuando las puntas de flechas y las lanzas estuvieran afiladas podría jugar en el agua toda esa tarde bochornosa hasta que el sol (*i-lat-hah*) volviera a su casa debajo de la tierra y la noche (*soah-hoe*) saliera a dominar la tierra.

El interior de la casa larga de hombres (*a-ki-a-ki*) estaba repleta de los cazadores que escapaban de los furiosos rayos del sol. El anciano Dalai estaba fumando tabaco, espantando las zumbadoras moscas del verano. Akiam estaba tranquilamente masticando *buyo* y al mismo tiempo reparando su equipo de caza. Galauyo estaba concentradamente tejiendo su lujoso sombrero de caña con pluma, dado que hacía poco había capturado un águila. Tenía tanto honor que podría cubrir todo su cuerpo entero con plumas de águila. Mientras, Yodu seguía grabando su funda de daga, ya que llevaba un invierno y una primavera haciéndolo. Esa afilada daga de hierro (*o-lut*) suya fue intercambiada a los cazadores de la población Siaulang con cinco pieles de ciervo en la época de caza del otoño pasado, era la daga apropiada para luchar contra los jabalíes. Yodu estaba grabando el dibujo de cinco ciervos y un jabalí en la funda que representaba el valor de esta daga. Durante la primavera esta buena daga de nueva funda de cinco ciervos mató a un jabalí macho para Yodu. Posiblemente Yodu continuaría grabando un segundo jabalí o más ciervos puesto que es un buen cazador.

Hoy le ha tocado al robusto Maito preparar el almuerzo. Mientras cogía dos gordas liebres capturadas esa mañana, llamaba orgullosamente a la puerta de la casa larga de su esposa Mayon. Ésta había preparado gacha de mijo puesta en un cuenco de cerámica negra, junto a carne seca de ciervo envuelta en hojas de palma, para que Maito la llevara con mucho cuidado a la casa larga de hombres (*a-ki-a-ki*), para llenar la tripa de este grupo de hombres hambrientos que habían perseguido duramente a las presas desde amanecer hasta el mediodía

No importa cuán buen corredor sea el cazador, no correrá en la pradera cuando el sol (*i-lat-hah*) está colgado en el cielo, eso le agotará y se morirá de deshidratación. La única manera de evitar el sol (*i-lat-hah*) enojado, es esconderse bajo la sombra de árboles o volver a la casa larga hecha con hojas y ramas de árboles.

Solo el gran árbol puede proteger tiernamente a los cazadores que persiguen las presas en la pradera para que no sufran el castigo colérico del sol o el latigazo despiadado de la tormenta. Por lo tanto los *sirayas* entran en bosques para buscar árboles de tronco fuerte y hojas densas para construir casas largas. Ellos construyen casas largas tan altas como árboles y tan refrescantes como las palmeras y tan suaves como las plumas de las aves. Los *sirayas* viven tranquilamente encima de los árboles como los pájaros, en la cómoda y limpia casa larga de patas altas donde no pueden alcanzar ni inundaciones ni serpientes venenosas ni animales salvajes, donde ni el cruel rayo del sol ni la lluvia tormentosa pueden entrar. Pero en cambio, el amable y fresco viento del sur sí que puede entrar por cada ventana hecha de paja. Es que la casa larga de los *sirayas* todavía es un árbol que respira, inspira el viento fresco del Mar interior y espira el aire caliente del vientre.

En el momento en que el robusto Maito trajo la olla de gacha de mijo a la fresca casa larga, todos debían gritar "*¡wo, wo, wo!*" para darle bienvenida. El encargado Maito también saludó en voz alta:

–*¡Kalacuma, wo, wo, wo,* comed (*ma-bok-kiet-ta*) gacha de mijo (*bu na*)*!*

Entonces los hombres (*a-ki-a-ki*) traían sus propios cuencos de coco o de concha para llevar gacha de mijo templada y comenzaban a comer con mucho entusiasmo. La cecina de ciervo es una acompañante excelente para la gacha de mijo. Es una reunión típicamente de hombres. Ocurre varias veces al día en el *kuba*. Después de la caza, los hombres (*a-ki-a-ki*) se esconden en el *kuba* y hablan de todo, de esta manera se escapan de las quejas de mujeres y el bochorno del tiempo.

–En el este del Mar interior han aparecido grupos de peces gordos –dijo el anciano Dalai.

–Han aparecido feroces jabalíes machos en la pradera de la orilla sur del río grande. Hay que tener cuidado. Sin la redada de todos y la ayuda de un sabueso además de una daga (*o-lut*) afilada es imposible lidiar con esa bestia que ha comido demasiado bien. Ir de caza solo es muy peligroso, perderás varios buenos perros (*a-to*) –dijo Yodu.

–Los senos de la joven mujer (*pai-pai*) de la casa de Gamao son altos y redondos, ¿por qué ningún *mata* le ha escupido el *buyo* (*a-bi-ki*)? –preguntó Galauyo.

–Saran de tu casa ya se ha dejado el pelo largo y está suficientemente fuerte, ¿no? –le dijo Maito a Akiam.

–¡Solo le he enseñado cazar, no me encargo de enseñarle a recoger flores! –contestó Akiam con una sonrisa.

Todo el mundo se rio a carcajadas, y la risa llegó hasta fuera de la casa larga, Saran oyó claramente. No era que no desease el cuerpo de una mujer (*pai-pai*). Esto es mucho mejor que la hermosa, suave y jugosa fruta silvestre de verano, está escondida dentro de la maleza espesa esperando que el hombre vaya a recogerla tras haber descorrido las ramas espinosas. El fruto de la mujer (*pai-pai*) está escondido entre los vellos negros debajo del *sarong*[20], requiere que el hombre soltero (*mata*) intente incitar una y otra vez para hacerlo suave y jugoso. Es un secreto extendido de boca a boca entre los jóvenes (*a-lat-lat*).

---

[20] Un *sarong* es una pieza larga de tejido, que a menudo se ciñe alrededor de la cintura y que se lleva como una falda, tanto para hombres como mujeres en amplias partes del sureste asiático, excluyendo Vietnam, y en muchas islas del Pacífico.

No ha tenido ningún mérito del que pueda presumir para seducir a las mujeres (*pai-pai*) hermosas. No es un héroe, no ha tenido ocasión de traer la cabeza o cabello de los enemigos, ni siguiera ha cazado un ciervo o un jabalí. Solo tiene una buena voz, y no toca mal el arpa de arco[21]. Si en el *Bataheng* de este año puede superar a otros quizás las mujeres (*pai-pai*) hermosas no rechazarán su *buyo* (*a-bi-ki*). Debe seguir practicando más caza con Akiam y convertirse en un cazador que corre mucho. Para eso no puede quedarse pegado a la frescura del agua marina ni en los cuerpos que juegan en el agua. Solo ese grupo de jóvenes, que todavía no son suficientemente crecidos, con los ojos como platos y brillantes como las ardillas voladoras fantasean con los senos y con los *sarongs* de las chicas, pero no hacen nada por timidez.

–¡Saran ya está cualificado! –mientras afila la punta de flecha hecha de huesos del ciervo, mira la llanura que desciende lentamente y la costa que se une con mareas. Allá lejos hay un grupo de chicos y chicas del puerto Mattau que están jugueteando en el agua bajo el sol radiante. Su pueblo y los edificios de la comunidad de hombres están en la colina junto a la costa. Antes, él siempre corría a toda prisa desde la casa larga situada en la colina, saltando las crinum de los vecinos, pasando los patios de otros, esquivando innumerables cocoteros y arecas, sin importarle los límites hechos con crinum y arecas, se deslizaba directamente al fresco Mar interior que refrescaba todo su pecho bochornoso. En el pasado, aparte de espinosos pandáneos y arbustos de bambúes espinosos, nada podía impedirle saltar directamente a la fresca agua de mar.

"¡Saran quiere llamar la atención de las chicas con su tórax y el largo cabello!", pensó con orgullo.

De repente, una campana de madera de advertencia fue golpeada repetidamente desde la alta torre de vigilancia, la gente salía de cada casa larga y miraba. El guerrero de turno que estaba en la torre de vigilancia gritó:

---

[21] Instrumento musical tradicional de los aborígenes de Taiwán. Su forma es simple, es una pieza de bambú que está doblada en forma de arco. Se emplea frecuentemente acompañando cantos y danzas.

–¡Aparecen extraños, los extraños están! –la voz era lejana y confusa. Los cazadores que salían de los callejones y las esquinas inmediatamente cogieron sus armas y se apresuraron a la plaza de templo. Saran también tomó parte en esta multitud de combate que se había reunido en poco tiempo.

El jefe de la tribu (*kah-pit-tan*) en la plaza voceó:

–*¡Kalakuma, wo, wo, wo!* Los enemigos han subido desde el río grande del sur, hay docenas de personas. ¡Que se reúnan todos los soldados en la entrada del sur del pueblo!

El guerrero de la torre de vigilancia también gritó:

–¡Tienen armas! ¡Están liderando la gente de Chakam, también hay gente Han!

Saran siguió atentamente a Akiam quien ha obtenido cabezas en los combates. Akiam es un verdadero guerrero, en su pecho hay una cicatriz de un ataque de un jabalí. Tiene una vista tan afilada como la de águilas de cara de gato por la noche y sus piernas y cintura se mueven tan rápidas como las de un leopardo. A cualquier enemigo que se tope con el glorioso padre de Saran, solo le queda un único camino: ofrecerle su propia cabeza.

Pasando por los senderos vallados de varias capas de pandáneos con púas y de bambú, el grupo de combate que formó automáticamente llegó enseguida a la entrada sur de la población. Bajo el liderazgo de cinco o seis jefes (*kah-pit-tan*), cada grupo se escondía en los matorrales de al lado de sendas en posición de combate. Solo los jefes (*kah-pit-tan*) y los pocos guerreros gloriosos se pusieron de pie con el pecho fuera y con el cabello al aire esperando recibir a estos inesperados invitados de origen desconocido.

Saran estaba en silencio y agachado en la maleza como le ordenó Akiam. El experimentado Akiam le dijo cerca de su oído: –No es seguro que suceda combate. ¡Controla tu fuerza! ¡La ira o el impulso solo te harán perder tu cabeza fácilmente! –Luego siguió a los Mayores esperando firmemente en el medio del camino al equipo que venía.

Saran volvió la cabeza para ver a los hermanos de combate detrás de él, todos se escondía entre las malezas en silencio, solo mostraban sus brillantes ojos transmitiendo luz salvaje. Sus manos apretaron más la lanza y flecha afilada, sin darse cuenta se retiraron más en la hierba más profunda y bochornosa. Saran sentía el sudor de sus manos y los pinchazos de las duras hojas. Una voz sonó en su corazón:

–¡Eh, lanza, lanza, hoy tienes que ser preciso, rápido y cortante!

El equipo de los extraños avanzaba lentamente por la llanura bajo el sol abrasador. La luz del sol cegador se esparcía por la llanura donde se movían el amarillo campo de mijo maduro y el verdor de la pradera, y los mismos rayos casi cubrían a este equipo atrapado en el sendero. Saran miró perplejamente a este grupo de gente extraña. Bajo la luz plateada, este equipo pesado evidentemente llevaba demasiadas mercancías de todos los colores. Parecía más deslumbrante y llamativo. Saran que gozaba de buena vista vio los colores de la piel de este equipo: las personas peludas con la piel roja y brillante por haber estado expuestos al sol, las personas secas, negras y delgadas con el pelo rizado seco por el sol. Eran intrusos extraños e inquietantes. ¿Por qué vienen a este fértil territorio lleno de arecas y cocoteros? ¿Acaso tiene que ver con la nave grande fuera del Mar interior? ¿O es que el viento de suroeste de la primavera pasada los traía de algún sitio? Con los ojos salvajes y atentos que se abrían bien grandes, Saran pensaba en su interior, mientras sentía el insoportable bochorno y picor de las malezas.

Los que venían, por fin, enviaron un mensajero corriendo hacia adelante, probablemente porque descubrieron que había un grupo de guerreros esperando delante del pueblo, y no parecía tener intención de atacar. El mensajero era de la población de Chakam, saludó cortésmente nada más parar los pies:

–Familiares y amigos de Mattau, estoy contratado por el pueblo pelirrojo para declarar sus intenciones de paz. Ellos tienen armas en sus manos pero no quieren combate. Ellos necesitan pieles de ciervo (*bun-lan*) y cereales (*tok-tok*), les sobran telas (*i-bo*), hierro (*mali*) y buenas espadas (*o-lut*). Además tienen perlas vidriadas y carmines para regalar a las mujeres (*pai-pai*).

Tienen de todo. Los de la población Chakam han intercambiado con ellos lo que necesitaban. Pero el barco con el que venían ellos traía muchas mercancías, necesitan más pieles de ciervo que las que nosotros, la población de Chakam, podemos ofrecer. Así que los hombres pelirrojos quieren visitar su pueblo (*a-lat-hah*) con la esperanza de intercambiar más pieles de ciervo.

–La temporada de cazar ciervos todavía no ha empezado, no tenemos demasiadas pieles de ciervo. Nuestros hijos y nosotros nos hemos puesto todas las pieles de ciervo en invierno –dijo el jefe de la tribu (*kah-pit-tan*) Ilai. Éste es el jefe más antiguo de los Mayores.

–¡Sí! Los hombres pelirrojos quieren decirnos que esperan que cacemos más ciervos este otoño, ya que hay muchas manadas de ciervos en las praderas, pero ustedes no tienen telas hermosas, ni cuchillos sólidos ni flechas de hierro, en cambio, el almacén de los hombres pelirrojos está lleno de estos productos inagotables.

–Las pieles de ciervo son amigos preciados. Queremos ver los productos que han traído los hombres pelirrojos –dijo Ilai.

–Sí. Sus esclavos negros andan despacio porque llevan demasiadas mercancías. Cuando lleguen podrán elegir. Y hay algunos regalos insólitos para los jefes de la tribu (*kah-pit-tan*) –dijo el mensajero de Chakam.

–Buen hermano de Chakam, ¿por qué ayuda a los forasteros? –preguntó Akiam que siempre había creído que el desastre vendría del mar abierto.

–El pueblo de Chakam siempre ha sido de buenos cazadores de ciervos y buenos navegantes. Las pieles de ciervo del pueblo de Chakam son consideradas como una mercancía muy solicitada en el mar. Los ronin[22] del norte intercambiaron pieles de ciervo por cuchillos de hierro y utensilios de laca. Los piratas chinos del oeste intercambiaron pieles de ciervo con sus telas finas, las de seda y tabaco. También hemos navegado hasta Penghu, una isla del pueblo Han, para intercambiar duras piedras de basalto

[22] Los *ronin*: hombre errante, era un samurái sin amo durante el período feudal de Japón entre 1185 y 1868.

para abastecer a los familiares de *Siraya* a la hora de hacer buenos hachas de piedra y puntas de flecha. Los cuchillos de hierro (*o-lut*) con los que matáis los jabalíes y ropa de seda que lleváis para ver teatros y el tabaco que solo los ancianos (*ma-bo*) respetados pueden disfrutar, ¿cuáles de estos productos no han sido intercambiados por los hermanos de Chakam, buenos sabedores de navegación y comercio? –dijo el hombre de Chakam.

–La bruja (*inibus*) más sabia y reconocida por la gente de Mattau dijo: –¡El desastre vendrá del mar! –Nuestro dios Antepasado Alid había advertido a sus descendientes a través de la clarividente. Ahora ya se niegan a quedarse en el mar esperando los barcos de la gente de Chakam en los que les transportaban las pieles de ciervos. Ellos avanzan directamente a la casa de *Siraya*, tan avariciosos como para quitarnos las pieles de ciervos que nos hemos puesto en la cabeza y en los hombros –expresó Akiam en voz alta.

–El año pasado el barco grande de los hombres pelirrojos entró a escondidas en la bahía de Tayouan, construyeron un fuerte, tratando de ocupar nuestro banco de arena donde pescamos. Fueron echados de vuelta al mar por los valientes guerreros de la población Tayouan y Chakam. Esta primavera no temían que el año pasado habían perdido tantas cabezas, en cambio, han venido soldados armados y más barcos grandes con más mercancías en ellos. Los barcos grandes de los hombres pelirrojos tienen truenos y relámpagos escondidos, pueden escupir enormes bolas de hierro que destruyen una casa larga con mucha facilidad. Las armas de fuego de mano de los hombres pelirrojos pueden derribar fácilmente a una vaca. Al igual que los piratas chinos, son buenos en hacer pólvora de gran poder. En el enorme y sólido barco de los hombres pelirrojos pueden caber decenas de búfalos e innumerables soldados. Las armaduras de hierro que lleva este grupo de soldados son impenetrables a las flechas. Todos los soldados portan en la mano armas de fuego que matan ganado y una espada afilada. A no ser que se escondan en los matorrales más altos que los humanos y los ataquen por sorpresa, los guerreros de Chakam superan con creces a los hombres pelirrojos tanto en número de personas como en armas. Afortunadamente, a pesar de tener armas fuertes ellos no quieren combate, prefieren las pieles de ciervo mucho más que matar a los guerreros, que son buenos cazadores de ciervos. Tienen demasiada tela floral, mas carecen de mujeres blancas para usarla –dijo cortés y pausadamente este elocuente guía de Chakam.

–La gente de Chakam ama la tela y la seda hermosas! –dijo Ilai.

–Al igual que la población de Mattau, nosotros seguimos la supervisión de la organización de los Mayores. En días normales no vestimos de buena tela para no ostentar los bienes personales. Agradezco vuestra comprensión de que los guerreros de Chakam son valientes e inteligentes, no están dispuestos a luchar en una guerra perdida. Además los hombres pelirrojos no quieren ser nuestros enemigos sino, al contrario, quieren ser nuestros amigos. Las disputas y malentendidos entre la población de Chakam y los hombres pelirrojos acabaron en poco tiempo. Hemos ganado gloriosamente telas de flores y perlas vidriadas, Los hombres pelirrojos han encontrado un lugar para anclar el gran barco y el lugar de descanso para los soldados en un estrecho banco de arena en la bahía de Tayouan. En ese banco de arena no habrá ciervos, tampoco es apto para cultivar, solo pequeñas canoas (*bangka*) de pesca anclan allí de vez en cuando. Así que no es mucha pérdida para la población de Chakam, en cambio, siempre puede intercambiar productos exóticos con los veleros del mar. ¡Hermanos de Mattau, los hombres pelirrojos son amables! –dijo el guía de Chakam.

Como dijo el guía de Chakam, los gigantes peludos tenían el cabello rojo que brillaba con una extraña luz transparente bajo el sol, tenían la piel tostada, de color blanco y rojizo. Cuando su tropa llegó a la puerta de la población, Saran se dio cuenta de que los hombres pelirrojos tenían la estructura ósea especialmente gruesa y su cabello era denso e indomable como la hierba salvaje de verano. Por ello usaban telas de colorines para encubrir la vergüenza del cuerpo aunque fuera en verano bochornoso. Parecía que, los hombres pelirrojos, cuanto su cuerpo mejor cubierto con las telas estaba, más gloria y más poder tenían. Ellos daban órdenes con la cara enrojecida. Saran suponía que eran los capitanes (*ka-pit-tan*) de estos hombres pelirrojos. Los que tenían el cuerpo menos cubierto con tela, con el pecho, los brazos y piernas peludas expuestos al aire, probablemente eran los pescadores jóvenes que manejaban bien el barco.

Los guerreros pelirrojos sostenían en la mano un extraño tubo de hierro con mango, podría ser la feroz arma de fuego que decía la leyenda. Sus pechos estaban fuertemente cubiertos con una armadura de hierro de color gris plateado, llevaban un casco sólido en la cabeza.

Obviamente, estos equipos pesados hacían que los poderosos soldados sudaran sin parar en este día tan caluroso, pero parecía que ellos estaban satisfechos con las armas que tenían y no querían quitárselas ni por un momento, soportando fielmente la quemadura brillante que dejaba el sol en su armadura.

"Mis puntas de flecha hechas con huesos de ciervo, por muy afiladas que sean, ¡no pueden atravesar esta armadura tan sólida!", pensó Saran.

–Alonso, el capitán (*ka-pit-tan*) de más poder de este viaje de los hombres pelirrojos, tiene veinte soldados fuertemente armados, siete marineros y treinta esclavos a su mando. Llegaron en un pequeño buque rápido de guerra, pasando por la Bahía Vieja (Beishanwei y Luermen de hoy), entraron en los ríos y los mares del interior desde el río Grande (el río Zengwen de hoy) y llegaron a la población de Mattau después de haber vencido muchas dificultades en el camino –así era cómo presentó el hombre de Chakam al corpulento hombre alto que estaba delante del equipo.

El hombre pelirrojo llamado Alonso se inclinó cortésmente ante los Mayores de la población de Mattau, luego pidió a sus subordinados que mostraran los regalos uno a uno, que incluían tabaco, azúcar, telas, campanillas de cobre, perlas vidriadas y un arco japonés poco común. Aunque no entendían la lengua, el movimiento elegante y pausado de Alonso dejaba bien claro que estos artículos preciosos eran regalos para los Mayores respetados.

–¡Acéptenlos con confianza! Acepten la amistad de los hombres pelirrojos que venían de miles de kilómetros de distancia, no dejen que se vayan decepcionados –dijo el de Chakam.

–¡Está bien! Pero que solo se queden una noche –dijo Ilai.

–Alonso entiende que la amistad de la población de Mattau es muy preciada. Partirán lo antes posible mañana por la mañana para visitar a la población de Siaulang, y no molestarán a su dios mucho tiempo –el de Chakam transmitió lo que querían expresarse ambos. De hecho, el vocabulario de Alonso que podía explicar al hombre de Chakam también era limitado, siempre expresaba sus ideas con palabras muy cortas añadiendo expresiones corporales y de los ojos. En realidad, el elocuente hombre de Chakam añadía muchas más ideas suyas. Era cierto lo que decían de los hombres de Chakam, que eran buenos en hacer comercio por eso los Mayores estaban cautelosos.

–Después de esta visita amistosa, más adelante los hombres pelirrojos y los hombres Chakam harán muchos más negocios siguiendo esta ruta –dijo el de Chakam.

Luego de que el Mayor Ilai asintió con la cabeza, concluyó esta visita de paz. Los hombres pelirrojos fueron llevados a la plaza del templo del pueblo, descansaron debajo del árbol de coral y luego empezaron a cocinar. Es evidente que unos hombres Han delgados y callados eran sus cocineros. Ellos comenzaron a ocuparse de la estufa de tres piedras. Cuando los Han sacaron una gran olla de hierro del saco y empezaron a cocinar el arroz, esa olla gigante sorprendió a todas las mujeres (*pai-pai*) que miraban alrededor de ella. Ellas pensaban que era increíble; con esa olla gigante de hierro podrían hacer suficiente arroz para alimentar a tantos hombres altos. Las ollas que utilizaban las mujeres (*pai-pai*) de la población de Mattau estaban hechas de barro y era difícil llegar a hacerlas de ese tamaño y además se rompían con mucha facilidad. No como la olla gigante de hierro de los hombres pelirrojos que podía ser transportada por los esclavos negros en los viajes, podrían empezar a cocinar en cualquier lugar tan solo juntando tres piedras redondas.

El jefe de los hombres pelirrojos ordenó a los esclavos negros que descargaran las mercancías exóticas y las exhibieran en la plaza. Todas las mercancías se podrían intercambiar con pieles de ciervo, cecina, mijos, cocos frescos, frutas y verduras. El valor de los productos dependía de la decisión del jefe de los pelirrojos. Obviamente el precio de las pieles de animales era el más alto y se podía cambiar por cosas mejores.

La plaza delante del templo estaba repleta de personas, sostenían en sus manos buenas pieles de animales. Las tenían guardadas durante mucho tiempo y que no las usaban para hacer una pelliza para abrigarse y esperaban intercambiar cosas buenas. No había muchas ollas grandes de hierro en los sacos de arpillera de los hombres pelirrojos, por eso son muy caras. La mayoría de las mujeres (*pai-pai*) consiguieron una olla de hierro más pequeña de los hombres pelirrojos a precio de tres piezas de piel de ciervo. La madre de Saran, debido a que su marido es buen cazador, una vez trajo una nutria poco frecuente. Ese animal de agua que vive en las profundidades de los tramos superiores de ríos (*a-ong*) es difícil de capturar por ser buen nadador. Para capturarlas uno tiene que caminar varios días en los bosques de altas montañas, arriesgándose a ser atacado por los hombres bajitos y feroces de una misteriosa tribu. Se intercambia con la tribu de la montaña a precio de una bolsa de sal marina y tres piezas de tela. Es el mejor artículo de cuero y además abriga mucho. Por lo tanto, la madre (*ji-lat*) de Saran cambió esa pieza de cuero, que había pensado regalar a la novia de Saran cuando se casara, por una gran olla de hierro, de manera que se convirtió la única de la población que tenía esa olla. Aunque Akiam no estaba contento, creía que era demasiado cara. No obstante, Jilat que estaba a cargo de la economía de toda la familia, dijo orgullosamente que en esa olla se podía cocinar de una sola vez el arroz para toda la familia, y de paso incluso podía llenar la tripa insaciable de los hombres (*a-ki-a-ki*) del *kuba*.

–Para que vosotros, hombres viejos y hambrientos, no vengáis a molestarme tan a menudo –dijo Jilat en voz alta. Entonces Akiam no se atrevió a expresar más su opinión.

Además de la costosa olla grande de hierro, los artículos más populares entre las mujeres (*pai-pai*) eran telas de seda y perlas vidriadas. Los hombres (*a-ki-a-ki*) preferían artículos de ferretería y tabaco, comenzando desde arrabios, anzuelos y puntas de flecha hasta hoces, azadas, rastrillo y hachas. Los hombres de la población llevaban pieles de ciervo para cambiar por todos estos artículos. Para los cazadores el hierro es un tesoro muy preciado. No había herrero en el pueblo ni tampoco existía el material para fabricar artículos de hierro. Todos los cazadores fundían las puntas de flechas y cuchillos oxidados y los usaban repetidamente. Los cazadores jóvenes con un estatus inferior no tienen posibilidades de poseer armas de hierro. Deben esperar hasta que tengan derecho de la distribución de pieles de presas o tengan la capacidad de luchar y matar a las bestias solos, y despojar las pieles de animales, cuando puedan cambiar un buen cuchillo, unos anzuelos o puntas de lanzas por las pieles de animales.

Akiam le dio a Saran unos arrabios que había intercambiado a escondidas con dos pieles de liebre y dijo:

–Entrégalos a Galauyo, pídele que te haga unas puntas de lanza y flechas. Galauyo es un cazador excelente, tiene técnicas de primera clase reparando instrumentos de caza. Él te hará unas buenas flechas capaces de penetrar en las pieles de ciervo. Obtendrás más y más piezas de piel de ciervo por lo que no temerás no encontrar una buena mujer.

Por primera vez Saran sentía que era pobre y no tenía nada. Solía ser un joven (*a-lat-lat*) feliz, después de crecer y ser *mata*, también era un pescador y un cazador diligente, y nunca le faltaba nada. Los hombres pelirrojos traídos por el hombre de Chakam le dieron una mala sensación. Con unas piezas de piel de ciervo todo el mundo podría tener una buena daga como tenía Yodu en la cintura, que era símbolo de honor. Los sacos de arpillera estaban repletos de buenas dagas, solo a precio de tres piezas de piel de ciervo, no tenía que luchar ni matar los grandes jabalíes. Él pensaba que solo un respetable buen cazador merecía tener una daga en la cintura, sin embargos estos pelirrojos no cazaban y tenía tantas buenas dagas brillantes, parecía que le tentaba:

–Caza más, tendrás infinitas dagas buenas, telas con flores, perlas vidriadas y tabaco.

De la noche a la mañana, parecía que los hombres pelirrojos habían llevado todas las pieles de animales que habían guardado en el almacén de todas las casas largas de Mattau, y les dejaron artículos de hierro resistentes y afilados, lo que parecía significar:

–Más cuchillos, hoces, azadas y rastrillos pueden ayudaros a cultivar más en el campo y comer lo suficiente para que luego vayáis a cazar ciervos con flechas más afiladas.

–¿Para qué quieren los hombres pelirrojos tantas pieles de ciervo? ¿Todo el año hace tanto frío en su pueblo? –preguntó el joven (*a-lat-lat*) Gata en voz baja al oído de Saran.

–Solo necesito un abrigo de piel de ciervo, únicamente me lo pongo en invierno. Nadie necesita una pesada y calurosa piel de ciervo en verano –Gata se dijo a sí mismo.

–Desde tan lejos los hombres pelirrojos transportan estas pesadas pieles de ciervo a su país, ¡allí debe hacer mucho frío! Les hace mucha falta pieles de animales contra el frío. Hacía tanto frío que les obligó construir grandes naves y atravesar el vasto mar para obtener pieles de ciervo. En su pueblo hace tanto frío que cuando ven las pieles cálidas abren sus grandes ojos ansiosos, desean vehemente llevar todas las pieles de ciervo de la población de Mattau a su pueblo para que las tenga cada uno de los hombres pelirrojos –Saran comentó con una actitud de *mata* (hombre soltero) al jovencito Gata.

De lo contrario, ¿por qué el hombre alto y corpulento pelirrojo, el capitán Alonso, se inclinó tan fácilmente a las pieles de ciervo? Observó las pieles delante de él, con los ojos bien abiertos y avariciosos, negándose a descansar. Sus soldados y marineros jóvenes habían bajado sus armas del día y estaban ocupados en seducir con las chicas de Mattau girando sus insolentes ojos vulgares en los senos rellenitos de estas. Era la primera vez tantos extraños forasteros aparecían en esta tierra protegida y bendita por Alid. No se sabía si Alid dejaría a los forasteros pasar la noche en su plaza. Con la excepción de los días en que actuaban teatros para el culto a los ancestros, la plaza delante del templo nunca había encendido tantas antorchas que iluminaban en el cielo con tanta brillantez. Los curiosos del pueblo no se dispersaban y trajeron licor de arroz y carne podrida para este grupo de invitados de cabello extraño. Al final estos hombres pelirrojos también ofrecieron su licor más fuerte a los Mayores y a los cazadores. No era de extrañar que tuvieran que tomar este tipo de licor tan amargo y asfixiante. Este licor de los pelirrojos ardía como un fuego; hacía que la gente sintiera calor en todo el cuerpo. Tras haberlo tomado no tendrían frío en su gélido pueblo natal. No era de sorprender que crecieran cabellos rojos en todo su cuerpo tras haber tomado este tipo de licor.

Lo más misterioso era este grupo de esclavos negros con el pelo corto y rizado, parecía que vinieran de otro país. Les gustaba también estar desnudos y comer *buyo* (*a-bi-ki*), especialmente les agradaba la carne podrida marinada por la gente de Mattau. No existía en el pueblo de Mattau persona a la que no le gustaran los gorditos gusanos jugosos producidos por estas carnes podridas. Por lo que antes de curarla la dejaban pudrirse y agriarse por un tiempo para que produjera gusanos. Este plato de gusanos vivos de la carne podrida era el mejor manjar de la población Mattau. Normalmente se ponía en las vasijas de barro guardadas en la casa larga que rara vez se mostraba. Las sacaban exclusivamente en momentos de rendir homenaje a los antepasados más respetados o para disfrutar con los más distinguidos huéspedes. La primera vez que los hombres pelirrojos vieron este manjar delicioso estaban demasiado asustados como para acercarse, en cambio, sus esclavos negros comieron con gusto, sabían elegir los gusanos más gordos y deliciosos para comerlos crudos. Saran sentía que estos esclavos eran extraños y familiares a la vez. ¿Quizás la gente de su pueblo también sabía comer gusanos vivos?

–¿Por qué estos hombres negros se alejaron de su pueblo de origen y tomaron grandes barcos para llegar a un lugar exótico trabajando para los hombres pelirrojos transportando mercancías pesadas? Tienen cuerpos fuertes con músculos, ¡siempre hay bosques densos y vastos que pueden recorrer! ¿Por qué vinieron a lugares extraños y siguieron las órdenes de los hombres pelirrojos? ¿Acaso las telas florales y los licores fuerte hicieron que los hombres negros perdieran la cabeza?

De repente Saran sintió una sensación ominosa en su corazón, y no podía decir por qué estaba tan preocupado. En esta hermosa noche llena de aroma de licor y el cielo rebosante de luces, tanto cazadores como mujeres disfrutaban bebiendo y cantando. Parecía que las preciosas telas de seda y las karakurau[23] estarían disponibles después de la aparición de rebaños de ciervos de este otoño. Alonso, el líder, y sus armados soldados, como si anunciaran oficialmente que rebaños de ciervos serían las fortunas de la población de Mattau, ¡no se les pierda ni uno!

–¡Cazad más ciervos! ¡Cazad más ciervos! –El altivo Alonso agitaba la mano con la ristra de perlas vidriadas en la plaza del templo iluminado, aunque no dijera ni una palabra, todo el mundo entendería el significado de esta ristra de brillantes perlas. La sombra oscura de Alonso se reflejó en el altar de la vasija de los espíritus errantes y sobre el cráneo de cerdo, como si todos los fantasmas de los cazadores nobles y grandes fueran despertados por la riqueza de Alonso. Desde un estado de sueño profundo salieron desde la vasija de los espíritus errantes, con gestos amenazantes volando hacia las praderas a esperar el primer rugido del rebaño de ciervos de otoño que llegara para refugiarse del frío.

La mirada codiciosa del pelirrojo Alonso parecía seguir diciendo:

---

[23] *Karakurau*: un tipo de perla vidriada. Se basa en un cilindro blanco rodeado de dibujo de pluma de color azul, amarillo, naranja y rojo que se parece a la cola de un pavo real. Esta perla vidriada simboliza el amor. Se considera de extrema calidad y es muy apreciada.

–Hay infinitos rebaños de ciervos en la pradera si estáis dispuestos a cazarlos, tendríais infinitas riquezas y gloria.

La preocupación surgida en el fondo del corazón del pobre Saran fue disipada por la alegría de las chicas jóvenes tras ver las perlas vidriadas y telas florales. Los héroes siempre traen hermosos cueros de animales y cabezas humanas, que muestran su coraje excepcional, y esto hace que las chicas jóvenes les admiren y les amen. Las hermosas pieles de ciervo podrán intercambiarse por telas florales que conmueven el corazón de chicas jóvenes y además incrementan los méritos y la gloria de los cazadores.

Por primera vez Saran entendió el significado de riqueza a pesar de que la riqueza le hizo sentir incómodo. A las chicas jóvenes les gustaba más la riqueza que tenía forma y que se podía tocar, se ve sin tener que trabajar duro para presumir de honor y mérito. Solo un gran cazador como Akiam podía ofrecer a Jilat el honor de tener la única gran olla de hierro de toda la población de Mattau.

Este honor llegará imparablemente este otoño cuando los rebaños de ciervos pisen el suelo, e invadirá con una fuerza incontenible.

En 1625 D.C., los holandeses cruzaron la bahía de Tayouan (mar interior de Taijiang) e intercambiaron telas por tierra en la población de Chakam en la orilla opuesta de la población de Tayouan. En 1626, la muralla de la parte noreste de la ciudad de Orange en la población Tayouan se construyó con mampostería y ladrillos, y el resto de las murallas de la ciudad y los cuatros bastiones se apilaron temporalmente en muros de barro de seis chi[24] de espesor para reemplazar las estructuras de madera originales. La mampostería utilizada para la construcción fue traída desde China y se reclutó a un gran número de chinos para ayudar a algunos artesanos holandeses a acelerar el proyecto de construcción.

---

[24] El *chi* es una unidad de medida china tradicional de longitud. Deriva del tamaño de una mano extendida.

Capítulo 3
El frenesí de cazar ciervos

En el año 1626 D.C., el olor de la pradera otoñal continuaba atravesando las tranquilas olas de la bahía de Tayouan y los barcos de pesca. El viento soplaba desde la población de Chakam situada en la costa sureste de esa pradera pantanosa hasta la población de Tayouan situada en la costa noroeste de la península del banco de arena, tras haber encontrado con la ciudad de Orange que gradualmente se elevaba en los bancos de arena y donde los holandeses se apresuraban a trabajar, se detenía. El aire de la pradera y el aire tranquilo estaban dispersos por el ruido de las calles donde estaban distintos toldos levantados alrededor de los muros de barro y vallas de madera; ese aire ya no llegaba, como antes, a las frescas y aireadas casas largas de la población de Tayouan que habían estado aquí.

Los forasteros que vivían en estos campamentos provisionales eran soldados holandeses, comerciantes, aventureros, artesanos, agricultores reclutados por los Han, los trabajadores esclavos independientes de las islas Banda y búfalos. Las calles y el mercado estaban tomando forma progresivamente, presentaba un ambiente próspero. Su expansión apretaba continuamente a la población de Tayouan que originalmente se asentaba allí. Los carpinteros trabajadores Han se volvían populares y se levantaban nuevos edificios de ladrillos y maderas en todas partes, esperando el momento de su terminación. Un gran número de agricultores Han llegaron en veleros chinos a esta isla de bancos arenosos y se presentaron ante sus patrones holandeses quienes les habían convencido a venir a esta nueva tierra. Ellos estaban esperando recibir herramientas agrícolas y tierra asignada. Decenas de búfalos de Batavia[25] habían llegado al muelle y se mantenían en cautiverio en la pradera junto al mercado provisional. Numerosos solteros Han deambulaban por el mercado provisional esperando oportunidades de trabajo. Hacían que los

[25] La ciudad de Batavia es hoy en día Yakarta, la capital de Indonesia.

pescadores, mujeres y niños de la población Tayouan, quienes eran originalmente de aquí, se convirtieran en una minoría.

El jefe principal de estos grupos extranjeros era la Compañía holandesa de las Indias Orientales. Constantemente ellos se apresuraban a enviar pequeñas expediciones tierra adentro. Estas expediciones estaban equipadas con armas superiores y llevaban los productos preferidos de los indígenas. Estas expediciones estaban empujadas por un plan de explorar las tribus asentadas en las praderas y en los densos bosques y llevaron informes de investigación sobre tierras cultivables de todas partes. Los galeones de varios mástiles que izaban la bandera tricolor de la real holandesa también viajaban con frecuencia en el mar de China situado entre Batavia y Tayouan, transportando más personas y materiales de construcción, solo para ese castillo que estaba levantando poco a poco y que todavía no había terminado.

En 1626 D.C., en el plan de construcción de la Ciudad de Orange se dividió en ciudad interior y exterior. La ciudad interior se fue construyendo poco a poco con mampostería, ladrillos, arroz glutinoso, almíbar y ceniza de concha de ostra y una mezcla de arcilla, cal y arena. El muro sería aproximadamente de 3.84 chi de grosor y 18 chi de altura. La ciudad exterior no había empezado a construirse todavía. Desde 1625 las pequeñas expediciones enviadas por la Compañía holandesa de las Indias Orientales contactaron tres veces con la población de Mattau a la que pertenecía Saran. El concepto del valor de las pieles de ciervo cambió de manera espectacular entre las tribus. Los holandeses descubrieron que la producción de pesca y caza de los indígenas solo podía ser autoabastecida, y la tecnología agrícola aún se encontraba en la Edad de Piedra, con el cultivo del fuego y la agricultura nómada la cosecha era limitada. Las pieles de ciervo eran los únicos productos de comercio a los que les podían sacar beneficio. Para conseguir provechos de esta fértil tierra virgen tendrían que buscar otro camino.

En 1626, el aroma otoñal de la pradera traía consigo frescas y suaves pelusillas de eulalia, revoloteaban en el cielo azul fresco, sobre la blanca caña silvestre, por grupos de carrizo de color marrón oscuro, por la eulalia dorada, flotaban sobre la orilla y la isla del río llenas de guijarros, volaban sobre pantanos y campos con arroyos entrecruzados, descendían y cayeron delante del pozo donde Saran y Gata se escondían en cuclillas. Saran y Gata habían estado esperando pacientemente durante la noche. Ayer por la mañana Saran encontró una pradera pantanosa con exuberante vegetación siguiendo los pasos de los ciervos. Saran descubrió que las huellas de la manada de ciervos aquí son caóticas y hundidas, lo que indicaba que a los ciervos les encantaba detenerse aquí y disfrutar de las deliciosas hierbas. Debido a la creciente lluvia en verano, las tierras bajas a menudo se inundaban durante cortos períodos de tiempo, formando un fértil y húmedo lodo negro. Incluso en otoño las hierbas crecían especialmente frescas y jugosas, de manera que este se convirtió en un lugar secreto de forrajeo para los ciervos.

En una noche de niebla y rocío, Saran invitó a Gata a venir aquí. Eligió una tierra seca, excavó un pozo donde los dos podían sentarse y esconderse, agachándose dentro con hierbas y ramas atadas a la cabeza. Sus caras estaban pintadas de lodo negro para evitar el reflejo de la luz de la luna. Todo el cuerpo estaba cubierto con grasa de ciervo que sobró el año pasado para protegerse del viento y los mosquitos por la noche. Así pasaron toda la noche en el pozo que estaba al lado de la pradera pantanosa esperando la aparición de manada de ciervos de madrugada.

Desde que los hombres pelirrojos llegaron al pueblo a comprar pieles de ciervo, los beneficios de éstas hacían que los cazadores se volvieran diligentes en la caza de ciervos. Aunque todavía nadie se atrevía violar la tradición de cazar los ciervos salvajes en grupo ni la norma de la distribución las presas, había personas que empezaban a cazar en secreto y rastrear manada de ciervos solos. Una vez que alguien no podía evitar la tentación de las telas florales y las perlas vidriadas, la valentía de los seguidores sería como el jabalí con sus jabatos en primavera. Incluso la reunión de los Mayores que guardaba las normas tenía que hacer como el cazador al encontrarse con la jabalí hembra, hacía la vista gorda y dejaba pasar a la madre que estaba criando los jabatos.

Saran se encontraba en un momento en el que quería ansiosamente ser un cazador laureado. Necesita más pieles de ciervo para conquistar una buena esposa (*tai-lat*). Había infinitos ciervos (*bun-lan*) en el campo. Si sigue la tradición de cazar ciervos (*ma-ka-a-lat-hah*), según su categoría, este otoño como mucho le tocarían dos o tres piezas de pieles de ciervo. No quería ser como algunos ancianos de buena posición que se entregaban en la holganza de fumar tabaco (*ta-ma-kok*), y tenían una buena mujer que buscaba y les traía agua todos los días, y les preparaban arroz (*lo-bok*) caliente con una buena olla (*ta-ni-lek*) y además sabían criar bien gallinas (*toh-koa*) y patos (*hah-na-hah-na*); de manera que estos ancianos no tenían que gastar su energía persiguiendo animales. Como mucho solo pescaban (*gin-bi-lok-si-kan*) o seguían a su esposa (*tai-lat*) trabajando en el campo y convirtiéndose en agricultores (*lim-ma-hah*) que no sabían correr y que llevaban una buena daga (*o-lut*) en vano en la cintura.

El sonido de los ciervos en el campo ha estado sonando en su corazón.

El sonido de "cazar ciervos", "cazar ciervos", le estaba presionando en el corazón. Cada vez que el sonido de cazar ciervos le apresuraba misteriosamente, Saran sentía como si todo su cuerpo estuviera lleno de una energía de combatir con ciervos salvajes. Esa fuerza le hacía concentrarse sin sentir cansancio. Miraba fijamente los movimientos de su alrededor; le hacía sentir el hedor ácido de las cosas podridas bajo el sol del pantano de verano, veía incluso la caída de la pelusa de espiguillas de otoño.

–¡El amanecer (*ma-lat-ma-hah*) aparece pronto siempre! –Gata rompió el silencio de la mañana.

–¡El rocío (*lat-bok-hah*) ha mojado la pelusa de eulalia! –Saran contestó en voz baja, mientras, con sus grandes ojos, miraba fijamente al campo y miraba de un lado al otro, no se quedaba relajado ni un momento.

–Si las pelusillas de eulalia no esperan al amanecer para volar, ¡también la manada de ciervos saldrá temprano para buscar comida! –Gata murmuró. Gata ha contado diecisiete florecimientos del árbol de coral, ha empezado a dejarse el pelo largo y se ha convertido en un *mata*. Saran recordó que hacía dos años desde que había cruzado los bancos de arena del mar interior, esa aventura de cuando él mismo acababa de llegar a ser *mata*. Había sido convencido por el joven y travieso Gata para ver el mar profundo donde estaban los peces grandes, y había encontrado por casualidad esa nave gigante con velas abiertas de los hombres pelirrojos. Dos años más tarde, el mancebo (*a-lat-lat*) llegó a ser un cazador cualificado; cazaba incesantemente los ciervos también para llenar la tripa de esa nave gigante y hacer que desembuchara los productos preciosos de su bodega.

–Cuando aparece la manada de ciervos tienes que elegir uno, y lo pinchas con toda tu fuerza. No puedes querer uno y al mismo tiempo otro, perderás la oportunidad por ser indeciso. Si tu lanza va rápido y precisa, mata rápidamente a uno, solo en ese momento puedes lanzar una flecha para otro, ¿entiendes? Si no, ¡no cazarás ni uno! –dijo Saran.

–¡Voy a elegir un ciervo macho alto y fuerte! –dijo Gata.

–Un ciervo macho alto y fuerte no tiene miedo a la débil lanza de un joven de pelo largo como el tuyo, además ellos corren a una velocidad inalcanzable. Si los provocas y corren hacia ti, todo el suelo tiembla. Es mejor observar; elige con cuidado un ciervo frágil, que corre más lento que tu lanza; dejamos los fuertes ciervos macho a los ciervos hembra en celo para que de esta manera nazcan más cervatos –dijo Saran.

–¿Por qué Gata no puede con los fuertes ciervos macho? Muchas personas de Han están locos por conseguir sus hermosos cuernos tiernos –Gata respondió con disconformidad.

–Solamente los viejos cazadores experimentados y hábiles son conscientes del peligro de luchar solo contra los fuertes ciervos macho. He perdido muchas veces en las luchas contra los fuertes ciervos macho, todo se debía a mi codicia y arrogancia e incluso casi perdí mi vida. En aquel momento también pensé que tendría mucha confianza en mí mismo mientras fuera fuerte y corriera rápido. Pero en realidad nos queda mucho por aprender del ciervo y de los viejos cazadores. Incluso los cazadores con tantos honores como Galauyo y Akiam también necesitan cazar junto con otros para asegurarse de matar un gran ciervo macho. No irrites al gran ciervo macho para que no rompa tu pecho con su cuerno. Acabas de aprender de caza, respetar la manada de ciervos te deja vivir más tiempo y aprender más rápido –dijo Saran.

Gata asintió con la cabeza, silenciosamente sacó dos taros crudos y lavados de la calabaza seca en su espalda, le dio uno a Saran y dijo:

–Me lo ha preparado mi abuela (*bu-bu*). Tendrás hambre, ¡come para luego tener fuerza para tirar las lanzas!

–¡Qué taro más delicioso! –Saran sacó su hoja de piedra bien afilada, cortó la piel del taro y le dio un gran mordisco. Sacó dos *buyos* de su bolsa y un tubo de bambú que tenía licor de arroz dentro, abrió la tapa de cuero, el aroma del licor se dispersó inmediatamente.

–¡Come! El licor (*ta-lat-so*) y el *buyo* mantienen el cuerpo del cazador caliente y flexible en la fría mañana. Este me lo dio mi madre (*ji-lat*) a escondidas. Todos los hombres se apresuraban a beber el licor de mijo que ella preparó, ¡y era incluso más dulce y aromático que el licor de mijo elaborado con la saliva de las vírgenes! –Saran estaba ocupado mientras miraba a su alrededor a través del camuflaje de hierbas y hojas. Ese mullido provisional, hecho con ramitas y hojas, cubrió ingeniosamente sus cabezas y pechos, haciendo que la gente pensara que era simplemente una maraña normal.

Gata dispersó el rocío de su cabello mientras comía el taro y dijo:

–Mi abuela (*bu-bu*) guardó dos buenos taros en su campo especialmente para mi viaje de caza. Ayer por la tarde los excavó con un palo, los limpió y los puso en mi calabacino. El campo de mi abuela (*bu-bu*) es regado por el mejor manantial (*si-ma-lo-lat*), el agua dulce brota automáticamente del suelo y fluye atravesando su campo de taro, dime, ¿cómo no van a saber bien taros criados por este manantial dulce?

–Voy a cambiar mi piel de ciervo por unos tabacos finos y un azadón con los hombres pelirrojos para regalárselos a mi abuela (*bu-bu*). El azadón le ayudará a cuidar su campo de taro más fácilmente y podrá fumar pipa en el cobertizo del campo cuando esté libre –dijo el ingenuo Gata.

–¿No quieres cambiar unas telas florales y collar de perlas vidriadas para mujeres (*pai-pai*) que quieres cortejar? –preguntó Saran con una sonrisa mientras tomaba otro sorbo de licor.

–¡Por supuesto! ¿Cómo van a ser suficiente esas pieles de ciervo? ¿Para qué estamos aquí sin movernos y dejamos que el rocío nos cubra nuestro cabello esperando que la manada de ciervos salga del bosque? –Gata chilló de una manera extraña.

Desde la población de Mattau marchando hacia tierra adentro, por lo menos se necesita medio día para poder llegar al borde del lago y el denso bosque donde se esconde la manada de ciervos por la noche. Después de cruzar el gran lago pantanoso y denso bosque está la montaña de rocas rodeada de árboles gigantes donde el sol no llega. Dice la leyenda que allí viven los enanos (*pa-jak*) negros quienes tienen cola colgante y se esconden en los árboles. Siempre apuntan a los intrusos con flechas envenenadas y luego cortan sus cabezas. Este lugar no pertenece a *Siraya*, tampoco corren las manadas de ciervos. A los ciervos salvajes les encantan árboles de ciervo que crecen en los campos abiertos y soleados donde hay bosques densos y arbustos en el campo llano de tierra pantanosa y colinas de poca altura. Todos los cazadores saben que los ciervos salvajes salen del denso bosque donde se esconden y vagan por el campo por la mañana o al atardecer. Las manadas de ciervos migran de un bosque a otro para buscar fuentes de agua, pastos y árboles de ciervo de hojas tiernas. En el denso bosque es difícil tirar lanzas y correr, solo se puede poner trampas para atrapar ciervos salvajes. Uno tiene que estar escondido y esperando con mucha paciencia para que el ciervo pierda su alerta y se acerque a la trampa. Saran ha recibido este entrenamiento de esconderse desde pequeño. Deja que las hojas y excrementos de pájaros caigan en su cuerpo y en su alrededor, deja que la serpiente se arrastre sobre su estómago y que pase sin moverse, deja que se convierta en un árbol del bosque sin que dé cuenta el viento.

–Imagínate que estás acostumbrado al lecho de arena suave, a las hojas podridas del bosque, deja que te despierte el rocío fresco en la mañana de verano, no te parecerá un sufrimiento –dijo en voz baja.

–Lo mejor es que al despertarme una mujer se enamore de mí por mi tela floral –dijo Gata traviesamente.

–A nuestros antepasados que vivían en la antigüedad no les faltaban mujeres (*pai-pai*) para darles hijos o hacer licor de mijo debido a la falta de tela floral de los hombres pelirrojos –dijo Saran en voz baja mientras miraba atentamente la situación en el exterior.

De repente, se produjeron unos ligeros movimientos en el matorral alto de noreste, no era el vuelo de una bandada de pájaros, sino un par de cuernos bonitos de ciervo. Ayer por la tarde antes de salir de caza, todas las bandadas de pájaros volaron de izquierda a la derecha, y el canto de pájaros también indicó lo bueno de este vuelo. Después de un rato, un ciervo alto salió del matorral lentamente, llegó con pasos cautelosos a la pradera blanda, estaba probando si existía amenaza peligrosa a su alrededor. Era un ciervo macho líder. Saran se apresuró para detener a Gata que estaba a punto de salir, le indicó que no era el momento. Gata estaba tenso y un poco aturdido, perdió por completo esa confianza que había tenido antes.

Saran lo sabía bien, si en ese momento salía persiguiendo ciegamente la manada de ciervos, aunque agotara toda su fuerza, como mucho, podían cazar un ciervo cada uno. Lo llevaría como siempre en el hombro de la vuelta a la población para que su madre (*ji-lat*) lo pelara e hiciera cecina de ciervo. El resultado de duro trabajo de dos o tres días a lo mejor era solo para hacer un par de calcetines de la piel de ciervo, un chaleco o un cubrecama. A ese ritmo no sobrarían pieles almacenadas durante el invierno para intercambiar productos que eran cada vez más caros de los hombres pelirrojos. En la tercera visita de los hombres pelirrojos al pueblo, la muy solicitada olla de hierro pasó de tres piezas de piel de ciervo a cinco. Los hombres pelirrojos dijeron que la bodega de su nave gigante estaba cada vez más vacía, y el viaje era demasiado largo, si no llenaban la bodega de pieles de ciervo más rápido, no pondrían en marcha el timón ni levantarían las velas para regresar a su pueblo a por más productos nuevos. Los métodos de cazar ciervos de los antepasados a menudo solo podían satisfacer las necesidades de los niños y de ellos mismos, no podían incentivar a los hombres pelirrojos a transportar voluntariamente barco tras barco de productos baratos.

El fuerte ciervo macho no inclinó la cabeza para comer hierba enseguida, alzó el cuello para oler el viento y escuchar, con los redondos ojos negros miraba avivadamente a su alrededor, revelando su calma de líder. Eso mostró que en el matorral se escondía una manada de ciervos esperando su exploración de camino.

De repente Saran no se dio cuenta de que si él estaba en contra del viento. Si así fuera, sería malo. Un ciervo macho inteligente olía al cazador enseguida estando a favor del viento. Anoche cuando elegía el lugar de la emboscada no tuvo en cuenta el problema de olor de los ciervos salvajes. La dirección del viento era desde el sureste donde se levantaba el sol y soplaba diagonalmente hacia el mar dirección noroeste.

–El ciervo macho está concentrándose en olfatear, estamos cerca del lugar a favor del viento, ¡baja el cuerpo! –dijo Saran en voz baja.

–El ciervo macho está a punto de descubrirnos, ¿por qué no aprovechamos la primera oportunidad para combatir? ¿Por qué? –murmuró Gata con expresión ansiosa y perpleja.

Saran no contestó, con los ojos firmes indicó a Gata que mantuviera tranquilidad y paciencia. Saran sabía que estaban muy lejos de donde estaban los ciervos, aunque la lanza fuera tirada por un cazador fuerte, no sería capaz de sobrevolar el matorral y dar en uno de los ciervos. Ese gran ciervo macho musculoso estaba muy lejos del alcance de la lanza, más la manada de ciervos que estaba detrás.

Él siempre tenía que correr persiguiendo uno de los ciervos solitarios y cuando estuviera a una distancia asegurada tiraría la lanza. Cuando acertara debería quedarse contento por el trofeo del día, le quitaría la piel, pero no se quedaba satisfecho, quería el segundo, incluso el tercero, sobre todo después de una larga noche de espera. La buena virtud de cazar no le permitía tener más productos este otoño. En la reunión de los Mayores decidieron que, después de la temporada de caza de ciervos de otoño, un honorable grupo formado por cazadores llevaría las pieles de ciervos a la población Tayouan y visitaría el castillo que estaban construyendo los hombres pelirrojos, al mismo tiempo asistirían al legendario mercado callejero concurrido y de paso intercambiarían todos tipos de productos exóticos.

Él debería esperar y esperar que la manada de ciervos entrara por su propia voluntad al alcance de la lanza. De esta manera este invierno podría, con pesadas pieles de ciervo en la espalda, unirse a este honorable equipo. Para desafiar este admirable honor no haría como los chicos de su edad que centraban la atención de su vida en tocar el arpa de arco, juguetear con chicas jóvenes o cortejar a una chica, y después cuando tuvieran tiempo libre llamarían a sus hermanos o padres para salir de caza. Él estaba todo el día andando por los espesos bosques o campos abiertos para seguir las rutas de movimientos de ciervos, buscando mejores lugares para colocar trampas, sin tener en cuenta el viento, la lluvia o el aburrimiento. Siempre tenía el cuerpo cubierto de grasas de ciervo y llevaba una calabaza seca con herramientas dentro, dos o tres arcos, flechas y lanzas, una daga colgada en la cintura y no llevaba nada más que ese taparrabo en todo el cuerpo. A veces se trataba mejor a sí mismo y llevaba su bolsa de *buyo* con algunos *buyos* y hojas de betel, taros o un tubo de bambú lleno del licor de arroz, esperando todo el día cerca de la trampa. A veces llevaba varios días sin nada. La sal del calabacino y la piedra de pelar pieles se quedaban intactas.

Antes había estado siguiendo a su padre (*a-kiam*) para aprender técnicas y adquirir experiencia cazando, además salía de caza con más diligencia que otros. A pesar de que a veces se sentía frustrado a causa de ser joven y por falta de experiencia, poco a poco iba mejorando tras salir de caza más veces. Saran se convirtió en un joven *mata* que a menudo cazaba solo. Había progresado muy rápidamente, a veces cazaba no menos presas que dos o tres cazadores veteranos juntos. Aunque todavía vivía y comía en la casa larga de su madre (*ji-lat*), era considerado como un *mata* que necesitaba el cuidado de su madre. No podía ingresar al grupo de su padre y ser miembro de un grupo de verdaderos cazadores por el hecho de no haber cumplido los 23 años, pero los miembros de su tribu le habían dado un apodo honorable: el joven buen cazador o el joven cazador solitario Saran. Él sabía muy bien que, con sus 19 años y con su estatus de tan bajo nivel, tendría que hacer más esfuerzos para entrar en este equipo de cazadores honorables.

Las experiencias pasadas le enseñaron a Saran a tener paciencia para esperar el momento en el que los ciervos bajaran la guardia, no podía perseguir las presas sin usar cabeza, eso era una pérdida de energía y ponía en evidencia como un cazador imprudente.

Poco después, como esperaba, el gran ciervo macho no sintió el olor del extraño, empezó a agitar el rabo y las orejas para indicar a sus compañeros que se reunieran para pastar. Acto seguido los ciervos, uno a uno, saltaron del matorral dorado, y se apretujaron en este pasto tierno formando círculo tras círculo con las cabezas hacia fuera y rabos hacia dentro. Los ciervos macho más fuerte siempre estaban en el círculo exterior para proteger a los más jóvenes del círculo interior. Mientras comían, de vez en cuando levantaban la cabeza para mirar a su alrededor.

Gata se quedó fascinado por esta escena interesante delante de sus ojos y dijo bajando la cabeza:

–Resulta que los ciervos son tan inteligentes, saben mantenerse alerta para protegerse.

–Observa con cuidado, elige uno débil, actúa cuando se acerquen –dijo Saran bajando la voz.

Poco después los ciervos bajaron la guardia paulatinamente, la forma de equipo en pastoreo se expandió lentamente, algunos se acercaron al matorral de camuflaje de Saran. Éste vio que Gata sostenía fuertemente las lanzas con las dos manos y la cabeza se le llenaba de sudor. Los rayos de sol han atravesado fuertemente entre las hojas, penetraban oblicuamente en el pozo de tierra formando puntitos brillantes de luz.

Saran levantó la lanza y le hizo un gesto a Gata con los ojos:

–¡Yo, a la derecha, tú, a la izquierda! –después de que Gata asintiera con la cabeza, los dos apartaron la hierba y saltaron al mismo tiempo. Saran, con una lanza de 5 chi apuñaló apresuradamente en la pata delantera a una cierva hembra que estaba cerca, acto seguido levantó el arco y disparó una flecha al otro. Mientras los ciervos espantados huían, Saran, como una bestia enloquecida, persiguió a otro ciervo macho que era viejo, débil y no corría. Gata se quedó estupefacto y dejó de correr, olvidando el ciervo tirado debajo de sus pies sin poder moverse, al que él había atinado.

En pocos instantes Saran tumbó tres ciervos con la velocidad del viento, gritó como un salvaje, al otro lado de pradera lejana cerca del bosque. El polvo levantado por la huida de los ciervos inmediatamente bloqueó la visión de Gata, no pudo ver lo que estaba haciendo el enloquecido Saran al lado del ciervo macho que había matado. Gata estaba atónito, no podía entender por qué el indeciso Saran de antes se llenaba de fuerza salvaje en el momento de la caza, como si estuviera poseído por el espíritu del antepasado, nadie podía detenerlo. Después de que la arena se asentó, se vio vagamente que Saran alcanzó a otro ciervo, que tenía flecha en su pata trasera y por eso cojeaba, sacó el cuchillo y apuñaló la garganta de la bestia, y bajó su cuerpo para chupar la sangre salpicada del ciervo.

Entonces, Saran de repente recordó algo. Corrió, con la boca llena de sangre hacia el aturdido Gata, gritando en voz alta:

–¡Lo sabía, debes estar asustado! ¡Alivia el dolor de tu pobre ciervo (*bun-lan*) cuanto antes!

Solo en este momento Gata se acordó de esa cierva herida debajo de su pie. La sangre brotaba desde la herida del vientre blanco, los dos ojos se cerraban y se abrían, mostrando una expresión de dolor y jadeaba. Gata vaciló, aunque sabía qué tenía que hacerlo.

–Debes ayudar a tu oponente a salvar su alma. Ha perdido la batalla. Su cuerpo va a servirte como comida y ropa. ¡No debes hacerlo sufrir antes de la muerte! –expresó Saran.

–Voy a buscar ese ciervo que recibió mi lanza al principio. Seguro que no estará lejos escondiéndose en el bosque e intentando huir arrastrando la lanza unida a la cuerda. ¡La punta de la lanza con púas colgada en su cuerpo le estará torturando a morir! –al terminar de decirlo Saran, con la daga y el cabello suelto, corrió hacia el bosque.

Antes de desaparecer en el bosque soltó esta frase:

–¡Espera mi vuelta: voy a enseñarte a afilar el cuchillo para pelar la piel y cortar la carne! –la ágil figura de Saran como un lince hizo que Gata se diera cuenta de repente de que Saran tenía ese honor como el nombre que le daba la gente de la tribu: el buen cazador solitario. Cada vez que sale de caza sacrifica y pela sus presas en el lugar, suele hacer dos viajes para poder llevar sus presas al pueblo. Saran, había sido compañero de combate desde pequeño y ascendió a ser cazador dos años antes de él. Gata no esperaba que él aprendiera tan rápidamente, hasta trabajos como cortar la carne de la bestia y pelar los hizo él solo. Pudo imaginar que en el futuro Saran se convertiría en un gran cazador.

Viendo acciones tan rápidas como las de su hermano, Gata fue incitado y sacó su daga y pinchó a la garganta del ciervo, que fue la primera presa de su lanza, el sufrido ciervo murió y descansó enseguida. Gata intentó bajar el cuerpo para chupar la sangre salpicada. Una y otra vez los Mayores decían, ante la hoguera bajo la luna, que los hombres que no habían succionado sangre de ciervo salvaje no podían convertirse en verdaderos cazadores. La naturaleza salvaje y el poder espiritual del ciervo se introduciría en el cuerpo del cazador a través de la sangre y le convertiría en un guerrero poderoso.

En el momento que Gata ingirió la sangre caliente brotada de la presa, por fin, comprendió ese poder místico de la posesión del alma de Saran.

En 1626, septiembre suponía el comienzo de otoño en el calendario Han, era el momento del rito de la liberación de los espíritus errantes de la población de Mattau. El pueblo *siraya* recordaba venerar el dios del Antepasado Alid cada mes según la luna llena y menguante y acordó que esta ceremonia debía transmitirse para siempre. Los *sirayas* juzgaban los términos solares y ritmos de las cuatro estaciones basándose en las sensaciones corporales y la visión al observar la rotación de todas las cosas. Por lo tanto, el momento de la ceremonia de consolar a los espíritus errantes era en el Equinoccio de otoño[26], que era después del Rocío blanco y antes de la Caída de escarcha en el calendario Han. En el campo salvaje del Mar Interior Daofong todavía era en verano, en el que uno tenía que estar desnudo por el calor, y ese calor seguía apretando. La bruja (*inibus*) sensible debía prestar mucha atención a los cambios en términos solares. Después de que el rocío de la mañana aumentara poco a poco y volviera a hacer frío hasta antes de la caída de la escarcha en el campo es el momento de decidir la fecha de consolar los espíritus errantes. El eupatorio había estado en el agua dentro de la vasija con el fin de reprimir los espíritus errantes, este era el momento de retirarlo. De esta manera liberaron los espíritus que habían estado confinados durante toda la primavera y verano al mismo tiempo para que regresaran libremente al mundo.

---

[26] Según el calendario lunar chino existen 24 términos solares o períodos solares que se refieren a los términos climáticos que representan los cambios de estación. El Equinoccio de otoño, el Rocío blanco y la Caída de la escarcha son tres de los términos solares.

Cuando se llevó a cabo la ceremonia de Kaihiang, Saran estaba ansioso por atrapar ciervos, paseando por los campos de hierba donde la luz del sol todavía estaba furiosa. No paró hasta la noche de luna llena cuando los mijos estaban ya crecidos, y llegó el ambiente otoñal en la pradera después de la caída de escarcha. Esa noche se celebraba la fiesta de la cosecha del aniversario del Antepasado Alid. Los mijos siempre crecían esforzándose en verano para ser cosechados en otoño. Después del cumpleaños del Antepasado Alid llegó el verdadero otoño. Era el quince de octubre, después de la Nevada Ligera[27], del calendario lunar chino, la vegetación comenzó a marchitarse y de forma colectiva los ciervos debían trashumar hacia el sur en busca de las hierbas todavía vivas y hojas nuevas que resistían el frío. También era el momento en que los cazadores se reunían y salían en grupo para cazar ciervos en el campo.

[27] Otro término solar del calendario lunar chino.

Capítulo 4
La reunión de los Mayores

El otoño perduró hasta 1627 del calendario de los hombres pelirrojos. Ha llegado la corriente del aire frío. Las olas que transportaban las canoas se volvían cada vez más inquietas, seguían el viento del norte bailando noche a noche, esparciendo el olor corporal salado del mar por todas las casas largas de la costa, pegando el líquido pegajoso del mar (*ma-ong*) en el cabello de cada persona de las casas largas, de manera que los *sirayas*, para salir de casa en invierno, tenían que taparse el cabello con tela verde para que el viento pegajoso del océano no arruinara la sedosa melena y se le llenara del olor oceánico.

Saran estaba vestido con la piel de ciervo sentado en la plataforma alta de la casa larga de su madre (*ji-lat*) disfrutando del sol que cada vez más corto. Por fin, tenía tiempo libre para vigilar las pieles de ciervo que él había cazado este año, que estaban puestas bajo el sol en el exterior de la casa larga. Todo el otoño era una época atareada para los hombres cazadores (*a-ki-a-ki*). Gracias al dios del cielo, gracias a la diosa madre de la tierra, gracias al Antepasado Alid, gracias a los espíritus errantes de praderas y bosques, gracias al dios de arroyo, gracias al dios de roca, gracias al dios de agua gigante, por bendecir y proteger a los hijos de los cazadores para que nunca les faltaran mijos ni carne de caza. Saran, mientras estaba revisando las pieles frescas, rezaba oraciones a todos los dioses en silencio. De vez en cuando llenaba un vaso de licor de arroz, sin olvidarse de adorar a los dioses en el cielo y en los alrededores y libaba tres gotas de vino antes de beberlo.

–¡Alid estaba mirando a nuestro alrededor! –Saran recordaba muy bien la enseñanza de su madre (*ji-lat*) y no lo dudó nunca.

La madre (*ji-lat*) y las tías (*asitkoa*) que rara vez descansaban, sin embargo, tenían tiempo libre después del festival de Alid tras la cosecha de mijos. A las que no les gustaba estar sin trabajar fueron a la playa en grupo a pescar, a atrapar cangrejos, a recoger ostras y mariscos.

Saran ganó la segunda posición del grupo de jóvenes en la competencia de carrera de *Bataheng* celebrada tres días después del festival de Alid. Corrió desde el norte donde la duna está llena de pandáneo, siguiendo la costa hacia el sur hasta la plaza del templo del pueblo. Sin embargo, en el último momento perdió ante Mauli que era un buen corredor. Al día siguiente, sin perder ni un minuto, llevó su querido perro de caza (*a-to*) que le había regalado su padre (*a-kiam*) y se unió al grupo de cazar ciervos y comenzó a perseguir los ciervos salvajes de la pradera durante días y noches.

Saran renombró su querido perro de caza Olut, que significaba daga de cintura. Él era un buen perro, entrenado por su padre. Era tan joven, valiente y ansioso como Saran, y mostró su buena habilidad desde que pisó por primera vez el campo de batalla de caza. Las orejas de los perros de caza deben ser cortadas desde que son pequeños para que puedan moverse libremente por los arbustos llenos de espinas sin quedarse enganchadas. Olut era un perro joven que acababa de curarse de las heridas de las orejas y comenzó oficialmente a recibir el entrenamiento del joven amo. A partir de entonces, Saran tendría más y más perros (*a-to*). El número de perros aumentaría proporcionalmente con la escala y los logros de su caza. Como un cazador nunca se olvida su primer perro de caza, Saran no se separaba de este perro buen corredor que tenía rayas de tigre con cintura esbelta y patas largas. Lo trataba como a un hermano, así se veía la importancia de Olut en la familia. Un cazador con perro tenía tanto honor como un cazador con una daga de cintura. En la víspera del invierno de su veinte cumpleaños, por la reputación de cazar y el buen resultado de la carrera, Saran fue admitido oficialmente por los cazadores veteranos y se le otorgó el singular honor.

Durante la noche de teatro después de *Bataheng*, Saran reunió el coraje para escupir jugo de *buyo* a su chica favorita para mostrar su amor, sin embargo, fue rechazado. Esa chica (*ma-jin*), la más guapa de la población de Mattau, aceptó el jugo de *buyo* del mejor corredor, Mauli. Saran aceptó su fracaso de una manera elegante y se dedicó de todo corazón al equipo de cazar ciervos del otoño.

Durante todo el otoño, Saran solo recordó estar corriendo, corriendo sin parar. Los cazadores prendieron fuego a la pradera para ahuyentar a los ciervos escondidos entre las hierbas, y tendieron una emboscada en el camino del incendio preconstruido, esperando a las presas que entraron en pánico al escaparse del fuego. Saran no solo corrió con los ciervos, sino también tuvo que competir contra los feroces fuegos. Los cazadores salieron en grupo, alinearon la formación de batalla, rodearon herméticamente a los ciervos en la hierba y vocearon salvajemente mientras reducían progresivamente el cerco. Luego soltaron los perros y empujaron a los ciervos hacia un callejón sin salida. Saran estaba en el herbazal, a menudo tenía que concentrarse en correr acordando con el equipo de caza, esperando con paciencia para tener la oportunidad de arrojar su lanza.

Durante todo el otoño, mientras Saran corría con toda su fuerza, de vez en cuando se acordaba de la noche en la que la bella chica lo rechazó. Creía que había corrido suficientemente rápido, pero aun así perdió. Lo raro era que no sintiera dolor o tristeza por esto, sino cierta humillación. Mientras pensaba en eso desaceleró sin darse cuenta, y no oía los gritos de sus compañeros. Debido a esta vacilación se distrajo, surgió un error en la formación de batida por su falta. Afortunadamente se recuperó enseguida y alcanzó al equipo.

Esa bella chica tenía una nariz orgullosa, era alta pero no bloqueaba esos ojos que eran como la luna llena y como el agua de un lago. ¡Tal vez no le gustaba de verdad esa chica (*ma-jin*), la más bella de toda la población! Solo porque todo el mundo reconoció que lo era y como él era el segundo héroe de *Bataheng* indudablemente estaba calificado para escupirle jugo de *buyo*, ese era su derecho, no renunciaría a él. Pero este juego de honor se había convertido en una vanidad más que en un sentimiento, lo cual lo desconcertó. Afortunadamente él estaba en la segunda posición, no supondría tanta humillación ser rechazado en público. La chica más bella lógicamente elegiría al héroe superior. Por fin se escapó de la humillación. ¿Pero a dónde iría? ¿A cuál de las chicas que tuviera el pecho voluminoso acudiría para refugiarse? La habilidad de caza de Gata no era tan buena como la suya, ya había encontrado una chica (*pai-pai*) apasionada tan pronto como cumplió los dieciocho años, en cambio, él estaba más solo que el halcón de la noche llorando en el bosque.

A lo largo de todo el otoño, el ruidoso grupo de monos saltó en el bosque abierto persiguiéndose y luchando entre sí, también ocupados apoyando al nuevo rey mono. El mono macho más fuerte finalmente levantó su orgullosa cola tras una interminable pelea, proclamando su posición inviolable ante el resto de los monos. Entonces, las monas de cara roja en celo ofrecieron sus nalgas calientes hacia el valiente líder, suplicando su amor. No era de extrañar que solo el mono macho más robusto tuviera derecho a ascender al trono, lo hizo con su verdadera habilidad. Durante todo el otoño, el gran héroe debía hacer frente a las demandas de una docena de monas maduras al mismo tiempo.

Durante todo el otoño, el campo de pasto negro chamuscado tras la asfixia de los incendios se volvía intensamente más triste, era el cementerio donde los ciervos ofrecían sus cuerpos y salpicaban su sangre para descansar en paz. Los *sirayas* hacían buen uso de cada centímetro de los cuerpos sacrificados de los ciervos, no los dañaban indeliberadamente para no lastimar la tierra de Alid. Muchos árboles gigantes solitarios, estando en los arroyos secos, se despojaron de sus coloridas hojas para los ciervos muertos. Las espesas hojas podridas cubrieron la tierra salpicada de sangre para consolar las almas caídas para que no sufrieran el extremo frío del invierno. Los árboles parecían morir momentáneamente en la noche de luna llena, anunciando el final del año. Asimismo, las hojas podridas de los árboles reservaron en el suelo un poco de calor de sangre para los ciervos caídos, cuando la tierra se despertara en primavera, haría que el árbol de coral, anunciador de primavera, floreciera más rojo y ardiente.

A lo largo de todo el otoño, una enorme bandada de ocas marinas venía del norte y puntualmente se reunía aquí con las alas cansadas y gritos tristes. Sobrevoló las cabezas de cazadores corredores, sobrevoló los perezosos cocoteros y casas largas, sobrevoló las canoas flotantes y los jabalíes (*ba-bu*) gordos que comían pastos con la cabeza baja, aterrizó en el agua plateada cubierta de árboles acuáticos, nadó acercándose a bancos de arena e islas de árboles con tallos de hierba podrida luchando por comer los peces deliciosos y hierbas debajo de los árboles acuáticos. Ese extraño grupo de árboles acuáticos con sus robustas y fuertes raíces aéreas como pies estaba en el agua como si fuera un hombre gigante mirando las nubes sobre la costa y la montaña en la distancia. Los peces que buscaban los pescadores, se escondían nadando y creciendo debajo de los pies de los árboles, las ostras y los cangrejos que recogían las mujeres (*pai-pai*) treparon y descansaron a los pies de los árboles.

Durante todo el otoño la tierra húmeda y blanda de Alid pasa a ser seca y firme, apta para correr. Hay muchas lluvias torrenciales en verano, los arroyos se inundan para alimentar los pastizales de todos los ciervos. Las hierbas densas crecen fuertes y se estiran rápidamente, cubriendo el sendero de primavera. La tierra de Alid se vuelve blanda y hundible y a los cazadores les resulta difícil apartar las hierbas para correr a toda velocidad. Pero cuando llega el mágico otoño, los estanques inundados desaparecen automáticamente, el suelo se endurece poco a poco y es idóneo para correr. El agua de vida es llamada por el sol (*i-lat-hah*) desde la tierra al cielo y se transforma en nube (*lat-bok*) voladora, bloqueando los rayos enojados del sol, hace que en la tierra de Alid deje de hacer tanto calor y se convierte en terreno apto para correr.

Durante todo el otoño la pradera que pierde su agua de lluvia también descarga milagrosamente el agua de todo su cuerpo, cambia del color verde al amarillo marchito, muere momentáneamente, lista para aceptar el funeral anual del fuego. Aunque no hubiera cazador que prendiera fuego a la pradera, el trueno (*lim-sat-hah*) lanzaría responsablemente espantosos relámpagos (*lat-pa-lat-pa*) para limpiar los cadáveres de malas hierbas dejados en el campo. La hierba parece saber que, sin la muerte o el fuego en otoño, no se produce el renacimiento ni el crecimiento en primavera. Después del incendio, la hierba de primavera y verano crecerá mejor en el campo.

Es la norma asignada por los dioses en el terreno: ellos envían a los *sirayas* a cuidar el campo y el mar interior. Para eso ellos crían muchos ciervos y peces grandes para los miembros de familias de cazadores para que no les falte nada. Pero uno tiene que conseguir todos estos productos con sus propias manos. Los dioses permiten que las personas cacen ciervos en el campo cuando la tierra está seca y firme. Para eso los cazadores tienen que limpiar los amarillentos y enredados cadáveres de hierbas, tienen que cuidar el terreno de Alid para que crezca hierba verde el año siguiente. Los dioses permiten que se planten mijo y taro en la tierra humedecida por la lluvia, y para eso dejan que la tierra se llene de charcos durante el verano, de este modo impiden que los cazadores salgan a cazar ciervos para que descansen las ciervas hembras.

La orden de las cuatro estaciones estaba regulada. Las buenas y las malas estaban ya programadas, estaban en los ojos y las manos de los dioses. Por lo tanto, en otoño, los cazadores galoparían por el campo con toda su fuerza, en verano, solo podrían atravesar fatigosamente el terreno fangoso para esconderse esperando en el matorral junto a la trampa.

En otoño, solo correr sin cesar le hacía sentir la tranquilidad de pisar este terreno, y de esta forma no se sentía solo.

Saran cayó en un pensamiento profundo hasta la aparición de Masijian, la hija de su tía (*asitkoa*) que le hizo regresar del matorral del campo a la casa larga. Masijian estaba espléndidamente vestida y llamó el nombre de Saran en voz suave, éste volvió de su pensamiento y vio a su prima que llevaba una flor:

–¡Tan bella estás vestida, parece que ha llegado la primavera! ¿No has ido a recoger mariscos esta mañana?

La bien vestida Masijian cubrió el cabello negro con una tela de flores, atado con cuscuta[28], por encima puso una flor

[28] Cuscuta es una especie de planta parásita herbácea anual, natural de Japón, Corea y China. Son plantas que se fijan en el huésped con raicillas succionantes.

blanca como adorno. El seno estaba cubierto con monedas de caracol, collares de perlas y colmillos de jabalí. En la parte inferior del seno estaba rodeado por un *sarong* de tela larga hasta la curvada cintura y la cadera. El hombro estaba cubierto con la piel de ciervo para protegerse del frío y las pantorrillas debajo de las rodillas tenía *dagobun*[29] que estaban amasadas con corteza, teñidas en varios colores, cubierto con decenas de capas. Evidentemente se había tomado mucha molestia en vestirse.

–La reunión de Los Mayores está a punto de celebrarse esta tarde –dijo Masijian–. Cuando regresé de pescar esta mañana pasé por la canoa de El Mayor Dalai, me pidió especialmente que te dijera que fueras a la reunión vestido de gala–. Como una excepción el joven cazador Saran puede ir en el grupo de los guerreros para visitar a la población de Tayouan. Me alegro mucho por ti. Las tías (*asitkao*) y tu madre (*ji-lat*) harán un banquete en la casa larga: ofrecerán la mejor carne podrida y vino dulce para celebrarlo. No te olvides de intercambiar una caja de carmín para los coloretes de Masijian desde Tayouan, para que se parezca más a la flor del árbol de coral de primavera –agregó Masijian.

–Masijian está tan bien vestida que parece que tiene muchas ganas de organizar la fiesta (*pi-li-li*), para invitar a tu querido joven (*mata*) a tu casa larga y pasar la noche juntos –dijo Saran con una sonrisa.

–¿Acaso no sabías que el buen corredor Mauli de piernas largas se casará esta noche y entrará a vivir en la casa larga de la chica (*ma-jin*) que te rechazó? Voy a su banquete esta tarde –dijo Masijian con un poco de perplejidad.

–¿Sí? –preguntó Saran–. Nadie me invitó.

–¡Supongo que no quería que te pusieras triste! –dijo Masijian apresuradamente.

–¡Qué va! –dijo Saran con una sonrisa.

Con los ojos brillantes, Masijian dijo con más premura:

---

[29] Tipo de tela confeccionada por los aborígenes de Taiwán. Está hecha con ramio, corteza de árboles y pieles de animales, a veces es teñida con jugo de plantas.

–Ellos dijeron en privado que en los ojos de Saran solo existían pieles de ciervo y gloria. Las chicas decían que tu pecho era inaccesible. No veías las chicas enamoradas de ti, que cada noche esperaban en la ventana que vinieras a tocar el arpa de arco. ¡Lástima que Saran se concentrara solo en correr en el campo, y al volver a casa estaba tan cansado que no podía ni cantar!

–¡Tengo más pieles de ciervo que cualquier joven (*mata*)! ¡Mañana me marcho a intercambiarlas con las telas florales y perlas vidriadas que tanto les gustan a las chicas jóvenes!

–Si por recoger las flores de pandáneo para regalar a las mujeres (*pai-pai*) has sido pinchado por las espinas, las mujeres estarán dispuestas a ayudarte amasando tela con corteza de árboles sin pensar si tienes suficientes pieles de ciervo –expresó Masijian afectuosamente.

El confiado Saran no entendió lo que dijo su prima Masijian. Mientras ponía el brazalete de plata en su brazo, murmuró al cráneo de jabalí que estaba en la viga de la pared:

–¡Simplemente no tengo ninguna que me guste! ¡No es que no sepa cantar y tocar arpa para las chicas!

Saran se vestía esmeradamente, se puso anillo de hierro plateado que simboliza la luz de guerrero en sus brazos, muñecas, rodillas y tobillos. Llevó un collar repleto de huesos de ciervo y colmillos en el pecho. Se puso en la cabeza un sombrero de piel de ciervo con plumas de faisán y de águila. En las orejas perforadas llevaba tótems grabados en madera que eran máscaras diabólicas utilizadas para asustar a la gente. El rostro era más laborioso, primero lo cubrió con pintura de color beige hecha con el jugo de árbol y la grasa de ciervo, mostrando únicamente los ojos, la nariz y la boca, luego encima pintó las líneas del clan con una pintura de color rojo hecha con arcilla roja para terminar. Después se puso el precioso chaleco de piel de perro y se cubrió por encima con una hermosa piel entera de ciervo. Así partió para la reunión de los hombres (*a-ki-a-ki*).

Mientras entraba en el *kuba*, una luz brilló con orgullo en la mente de Saran:

–¡El misterioso castillo de Tayouan está esperando a Saran! ¡Un buen cazador no debe caer tan pronto como un esclavo para abastecer de carne de bestia a la dueña de la casa larga!

En ese momento dentro de la cálida casa larga había una hoguera asando carne de ciervo. Saran se quitó la capa hecha de piel de ciervo y la convirtió en una alfombra para sentarse en el suelo.

Todos los hombres en la casa larga se vestían de gala, los que no estaban cualificados no serían invitados para participar en esta honorable reunión; solo los miembros más antiguos podían sentarse a fumar pipa en el círculo interior. El padre (*a-kiam*) de Saran, sentado en el interior, llevaba su precioso sombrero de leopardo decorado con karakurau y dientes de ballena. Ya es un hombre de cincuenta años, un respetable anciano (*ma-bo*) sin tener que registrar su edad con nudos de cuerda. Hace dos años Akiam se convirtió oficialmente en un miembro de la reunión de los jefes de la tribu (*kah-pit-tan*), con un mandato de dos años, dentro de poco tiempo se jubilará con honores. Volverá a la casa de campo para ayudar a la madre (*Ji-lat*) de Saran a cuidar el campo de mijo y de taro. Él ya no tiene esa velocidad para correr en el campo como cuando era joven. No obstante, llenó la casa larga de la madre (*ji-lat*) de Saran de numerosos cráneos de ciervos y jabalíes, incluso cráneo de personas de otra tribu. En los banquetes de la casa larga se lo mencionaron una y otra vez, nadie lo olvida. Realmente Akiam es un gran cazador. Aparte del buen resultado de caza bendito por Alid, una vez desobedeció la prohibición de la bruja (*inibus*), y protegió a Jilat a sus treinta años de dar a luz con éxito a Saran, para que no tuviera un aborto obligado por la bruja (*inibus*). En principio, según el tabú tradicional de la población de Mattau las mujeres, antes de los treinta años, no podían estar embarazadas o tener hijos en los primeros años de matrimonio. Además, no podían verse con frecuencia las parejas, durante el día, tenían que cazar, cultivar el campo, cortar leñas y buscar agua para su propia casa larga, solo se veían en secreto por la noche. Quedarse embarazada antes de los treinta años estaba considerado pecado y las mujeres eran obligadas a abortar por la bruja (*inibus*). Akiam y Jiat respetaban esta costumbre con cuidado, no se atrevían a desobedecer. Durante este tiempo decían que Jilat se había quedado embarazada el segundo año de matrimonio cuando tenía veintisiete años. Fue obligada a abortar, sufrió muchísimo. Desafortunadamente, a los treinta años, antes de finalizar el período del tabú, se quedó embarazada de Saran. El valiente Akiam no dejó que la bruja abortara a Jilat otra vez, de esta manera salvó la vida de Saran. Debido a esa desobediencia, el aislamiento económico y la exclusión de la familia hacían que este joven matrimonio tuviera que cazar y trabajar con más diligencia que otros para criar solos a esta pequeña vida maldecida. Durante más de diez años la maldición de la bruja (*inibus*) ha estado en el corazón de Jilat y Akiam. La bruja (*inibus*) dijo:

–¡El desastre viene del mar y caerá sobre vuestro hijo (*a-lakkang*)!

Gracias a eso, el Mayor Akiam, de cincuenta años, ya tiene un hijo cazador sentado a su lado gloriosamente vestido de gala. Todas las mujeres de sus buenos amigos se atrevían a tener hijos después de los treinta años. Estos niños eran demasiado jóvenes para ser invitados a esta reunión. Podemos decir que entre los asistentes de la reunión Akiam era el más feliz.

El Mayor Dalai, aunque estaba ya retirado de la reunión de jefes de la tribu (*kah-pit-tan*) seguía presidiendo la reunión personalmente, esto mostraba la trascendencia de esta reunión. En la población de Mattau no hay un solo líder, sino que es dirigida colectivamente por los ancianos mayores. Las decisiones son tomadas entre todos. Los jefes de la tribu son líderes por turnos de dos años. Son responsables de decidir los asuntos, mayores y menores, del pueblo. Los hombres que acaban de ascender a jefes son los que resuelven disputas. Se reúnen y discuten con mucha frecuencia, y la llaman la reunión de jefes (*kah-pit-tan*). Cuando haya asuntos importantes, según las situaciones, llaman a toda la población o a los ancianos Mayores para tratarlos entre todos.

–¡Gracias al mar (*ma-ong*) y la pradera (*ba-sek*) de Alid que nos han dado una buena cosecha este año! –dijo el Mayor Dalai, vestido con vistosa seda–. Dicen los pescadores de la población de Siaulang que este año en la península de bancos de arena de la bahía de Tayouan se ha construido un castillo alto. La bahía tranquila está repleta de los barcos de los hombres pelirrojos. Las personas Han constantemente llegan en barcos de ojos de gallo[30] para trabajar para los hombres pelirrojos. Ellos están en la muralla de la ciudad acarreando afanosamente piedras y ladrillos rojos como hormigas.

–Los hombres pelirrojos han hecho varias visitas a la población de Mattau. Nos toca a nosotros, los atareados cazadores, devolver las visitas llevándoles pieles de ciervo a nuestros vecinos –dijo Dalai fumando pipa y expulsando humo.

–¿Vamos por tierra o por mar? –preguntó Maito de pantorrilla fuerte.

–Nuestras pieles de ciervo se apilan más alto que las personas, caminando con las piernas avanzaremos más lentos que las tortugas. ¡Si llenamos el barco, siguiendo la corriente del mar y el viento del norte en medio día llegaremos a la bahía de Tayouan! –dijo Yodu.

–En invierno, el viento del norte es violento y las olas también, ¡me preocupa que el barco (*a-boan*) vuelque! –expresó Akiam.

–¡Cuando llegue la primavera pediremos que el buen navegador Dalai nos guíe! –dijo Maito.

–¡Es cierto que el invierno no es idóneo para la navegación! Además, yo ya soy viejo, no tengo fuerza para luchar contra las grandes olas. ¡No quiero alejarme de mi casa larga! –dijo Dalai.

---

[30] Es uno de los cuatro tipos de barcos más frecuentes en China. Aparecen en la costa de la provincia de Cantón. Este tipo de barco tiene una historia milenaria. Tiene los dos extremos respingados. En los dos lados de la proa están pintados feroces ojos en blanco y negro. Los cantoneses lo llaman "barco de ojos de gallo". Dicen que pintan los ojos grandes para asustar a las ballenas y garantizar la seguridad del barco.

–¡Déjalo en mano de los jóvenes! –dijo Dalai apuntando solemnemente a Saran con la pipa. Por la recomendación de su frase, el honor de Saran fue confirmado oficialmente.

–¡Saran, al igual que su padre (*a-kiam*), será un buen cazador en el futuro! –dijo Yodu.

–¡Dejemos que este joven incremente sus conocimientos! –dijo el anciano Ilai quien rara vez intervenía en asuntos, inesperadamente expresó su opinión. Saran sintió que la sangre se le subía a la frente.

–¡La primavera es otra buena temporada para capturar ciervos! –dijo Pali. Parece que todo el mundo aprobó el honor de Saran sin discrepancia.

–¡Aprovechemos el tiempo libre y que el viento del norte aún no es fuerte para ponernos en marcha! –dijo Mauro. Él también tenía un bulto de buenas pieles de ciervo y estaba ansioso por canjearlas por carmines, telas florales, una sartén de hierro y una espátula.

–¡Hay que ir por tierra! Aunque con suerte el fuerte viento del norte nos enviará enseguida a la población de Tayouan, a la vuelta nuestro pequeño barco tropezará con viento en contra, ¡por muy fuerte que sea, ningún pescador podrá resistir esas enormes olas y ese viento del norte que puede aplastar una palmera de areca! –comentó Akiam.

–¡Nadie puede vencer al violento viento invernal soplado desde fuera del puerto de Mattau! –Dalai dijo pausadamente.

Todos permanecen en silencio.

–¡Tenemos que entender el temperamento del mar y no tenerle miedo! –dijo Dalai.

–Los buques de mar de los hombres pelirrojos son tan grandes que pueden navegar por el mar todo el año sin ningún miedo, por eso no saben respetar el mar (*ma-ong*). Los avariciosos vientres de los buques son como el demonio hambriento que nunca se llena. Ellos llevan constantemente nuestras pieles de ciervo. A partir de entonces, contagiados de la avaricia de los hombres pelirrojos los cazadores de la población de Mattau, en la temporada del viento del norte, tienen prisa en navegar por el mar y traer las mercancías. Yo no soy más que un anciano (*ma-bo*), demasiado viejo para correr, solo puedo pescar y cuidar el campo de mi esposa. ¡En el mar que respeto veo la avaricia de los cazadores persiguiendo los ciervos, estoy muy dolorido! –dijo Dalai.

–¡No hay que perder la vida por tener tanta prisa en traer las mercancías! ¡En este viaje un cazador inteligente debe saber observar a los vecinos más fuertes que tú! –dijo Ilai.

–¡Un vecino que a lo mejor se convierte en enemigo! –dijo Akiam.

–Puedo sentir que a los hombres pelirrojos no solo les gustan los incontables ciervos en la tierra de Alid, también la tierra y el mar de Alid. En comparación con los piratas chinos, los hombres pelirrojos son más fuertes y más poderosos. ¡De lo contrario no podrían domesticar a los hombres Han para que trabajen para ellos como las hormigas! –dijo Dalai.

–En este viaje tenéis que comprobar los rumores con vuestros propios ojos, no solo escuchar la boca de flor (*i-sip*) de los mensajeros. Este es un consejo que os ha dado un anciano a punto de morir.

Cada palabra del sabio y taciturno Ilai hizo que el corazón de Saran se sobresaltara. El fuego en el interior de la casa larga crepitaba, iluminaba el rostro maquillado de algunos ancianos sabios y angustiados, también se reflejaba en la pluma de los pendientes colgados en sus orejas. En los rostros preocupados se veían los músculos más tensos de algunos o colapsados de otros. Esas plumas que representaban honor parecían no poder volar más, las perlas vidriadas de pavo real en el pecho se atenuaban ante el brillo del fuego, los colmillos afilados de jabalí no brillaban tanto como cuando estaban bajo del sol.

–¡Un cazador sabio debe saber observar a los vecinos más fuertes que él! –A partir de este momento la frase de Ilai quedó grabada firmemente en la mente de Saran. ¿Cómo sería el castillo gigante, tan alto que llegaba al cielo o era tan alto como los solitarios árboles gigantes en la pradera? Además de ser fuerte, una casa hecha con piedras rojas debería ser muy calurosa en verano. Los hombres pelirrojos eran tan fuertes que no tenían miedo a las olas gigantes ni al viento violento de invierno, ¿cómo les protegería su dios? ¿Cómo es su dios? Saran no podía imaginarlo en absoluto, por eso esperaba aún más este largo viaje.

–Mañana pediremos a la bruja (*inibus*) que haga una adivinación por medio de las aves para la partida, si sale un buen agüero, partiremos de inmediato. Por favor, ¡preparad todo bien! –al final concluyó Akiam. Ésta podría ser su última expedición antes de retirarse. Él había llegado a un bosque denso al pie de una montaña alta, había encontrado el origen del arroyo, había conocido a otra tribu y había traído el precioso pelaje de las nutrias. Saran se sintió orgulloso y aliviado de poder viajar con él. Sentía que el misterioso castillo de Tayouan no estaría lejos.

Capítulo 5
El equipo de comercio

Una fría mañana entre otoño y primavera del año 1627, Jilat se levantó y puso el arroz, que había majado y lavado el día anterior, en el tubo de bambú, también los taros que había puesto al lado del fuego para que el calor de la brasa los cociera la noche anterior. Los envolvió con su hoja y los ató bien con junco. Puso las dos cosas en el calabacino que usan Akiam y Saran cuando salen de viaje. Además puso un poco de jengibre que se usaba contra el frío y la cecina seca de la carne de ciervo, estas eran comidas para un largo viaje.

En el banquete de la noche anterior, algunos miembros de la tribu trajeron diez piezas de piel de ciervo para que Saran comerciara en nombre de ellos, junto a las de Akiam y Saran, eran en total cuarenta piezas de piel de ciervo. Las dividieron en dos fardos, el padre y el hijo llevaban un fardo cada uno. Se colocó en la frente la correa amasada con piel de rota y la dejaron colgar de los hombros, la portaban totalmente por la fuerza de la cabeza y el cuello, de manera que las manos quedarían libres.

Yodu sostuvo el cargador que su mujer usaba para recoger leña, dos palos en forma de Y donde llevaba atado un fajo de decenas de pieles de ciervo con cuerdas gruesas encima. También llegó temprano a la entrada sur del pueblo a la dirección hacia el río grande. Los hermanos Pali y Mauro emplearon un largo palo de bambú y en el medio colgaron un bulto que parecía un jabalí colgado al revés, uno iba delante y el otro detrás llevando al hombro el palo con un gran saco de pieles de ciervo.

Entre más de treinta cazadores que formaban el equipo de comercio, el joven Saran era el único que no tenía actos honorables para tatuar hermosos dibujos en su cuerpo. Después de volver de la visita del Castillo de Tayouan estaría cualificado para pedir a los Mayores que le hicieran un tatuaje. Quizás se tatuaría la forma del Castillo de Tayouan en el brazo, para que los miembros de la tribu se acordaran de que cuando él era joven había ido a visitar al Castillo de Tayouan con los guerreros tatuados.

Los hombres que tatúan el tótem del dios de la guerra Talafula o la cabeza del enemigo en el pecho o parte posterior del hombro no solo son cazadores, sino también guerreros reconocidos por la gente de la población de Mattau. Un guerrero tatuado muestra que ha participado en el combate entre distintas poblaciones, posee experiencia en solucionar disputas o ir al combate. Las guerras entre poblaciones no es necesario que sean resueltas con la fuerza. A veces, a los cazadores que son buenos corredores se les envía a participar en una carrera organizada para resolver disputas entre poblaciones. Los ganadores de la competencia ganarán la disputa entre poblaciones, de manera que para ver quién tiene razón y quién no, no es necesario derramar sangre.

Por eso cuando Saran fue elegido para este equipo para visitar la población vecina, significaba que él representaba el honor de toda la tribu en hacer diplomacia. No era un asunto trivial. Era otro combate de orgullo a los ojos de los guerreros tatuados.

Aunque en las mañanas del frío invierno los guerreros tatuados se pusieron pieles de ciervo para protegerse del frío, cubriendo los hermosos dibujos, Saran se acordaba de la insignia singular de cada guerrero. Yodu que era bueno en forjar espadas y flechas tenía un tótem de fuego y hierro en el pecho. El buen corredor Galauyo tenía un dibujo de un bestia voladora en el pecho, era una bestia sagrada de una leyenda que era medio ciervo medio humano, andaba tan rápido como volaba, era el mensajero preferido del dios de guerra. En su infancia a menudo Saran se acurrucaba en los pechos fuertes de los buenos amigos de su padre, acariciando estos hermosos dibujos. Hoy por fin tiene la oportunidad de luchar junto a ellos.

–¡Saran está tan ansioso por llevar todas las pieles de ciervo a los hombres pelirrojos y traer telas florales y perlas vidriadas de regreso a la población para que las mujeres (*pai-pai*) se enamoren de él! Mirad el joven cazador de la población de Mattau, una persona que lleva sola un paquete tan grande de tesoro, no solo encontrará una esposa sino que podrá tener una amante! –bromeó Mauro.

–Mi gran cazador y respetado Mauro, Saran ha cargado voluntariamente las pieles de ciervo de las vecinas, sus jóvenes cazadores no han tenido la oportunidad de viajar lejos –dijo Saran con una sonrisa.

–¡Vosotros los hombres viejos (*a-ki*), tenéis esposas con la ventana abierta esperando que saltéis a su cama por la noche, claro que no tenéis que preocuparos! Si el joven Saran no se esfuerza más, ¡ninguna virgen joven querrá abrirle la puerta ni cocer arroz, ni marinar carne podrida para él! –el fuerte Maito dijo en voz ronca.

–¡*Wo, wo, wo!* Las que no podéis llevar ponedlo en el tronco de Mauro y Pali. ¡Sus pieles de ciervo pesan menos que un jabalí! En este caso no es necesario sacar el tronco grande. ¡Lo que no puedas llevar, el grandote Maito y yo lo llevamos por ti! –dijo Yodu con una sonrisa.

–Eso, como persona mayor debes intentar ayudar a los jóvenes a recoger flores y buscar una amante! –Galauyo dijo con una voz atiplada.

–¡Ayuda a mi padre (*a-kiam*) a cargarlo! Me preocupa que él tenga que guiarnos, cargar con cosas pesadas y ser responsable de nuestra seguridad en todo el camino. ¡Es ya mayor! –dijo Saran.

–¡No hay problema! ¡Dádnoslo a mi hermano y a mí! –Pali enseguida cogió el fardo de pieles de ciervo que Akiam puso en el suelo y lo puso junto al suyo. En este momento el guía Akiam estaba acompañando a la bruja (*inibus*) haciendo adivinación mediante las aves. Quizás el Antepasado Alid esperaba ansiosamente que sus grandes guerreros se apresuraran a ver los grandes secretos de sus vecinos. La partida del equipo de comercio fue asombrosamente buena, sin ningún problema. La bruja (*inibus*) obtuvo una adivinación de las aves muy favorable, apta para salir para iniciar un largo viaje.

El suelo que había sido congelado por la escarcha (*o-hut-ta)* durante todo el frío invierno seguía durmiendo en la mañana en la que acababa de salir los rayos del sol. Los sólidos pies de Saran llevaban zapatos de piel de ciervo remojada en jugo de

Gatin[31], caminando en la senda de hierbas congelada por escarchas. Los espesos rocíos de la mañana no podían calar los zapatos que él iban a llevar todo el día. Aun así, el frío de la tierra subía y llegaba a su corazón travesando la piel de la bestia de su planta del pie. El equipo de comercio caminó lentamente a través de la silenciosa duna, la pradera quemada por el fuego salvaje, pasando por el espinoso bosquecillo de pandáneos, pisando el sendero del bosque lleno de hojas podridas, cruzando los altibajos valles, colinas y la tierra lodosa y la tierra pantanosa. Había grandes águilas volando y merodeando en el cielo del campo. Los muntíacos sonaban como un grupo de perros y el sonido agudo de perdices de bambú que resonaba entre las hierbas llamaron la atención de los perros de cazadores que alzaban las orejas. Estos perros bien entrenados no saldrían de la fila para perseguir las presas sin la orden de su amo. A lo largo del camino los miembros hicieron todo lo posible por aguantar el impulso de cazar, regañaron a los inquietos perros en cualquier momento, apresurándose en el camino. Por eso nadie se quedó retrasado y pronto llegaron a la orilla del río, preparados para atravesarlo.

Atravesar el arroyo requiere bastante esfuerzo. Akiam gritó:

–¡Quien llegue primero a otra orilla que haga el fuego! –en la tierra blanda cerca del arroyo crecían eulalia más altos que las personas y estaba llena de madrigueras y sendas secretas de jabalíes. Apenas llegó el equipo de comercio se asustaron unos faisanes y patos. Mauro y Pali vieron que el equipo se quedaría más tiempo y no pudieron evitar dejar los palos de hombro e incitar a los perros a perseguir los coloridos faisanes.

Todos descargaron la cinta de rota que llevaba los objetos sobre sus cabezas. Se adentraron en las eulalia para buscar tallos de hierba o maderas secas que pudieran flotar en el agua para fabricar una balsa flotante que transportaría los objetos para

[31] Es un tipo de planta que crece cerca de la orilla del mar. Es un tipo de manglar. Los aborígenes de Taiwán hacían zapatos con pieles de ciervo remojadas con el jugo de Gatin. Los zapatos hechos de esta forma son impermeables al agua y son más resistentes que los hechos de otros materiales.

atravesar el río. Para cazadores veteranos como Yodu, Akiam, Galauyo así como sus queridos perros (*a-to*) las dos orillas del arroyo grande son lugares familiares y buenos terrenos para cazar jabalíes. Normalmente solo tenían que agarrar bien el calabacino que siempre llevaban consigo, pateando las piernas ayudados con la flotación del calabacino y la tracción de agua llegarían a la otra orilla nadando fácilmente. Los perros son buenos nadadores y llegaban siempre a la orilla antes. A no ser que el agua inundara y cubriera la tierra blanda del arroyo, no se distinguiría donde estaba la orilla, era peligroso cruzarlo. Sin embargo, las pieles de ciervo de hoy pesaban demasiado, y de ninguna manera se podían mojar. Aunque el arroyo de invierno no llevaba tanta agua turbulenta como la de la fuerte lluvia de verano, el arroyo grande seguía siendo extenso y con el agua fría. Los guerreros tatuados se quitaron la ropa hecha con pieles de ciervo y construyeron afanosamente balsas flotantes en la tierra blanda del arroyo.

Saran encontró algunos troncos de madera flotante en el matorral, cortó dos pequeños bambúes espinosos y rápidamente los ató con los tallos de junco e hizo un pontón flotante provisional. Saran solo esperaba que esto pudiera cargar con las pieles de ciervo al cruzar el arroyo grande poniendo todo un fardo de pieles de ciervo en el pontón. Junto a su querido perro Olut, Saran saltó al agua a nadar sin pensarlo dos veces, con la tracción del calabacino, pateando el agua con ambas piernas y empujó el pontón hacia la otra orilla. Saran solo se concentró en no dejar que las pieles de ciervo se mojaran, olvidando la temperatura del agua cuando se metió en ella. En la mitad del arroyo se dio cuenta del frío que era mayor que el de la escarcha de las noches de invierno. Incluso Olut no podía soportarlo mientras estaba nadando y gimoteando. Afortunadamente la grasa de ciervo que le cubría el cuerpo le mantuvo el calor y ahorró mucho esfuerzo con la ayuda del calabacino. De lo contrario atravesando el arroyo en invierno el cuerpo se congelaría antes de llegar a la otra orilla. Este calabacino es muy útil, se lleva para viajes de caza a larga distancia, en él cabe el sílex, la piedra de afilar cuchillos, la sal, el jengibre, los *buyos*, cecina y la ropa de abrigo, además es un buen instrumento para cruzar el arroyo.

Después de una mañana dificultosa, cuando llegaron a la otra orilla era casi mediodía. El viento del norte seguía siendo frío. El equipo de comercio hizo fuego entre la grava para calentar y secar el cuerpo, sacaron vehemente del calabacino el tronco de bambú que contenía arroz para cocerlo dentro del mismo tronco. Mauro y Pali fueron los últimos que llegaron, trajeron tres faisanes que habían cazado para el disfrute de todos, excepto las coloridas plumas que guardaban para adornarse, compartían todas las comidas. Éste es el espíritu de hermandad de ayuda mutua de la población Mattau. Nadie se queda con hambre por ser un niño huérfano o por ser un viejo desamparado.

–¡Qué fría está el agua! –dijo Mauro que acababa de llegar a la orilla y estaba empapado.

–¡Espero que podamos llegar a la población de Chakam antes del anochecer! –expresó Akiam.

–¡Masticad un trozo de jengibre! –Saran entregó un poco de jengibre a los hermanos Pali y Mauro.

–Debemos tener cuidado en el camino a seguir para evitar ser asaltados por personas o motivos desconocidos. Quedan algunos jóvenes impulsivos de las poblaciones Chakam o Siaulang que desean conseguir méritos por cortar cabezas; muchas veces se esconden en las sendas cerca de matorrales esperando atacar a la gente que pasa sin esperar que se identifiquen. Estamos cada vez más cerca del terreno de caza de la población Chakam, a partir de ahora cada uno tenemos que estar a la vista de todos nosotros, debemos permanecer cerca unos a otros, no se alejen del equipo ni se queden retrasados –declaró Akiam con mucha seriedad.

Las orillas del arroyo grande han sido lugar de muchas disputas entre distintas poblaciones Mattau, Siaulang, Chakam, incluso el terreno de caza de la población Backloun[32] se ha

[32] Población de aborígenes que vivían cerca del distrito Shanhua, centro geográfico de la actual ciudad de Tainán. En 1625, la Compañía neerlandesa de las Indias Orientales envió personas a esta zona en busca de bambú y fueron

extendido hasta aquí. Los terrenos de caza están solapados sin ningunos límites determinados. Todo depende de la reputación de los cazadores de cada población y la cohibición por el honor. La gente de distintas poblaciones llega a tolerarse sin llegar a la sangre. A menudo Saran ha sido recordado por Akiam que no pase los límites al perseguir presas, cuando llega al terreno de caza de otras poblaciones tiene que darse la vuelta. Cuando se encuentra con cazadores desconocidos debe identificarse de inmediato, revelar el nombre del Mayor, compartir presas con la gente, no debe ser tacaño y no sacar la daga sin ser obligado.

–Un cazador sabio no pelea a la ligera con la gente. Aunque esté fuera del terreno de caza de la población, está solo en el campo donde la protección los dioses de la población de Mattau no alcanza, se retirará con éxito sin que su cabeza sea presa de otros. Eso es el coraje, eso es un guerrero cualificado –de vez en cuando Akiam recuerda a Saran que no sea impulsivo. Los que pierden cabeza en los matorrales son las personas imprudentes y arrogantes. Un verdadero guerrero pasa en el campo sin dejar rastro, sabe cómo esconderse y borrar su huella. Este viaje del equipo de comercio no va a tener esa sensación tan relajada como cuando los miembros de la población en primavera salían al campo para disfrutar de flores o columpiarse en el campo. Por la tarde, el equipo se puso en marcha de nuevo. A lo largo del camino la percepción de protegerse de los ataques furtivos era cada vez más intensa. La cinta de rota en la frente estaba cada vez más apretada, ese fardo de pieles de ciervo que estaba en la espalda se volvía cada vez más desobediente. En el caso de un ataque inesperado, con una mercancía tan pesada, cómo cogerían rápidamente la flecha, sacarían la daga y dejarían la maleta para que las manos quedaran libres para defenderse... todo estas eran dudas que rondaban por la cabeza de Saran a lo largo de camino.

---

derrotados por la gente de la población de Backloun. En 1635, la Compañía invadió la población con armas y logró vencerla, por consiguiente, la población fue sometida bajo el dominio de los holandeses. A partir de ese momento, los holandeses construyeron escuelas e iglesias aquí, asimismo animaron a la gente Han a plantar cañas de azúcar y arroz en la zona.

–¡Estaría bien si fuéramos por el mar en la próxima primavera! No tendríamos que correr tanto peligro y estar tan cansados. El mar interior nos protegería amablemente entre la primavera y el verano. Levantaría los barcos (*a-boan*) con mucha facilidad sin tener en cuenta las pesadas pieles de ciervo, nos empujaría pasando por los bancos de arena que son como peces gigantes, nos protegería de ataques de las olas, nos enviaría rápidamente hasta llegar a ese castillo misterioso que está la última ballena del sur –Saran estaba pensando lo dócil que era el viento del sur del mar interior en primavera y recordó de que años atrás estando en los bancos de arena del mar interior vio pasar el barco gigante de los hombres pelirrojos. Saran descubrió sorprendentemente que la primavera era una buena estación para viajes de comercio ya que se puede aprovechar el viento del sur. La vela gigante de los hombres pelirrojos lo atrajo desde miles de kilómetros, paso a paso hasta llegar al reino del mar. "¿Los descendientes de Alid que son buenos navegantes del mar estarán ocupados en perseguir los ciervos delante de sus ojos y se olvidará de la orilla del mar donde desembarcaron por primera vez?", reflexionó Saran.

De pronto apareció un terreno bajo, pantanoso con hierbas densas y sin límite, si entrara una persona en él desaparecía de inmediato, sería difícil de percibir.

–¡Estamos cerca de la costa: pronto llegamos a la población de Chakam! –dijo Yodu.

Akiam, con una expresión tranquila, indicó al equipo que parara la marcha de momento, subió al árbol grande más cercano y observó desde el punto más alto para detectar anomalías. Poco después gritó:

–Mugali, tienes más experiencia en explorar. No vayas por el caminito sino por detrás, a ver si hay emboscadas de los enemigos.

Acompañado por un perro de caza, Mugali –taciturno pero muy bueno en emboscar– fue enviado como explorador. Mugali es bajo, ágil y extremadamente paciente. Incluso un enemigo tan alto y fuerte como un oso no es seguro que pueda esquivar la pelea felina de Mugali. Él tiene cinco cabezas humanas cazadas, una de las cuales es de una insólita raza negra, que vive en el otro lado de la alta montaña, en dirección contraria a la costa.

Saran parecía recordar algo y se volvió para mirar ese inmenso campo. Había algunos árboles gigantes erguidos en el campo de hierba amarillenta, las nubes y la niebla traídas por el viento del norte cubrían las colinas onduladas, pero no podían tapar las altas montañas lejanas. Las altas montañas eran como islas que flotaban por encima del mar de nubes; solo asomaba una cumbre borrosa, lo que hacía pensar si de verdad existía una montaña gigante allí donde vivían dioses. O era que la magia de los dioses hacía que uno sintiera que la montaña era tan alta que era tan difícil de alcanzar. En un día soleado y ventoso, la isla de dioses es como gigantes desnudos que se quitan el abrigo, quitando las nubes y niebla y estando de pie desnudos en el campo. Dicen que los dioses convocan las nubes y la niebla, las nutren y dejan que los gigantes se las coman; luego la orina de estos se convierte en arroyos que desbordan por todas partes. La bragadura de los gigantes son las cataratas al pie de las montañas, de allí brotan los manantiales fríos de las nubes, brotan las cuatro estaciones in cesar nutriendo la tierra.

–¿Cuán alta y fría es la cumbre donde vuelan las nubes y niebla? –Saran no podía imaginarlo. Tenía la sensación de que no podía llegar a esa tierra de dioses en su vida, solo podría correr en la llanura, mirando hacia las cumbres con respeto.

–La montaña y el mar, la compleja tierra dominada por los dioses están debajo de los pies de Saran –murmuró Saran para sí mismo, hasta que llegó el mensaje de reanudar el viaje del equipo. La vuelta del perro de caza de Mugali significaba que el camino por delante no tenía problema de seguridad, podían ponerse en marcha ya.

Iban lento, pasaron con cuidado por peligrosos pantanos con hierba de tallo alto y por la zona del bosque de arecas sin viento. A la hora de atardecer llegaron al típico campo chamuscado por el fuego fuera de la población de Chakam.

Una extraña escena saltó a la vista. Por delante un delgado hombre Han estaba tirando de una bestia gris oscuro de cuernos gigantes que Saran nunca había visto, con mucha dificultad su hombro estaba arrastrando un palo de madera en forma de arco atado con una soga, la cola de la soga estaba conectada con un extraño aparato de hierro y una larga manga de madera. La punta afilada del aparato de hierro podía penetrar en el suelo y revolverlo. Otro hombre Han detrás sostenía la manga para controlar la dirección para que avanzara en línea recta. Esta herramienta sólida de hierro arrastrada por la bestia gigante podía excavar la tierra muy rápido, a diferencia de la pequeña azada de piedra de Jilat que a menudo tenía que trabajar duro para arar la tierra agarrada por las raíces enredadas por la maleza.

No muy lejos había otros hombres Han que formaban una fila excavando zanjas, ellos sostenían en la mano las azadas de hierro con una larga manga de madera, probablemente querían introducir el agua del arroyo cercano para regar. Este grupo de no pocos agricultores laboriosos vio la aparición del equipo de comercio de extraños tatuados. Se asustaron tanto que abandonaron las herramientas, gritaron y corrieron todo hacia una choza construida provisionalmente con bambúes en el centro del campo, de manera que dejaron quieta a esa bestia gigante y la azada de hierro dejó de remover la tierra en el campo. Esa bestia con cuernos gigantes tenía el cuerpo ancho y redondo y las cuatro patas llenas de fuerza bruta. Resulta que los hombres Han lo habían entrenado para remover la tierra que era mucho más poderosa que los palos y azadas de piedras de su madre (*ji-lat*) y tías (*asitkoa*), además parecía pariente cercano del débil buey traído por los piratas.

–Un sabio cazador sabe observar la razón por la cual su enemigo se hace fuerte –una vez más Saran recordó estas palabras del Mayor Ilai. Saran solo vio una vez uno de los pocos bueyes cerca del terreno de caza de la población Siaulang, que era propiedad d Siaulang. Decían que en la población Taivoan y la Taroko, que estaban en el norte, había cazadores que dieron pieles de ciervo a la población más al norte, Hoanya[33] a cambio de bueyes. Decían que eran los bueyes utilizados por los piratas chinos para llevar sus pertenencias. Pastaban en la pradera costera. Después de escaparse del establo, se quedaron en el campo, y crecieron en pequeños rebaños. Las tribus de norte no necesitaban bueyes para cultivar el campo, además no necesitaban tantos campos, lo que los cazadores necesitaban eran terrenos más extensos de caza para poder alimentar a las aves y las bestias, también un campo donde los ciervos pudieran correr libremente, las flores y frutas silvestres florecieran. Por eso los delgados bueyes de la población de Siaulang no tenían mucha utilidad. Los dueños eran reacios a sacrificarlos para comer, quizás en el futuro podrían aprender la técnica de la gente Han de conducir el carro tirado por bueyes, por lo tanto dieron una piel de ciervo a cambio de un carro de bueyes para transportar troncos gigantes de madera cuando construyeron casas largas. Decían que los piratas entrenaron a los bueyes de fuerte aguante para tirar carros con la finalidad de transportar cereales y mercancías. Cuando los piratas se retiraron apresuradamente, no les dieron tiempo para llevarse los bueyes así que se quedaron en el campo sin hacer nada. Ahora por fin veían los métodos de cultivación de la gente Han. Resultó que necesitaba una fuerte y afilada herramienta de hierro para cavar tierra.

–La gente Han ha crecido con barro y semillas de plantas. A la gente Han no le gusta correr, no sabe cazar, ara la tierra sin poder descansar hasta la puesta del sol. ¡Qué gente más extraña! –dijo Mauro mirando a la gente Han que se escapó.

–¡Qué va! Este grupo de gente son pobres agricultores dentro de la gente Han, son dóciles y trabajadores, están ansiosos por encontrar un buen campo para cultivar algo de arroz para llenar sus estómagos. En su pueblo fueron obligados por otra gente Han feroz a ser piratas en el mar. Los que no podían sobrevivir,

[33] Hoanya era una tribu de aborígenes de Taiwán. Vivían principalmente en la zona de Changhua, Chiayi, Nantou y la zona cerca de Tainán. Hoy en día la lengua Hoanya ha dejado de existir.

cruzaron el mar llegando a Tayouan para ser esclavos de los hombres pelirrojos –un hombre de Chakam que estaba aprendiendo agricultura con la gente Han en el campo reconoció que el equipo de comercio venía de la población Mattau, con la cabeza cargada de pesadas pieles de ciervo, evidentemente venían para cambiar telas, y salió a hablar del matorral donde se había escondido sin ningún recelo.

–Familiares de la población Mattau hemos traído las pieles de ciervo que cazamos el año pasado al visitar la población de Chakam, queríamos cambiar telas florales y perlas vidriadas con los hombres pelirrojos –se presentó educadamente Akiam.

Saran miró a este valiente y tranquilo hombre de Chakam que tenía frente a él. Era un poco mayor que Saran, debería estar en su momento de aficionarse a la caza, sin embargo, vestía ropa de lino parecida a la de gente Han y tenía en su mano una azada en lugar de lanza o arco; lo único que se diferenciaba eran esos ojos grandes profundos y la forma de usar el turbante, lo que demostraba que era gente de Chakam, pero los colmillos de jabalí delante del pecho y el brazalete de plata del brazo estaban cubiertos por la solapa y manga larga estilo Han, imposible de mostrar su estatus y riqueza.

–Me llamo Daroque, soy hijo (*a-lat*) de la dueña de este campo –dijo el hombre Chakam.

En este preciso momento salieron corriendo desde el cobertizo del campo dos hombres de Chakam con espadas y lanzas y tres guerreros pelirrojos, completamente armados, creían que habían sido atacados y estaban a punto de sacar su daga para luchar. El hombre de Chakam a la cabeza vio que Daroque estaba hablando con estos extraños, sabía que no había hostilidad, así que acto seguido bajaron sus armas, se acercó a Akiam y dijo: –¡Perdone la falta de cortesía! ¡Pido que vayan a avisar al capitán y los hombres pelirrojos, pueden pasar tranquilamente!

–Es mi tío (*ba-lat-po*) Naili, el famoso guerrero del pueblo –dijo Daroque.

–¿Cómo dejas que un hombre Han remueva tu tierra? –preguntó Yodu.

–Oh, la gente de Chakam arrendaba la tierra a los hombres pelirrojos, estos contrataban a la gente Han, trabajadora y buena en la agricultura, para cultivar. El método de plantar arroz de la gente Han es mágico. El año pasado se cosechaba tanto que no se terminó de consumir. También queremos aprender este avanzado método de cultivo de la gente Han –dijo Naili.

–Ese aparato de hierro tirado por el buey es muy poderoso. Con un poco de empuje, el suelo se abriría sin importar cuán dura sea la tierra –expresó Saran.

–Este aparato de hierro se llama 'arado'. La gente Han cree que la tierra debe ser arada y aflojada constantemente para que las nuevas raíces del arroz puedan crecer bien. Ellos no hacen como la gente Chakam que, cuando un terreno al final se queda estéril, ya no crece buen mijo y el suelo se endurece, lo abandonan para buscar otro terreno virgen, queman las malas hierbas para usarlas como fertilizante, se lo convierte en un terreno nuevo de cultivo. La gente Han constantemente trabaja y aplica abono en el mismo terreno, cuidándolo muy bien. Dicen que en su pueblo hay mucha gente y pocos campos de cultivo, mucha gente pobre que ni siquiera tiene un terreno para cultivar para mantenerse. No como nosotros, que tenemos muchos terrenos sin cultivar que nadie quiere –dijo Daroque mientras caminaba.

–Es nuestro campo de caza, terreno para liebres, jabalíes, faisanes, aves y ciervos. Todos los terrenos de Alid tienen su utilidad, solo que, para nosotros los *sirayas*, nuestra forma de vida es distinta que la de Han –dijo Akiam con el rostro enrojecido con la luz de atardecer, sin que se sepa si es la luz del atardecer o la ira la que hace que su rostro persistente quede distorsionado.

–Mire, esos hermosos terrenos han sido cultivados poco a poco, los bajos terrenos pantanosos se han convertido en arrozales, los terrenos secos se han convertido en campo de caña de azúcar. Los tallos de estas plantas son dulces y jugosos de los que se exprime azúcar. Todos estos métodos y técnicas son traídos por los fuertes y avanzados hombres pelirrojos llegados en barcos desde fuera. Los hombres pelirrojos nos han tratado muy bien. La gente de Chakam no tenemos que trabajar duro, solo nos sentamos y cobramos el alquiler –dijo el ingenuo Daroque.

–De esta manera tenemos más tiempo para cazar y tener más pieles de ciervo –dijo Naili quien todavía estaba vestido de cazador.

–¡La gente de Mattau nunca ha visto ese buey! –exclamó Yodu con curiosidad. El de Chakam guiaba todo el camino al equipo de comercio, ellos se pusieron a charlar en el campo al atardecer. Evidentemente los cazadores de Mattau estaban llenos de curiosidad. A lo largo del camino veían a los campesinos que vivían en las barracas del campo que en ese momento estaban de pie al lado del camino mirándolos con curiosidad. Lo raro es que estos campesinos fueran todos solteros, no había ninguna mujer.

–Este tipo de vaca se llama buey. Le encanta sumergirse en agua por naturaleza. Cuando no están arando el campo, los campesinos los mantienen empapados en lodo en estanques. Tiene mucha fuerza y es muy dócil. Dicen que los han traído en barco de una ciudad llamada Batavia que pertenecen a los hombres pelirrojos y se lo proporcionaron a la gente Han para arar los campos, e incluso los arados y las azadas son provistas por los hombres pelirrojos. La gente de Chakam ofrece el terreno, la gente Han tiene su propia organización y su jefe, ofrece la mano de obra. El terreno trabajado por los tres grupos juntos se llama –la parcela royal–[34], las cosechas se dividen en tres partes, pero los hombres pelirrojos son los que más contribuyen por eso obtienen más –dijo Daroque.

A lo largo del camino algunos cruces importantes y algunas barracas más grandes estaban vigilados por los soldados pelirrojos. Se veía que había venido gran cantidad de gente Han y se necesitaba guardar el orden. En el camino se veía a la gente Han yendo y viniendo en carros de grandes ruedas tirados por bueyes

[34] La parcela royal se refiere a que el terreno pertenece al rey neerlandés. La Compañía neerlandesa de las Indias Orientales ofrece terrenos, bueyes, instrumentos agrícolas y semillas. Los hombres Han son arrendatarios agrícolas.

que estaban llenos de cereales y herramientas agrícolas. También había gente de Chakam llevando al buey con una soga tras ellos, el cual cargaba pieles de ciervo andando tranquilamente por el camino de tierra.

–¿Qué es parcela royal?, ¿Qué es Rey? –preguntó Galauyo.

–Los hombres pelirrojos llaman a su capitán de máximo poder Rey. Dicen que toda la tierra y los tesoros del país pelirrojo pertenecen al único rey.

–¡Pero no toda la tierra de la población Mattau pertenece al capitán! La tierra pertenece a Alid, es la propiedad de toda la población. Cualquier persona de Mattau puede correr y cazar libremente en el terreno de caza de Mattau. El capitán es solamente una persona que se encarga de ayudar a resolver los problemas de todos –expresó Mauro.

–Los hombres pelirrojos y la gente Han causarán muchos problemas a esta tierra –con un aire hosco, Akiam dijo lentamente estas rígidas palabras. Saran sabía que Akiam debía sentirse intolerable, él es un cazador por naturaleza, le gusta su terreno de caza y le gustan los animales más que cualquier otra cosa. No le gustaría convertir el campo de criar animales en un campo de cultivo, sobre todo por desconocidos forasteros. Sentía que algo iba mal, a su alrededor era la gente Han quien controlaban la tierra, ¿dónde estaba la gente Chakam a la que tanto le gustaba cazar?

El equipo de comercio llegó al *kuba* de la población Chakam después de anochecer. Estaba encendida ya la hoguera.

Algunos capitanes bien vestidos que llevaban plumas de ave y cuernos de ciervo estaban esperando a Akiam y su gente en la puerta. Saran descubrió que el capitán pelirrojo llamado Alonso, que muchas veces visitaba la población Mattau, también estaba en la fila de bienvenida.

Así como el elocuente hombre de Chakam, que servía de mensajero, se vestía de seda y decorado con perlas, parecía que tenía mucha riqueza y gozaba de buen estatus, también estaba en el asiento de los guerreros.

Delante del *kuba* ondeaba una bandera extraña, alineada con color de la sangre, de la nieve y del agua del mar. No muy lejos se encontraba una enorme casa de piedra, las paredes y los edificios parecían enormes aunque estaban todavía en construcción. Las antorchas y las hogueras esparcidas iluminaban intensamente esta casa grande haciendo que ésta pareciera un santuario donde vivían los dioses, ¿acaso este es el legendario castillo de Tayouan?

Cuando todos entraron en el *kuba* y se sentaron alrededor de la hoguera, algunas mujeres (*pai-pai*) jóvenes trajeron mucha comida rica, incluyendo carne de ciervo, taro, arroz en troncos de bambú, mai, pescado podrido, carne de cerdo adobada, plátano silvestre, cocos, granadas, *buyo* y licor de mijo. Se notaba que los Mayores de Chakam valoraban mucho la visita de la población de Mattau.

–Gran guerrero de Mattau, llevo mucho tiempo admirando su nombre. Hoy tengo el honor de recibirle en la casa larga de nuestra población, por favor, no sea tan formal, disfrute la buena comida –habló el capitán más viejo de todos. También había algunas mujeres mayores y elegantes, todas vestidas con trajes de pelo de perro, seda y complicadas cadenas de perlas.

–También he admirado la gloria de los Mayores durante mucho tiempo, los cazadores de Mattau hemos traído buenos obsequios para los respetados Mayores. También hemos pensado en cambiar los utensilios que nos hacen falta con los hombres pelirrojos. Akiam le indicó a Yodu que abriera un fardo de pieles de ciervo; dentro había una insólita cadena de colmillos de jabalí y varias pieles de leopardo. De repente los ojos de los Mayores se iluminaron. Estos debían ser colmillos de un robusto jabalí macho y que había vivido mucho tiempo. Los colmillos eran largos y gruesos. Era un tesoro precioso no se obtenía con facilidad. Le daría mucha gloria al cazador que los llevara. Era un regalo que Akiam había preparado para obsequiar a sus anfitriones.

–El próspero mercado de los hombres pelirrojos está a los pies del enorme castillo de la población de Tayouan situado al otro lado del río.

Mañana por la mañana llevaremos a los distinguidos invitados en canoas al otro lado del río. Ahora, ¡disfruten el tabaco y el licor! La gente de Chakam somos muy hospitalaria, si no terminan los taros, *buyos* y los licores, decepcionan a nuestros dioses y a Alid –explicó uno de los Mayores.

Sentado dentro del espacioso *kuba* dentro de la casa larga de la población Chakam, aunque estaba llena de voces, Saran escuchó atentamente y oyó el sonido de olas de la costa, unas veces cerca otras veces lejos. De repente Daroque se le acercó y habló a su oído:

–¡Me encanta el collar de hueso de ballena de tu pecho, te lo cambio por una pieza de tela!

–No, es un regalo de mi Akiam. Tienes buenos ojos, cinco piezas de tela –dijo Saran con firmeza. Es verdad que los huesos de ballena son especiales, no los encuentras fácilmente, sin embargo una vez Akiam encontró solo una gigante ballena muerta en los bancos de arena del Mar interior. Le llevó más de diez días cortar su carne, traerla a casa y adobarla. Ese enorme esqueleto de ballena estaba todavía en una esquina de la casa larga, ¡se podrían hacer más de diez collares o puntas de flecha!

–¡Tres piezas de tela, dos piezas florales para mujer, una pieza de lino para hombre, sin más! –dijo Daroque con una sonrisa.

–¡Déjame pensarlo! ¡Esta noche después de terminar el banquete te lo diré! –dijo Saran.

–¡Bebe! –levantó Daroque el cucharón de coco lleno de vino e hizo un brindis por Saran.

–¡Qué dulce licor de arroz! ¡Bebe! –Saran le devolvió el brindis.

Mientras bebían, el estado de ánimo de la gente aumentó gradualmente, la gente empezó a cantar. Incluso el poderoso Alonso gritó en voz alta en la lengua *siraya*:

–Los Países Bajos y Chakam somos como hermanos. Mirad, ¡qué bien trata nuestro gobernador a la gente de Chakam! ¡Les trae tan buena riqueza! La gente de Chakam no tiene que trabajar duro, simplemente corre felizmente en el campo cazando, esperando la cosecha del maíz en otoño para recibir la renta. Nuestros pastores están en camino de venir aquí, sus nobles conductas ayudarán a la gente de Chakam a alejarse de tabúes y creencias bárbaras, a aprender la lectura y escritura del mundo civilizado. Construiremos iglesias y escuelas, os llevaremos a conocer la Biblia, a conocer el único dios del universo, el que gobierna el cielo. Seguro que aquí se construirá un cielo, un paraíso rico en arroz, azúcar de caña y piel de ciervo –Alonso pronunció un discurso imperito mezclado con holandés.

–El único señor del cielo es nuestra gran bendición. Mientras la gente de Mattau esté dispuesta a rendirse al nombre del Rey de los Países Bajos y trabajar para la Compañía holandesa de las Indias Orientales, nuestro ejército protegerá los derechos y las tierras de la población de Mattau. Les garantizamos que recibirán una infinita renta. La gran tierra virgen y fértil en las afueras de la casa larga está esperando a convertirse en buenos terrenos –Alonso hablaba cada vez más orgulloso y más fuera de sí.

–Ya tenemos tierra cuidada por los dioses. ¡Nuestro Antepasado Alid protege a nuestros hijos y nietos, no necesitamos el único dios de los hombres pelirrojos! –dijo una mujer elegante, posiblemente una bruja de rango alto.

–Permítanme tomar la libertad de preguntar, ¿la población de Chakam se ha rendido a los hombres pelirrojos? –preguntó Akiam con cuidado.

–Permítanme a un forastero decir un consejo sincero, ¡en todo caso la población Mattau somos hermanos de Chakam! ¿No os preocupan que tantos hombres Han, como olas de agua, excavando el terreno de caza de Chakam, hagan que más tarde esta tierra no pueda producir comida para alimentar a los descendientes? –preguntó Akiam.

–¡Sí, estamos un poco preocupados! –el líder del Capitán dijo con reticencia.

–¡Pero podemos adquirir conocimientos de agricultura, no tenemos que cazar tan duramente siempre! –de repente soltó esta frase el ingenuo Doroque.

–La gente Han había venido a Chakam para hacer negocios antes de que llegaran los hombres pelirrojos. Incluso vivían aquí, se casaron y tuvieron hijos con las mujeres de Chakam. Antiguamente solo llevaban paquetes de pieles de ciervo a su pueblo en barcos de ojos de gallo y nos traían telas y tabaco; nunca pensaron en traer arados y bueyes para remover los terrenos de caza de Chakam. Los hombres Han tenían pocos bueyes, ni siquiera eran suficientes para cargar las pesadas maderas y pieles de ciervo –dijo el Capitán de Chakam.

–¡Nuestros cazadores tampoco permiten que los hombres Han perturben el terreno de ciervos de Alid! –añadió la bruja de Chakam.

–El extraño incendio del año pasado destruyó el próspero mercado construido por la gente Han cerca de la costa, más tarde ocurrió una extraña enfermedad, mucha gente murió de fiebre. No pocos hombres de Chakam fueron poseídos por este demonio traído por la gente Han, y la bruja no tenía solución, ni el médico de los pelirrojos sabía qué hacer. Sabemos que fue el fuego enfurecido del Alid que quemó la casa de madera de los hombres Han. Pero lo que no sabemos es por qué Alid provocó que sus descendientes contrajeran enfermedades extrañas. La respuesta a la pregunta a dios de la bruja era que la extraña enfermedad provenía de los espíritus malignos que tomaban represalias contra el pueblo Han, ¡haría sufrir mucho a la gente Chakam que admiraba a ese pueblo! –dijo el Capitán.

–Mucha gente temerosa se marchó a la tierra interior a buscar nuevos terrenos para cazar ciervos y de paso se alejaron de la gente Han. Esta enfermedad extraña hizo mucho daño a la gente Han y a los hombres pelirrojos, y estos tenían miedo de entrar tierra adentro. Creo que nuestro Antepasado Alid nunca se ha ido y nos está protegiendo todo el tiempo, de lo contrario no quemaría las casas de los Han ni nos ayudaría a defendernos de los temibles espíritus malignos. ¡Los dioses del pueblo Han eran incapaces de protegerlos!

Esa noche cuando terminó el banquete, un hombre de Chakam de clase guerrera se acercó sigilosamente a Akiam y le dijo en voz baja:

–Piénselo, con la poderosa escopeta y el cuchillo de acero apuntando en su cuello y al mismo tiempo trayendo tesoros tentadores, ¿elige ser vasallo o enemigo? No nos quedaba otro remedio, amigo, no sigan nuestros pasos.

¿Quién es ese poderoso dios de los hombres pelirrojos? ¿Por qué hace que los hombres pelirrojos puedan construir fortalezas sólidas, barcos enormes que rompen olas, tejer cálidas telas de seda, fundir cuchillos de hierro tan afilados y sólidos, criar gran número de esclavos y militares y al mismo tiempo deja que su gente vague entre codicia, hipocresía, dulzura y benevolencia?

Mañana por la mañana al despertarse tal vez el castillo de Tayouan daría algunas respuestas a Saran.

En 1625, para incentivar a la gente Han a trabajar en la tierra, los holandeses le dieron a la población Chakam quince piezas de tela Cangan[35] a cambio de los terrenos bordados de las vías fluviales y los puertos, donde intentaban construir unas calles y un mercado próspero llamado el Fuerte Provintia[36]. Ese año la gente Han había levantado treinta o cuarenta casas, pero el incendio a principios de año y la epidemia estallada el mismo año habían impedido provisionalmente el desarrollo de estas calles.

En el año 1650, las calles de Provintia ya eran el centro de mercancías de toda Taiwán. Los productos de la isla, tales como arroz, azúcar, rota, piel de ciervo, cecina de ciervo y asta de ciervo eran transportados a través de Taijian (la Bahía Tayoan) hasta el Castillo de Zeelandia, para luego ser transportados a China continental, Japón y Europa. En el año 1653, se completó la construcción de las calles de Provintia, con almacenes para guardar mercancías, como si fuera un gran puerto.

[35] Un tipo de tela de algodón hecha en China.

[36] Está situada en la zona centro-oeste de la actual ciudad de Tainan. En 1625 el primer gobernador holandés de Formosa Maarten Sonck mandó construir una calle de 340 metros de largo y 15 metros de ancho. A los dos lados había viviendas, un hospital y almacenes. Es la primera calle de Taiwán de estilo europeo. Esta calle viene de la –calle principal– (*main Street, high Street*) de Occidente. La calle es de sentido este-oeste, en ella entrecruza con tres calles más cortas de dirección norte-sur.

Capítulo 6
El mar de los huesos de ballena

La resaca del gran banquete ofrecido por la cálida población de Chakam de la noche anterior permanecía aún por la mañana en el pueblo que está empapado de espeso rocío. Los imperturbables guerreros de Mattau tienen misiones importantes, no pueden estar embriagados. Por la mañana las constantes llamadas de las olas despertaron a Saran, que abrió la cálida piel de ciervo y se levantó. A su lado Akiam y Yodu estaban ya levantados, haciendo el desayuno fuera de la casa larga y además estaban preparándose para marcharse.

Akiam despertó a Daroque, el hombre de Chakam que se sentía atraído profundamente por los forasteros. Hoy debemos contar con su ayuda y guía, ya que este hombre ingenuo sabe muy bien de los hombres pelirrojos y los Han, en su compañía no será fácil ser estafados.

–¿Has decidido ceder el collar del hueso de ballena? Tres piezas de tela –Daroque dijo con inconsciencia al despertarse.

–¡Vale! ¡Tres piezas de tela y, aparte de eso, ser nuestro guía! ¡Los cazadores de Mattau saben que tienes formas de tratar a los intrusos de la orilla opuesta! –dijo Saran.

–¿Sabes cómo llaman los hombres pelirrojos a la bahía de Tayouan? La llaman 'el mar de huesos de ballena'. Estoy aprendiendo la lengua de los hombres pelirrojos, además, quiero entender los signos pintados en el mapa de cuero o de papel encerado. Estos signos son mágicos, anotan los grandes secretos y sabiduría. A los hombres pelirrojos no les hace falta transmitir oralmente historias de sus antepasados o mensajes de sus amigos, o conocimientos de navegación, algo parecido a los tótems grabados por nuestros brujos. Lo interesante es que los únicos que entienden los signos de los hombres pelirrojos son los que tienen poder y los brujos que sirven a su dios verdadero. Solo que los brujos de los hombres pelirrojos se llaman 'monjes' y el aparato mágico que tienen es 'la cruz' y tienen un 'libro sagrado' poderoso lleno de signos pintados –dijo Daroque con los ojos llenos de anhelo.

–¡Cuánto sabes! ¡Te invitamos con el honor de los guerreros de Mattau! –dijo Akiam.

–¡Parece que una vez dominan esos signos dominan el poder! –continuó Daroque con una expresión ambigua.

–¿Sabes? Desde este año el castillo de barro del otro lado del río se ha reconstruido apresuradamente con ladrillos. Los hombres pelirrojos han invertido mucha mano de obra, mucho dinero y material. Tienen intención de quedarse a vivir aquí mucho tiempo. No llegaremos a ninguna parte si no aprendemos de sus métodos poderosos. Han cambiado el nombre original del castillo a –castillo de Zeelandia –que significa –el país de la tierra y del mar–. Los hombres pelirrojos planean construir su país permanente en esta tierra colindante del mar donde la población de Chakam ha vivido mucho tiempo. Los hombres pelirrojos no se van. Nuestros dioses son incapaces de echarlos –al final dijo Daroque desconsoladamente.

–¡Solo usted puede guiar las manadas de ciervos perdidos de la población de Mattau! –dijo Saran solemnemente.

–¡No hay problema! ¡Sin Daroque seguro que van a ser engañados! ¡Ese lugar está lleno de comerciantes astutos, personas desesperadas y mercenarios! ¡Sean hombres pelirrojos o gente Han, son iguales! Incluso no quieren darte nada, ¡tan solo piensan en arrebatarte los tesoros! –dijo Daroque.

Todos habían comido taros calientes y cecina de ciervo. Ladearon la cabeza y vieron llegar al barquero de Chakam y a Alonso, quien parecía con resaca. Nada más llegó Alonso, dijo enojado en holandés:

–¡Dios todopoderoso! ¡Dios sabe que cuando bebo licor de mijo no puedo parar! ¡Tendré un dolor de cabeza terrible al día siguiente! –Después dijo en la lengua *siraya* forzada–: Por favor, permitan que el guerrero Alonso del rey neerlandés les dé la bienvenida y los lleve por el camino. Como es la primera vez que han venido ustedes, tengan cuidado con las pieles de ciervo que llevan, que no caigan en la mano de ladrones y embusteros.

–Aunque el ejército neerlandés es extremadamente estricto y la aplicación de la ley es justa, siempre hay algunos tipos avariciosos que pueden convertirse de esclavos o barqueros honestos en ladrones y embusteros en cualquier momento. Con la protección de los oficiales reales nadie se atreve a arriesgarse a violar la ley –explicó Daroque.

El equipo de comercio atravesó el denso bosque de bambú espinoso, el escondido sendero oblicuo de areca, hileras de enormes cocoteros y palmas datileras, pasando por casetas de campo y el mercado donde se reunía la gente Han. Esa ciudad de piedra en construcción siempre se alzaba con bastiones y muros sin terminar, emergía sobre el bosque verde, mirando atentamente los movimientos de grupo de Saran.

–¡Qué proyecto más grande! –con una cinta de rota llevando el fardo de pieles de ciervo en la frente, Saran levantó la cabeza y dijo con dificultad.

–Acababa de ser reconstruido, el incendio del año pasado quemó todas las columnas y vigas de madera, quién sabe cuándo finalizará la construcción. Cuando alguna parte esté terminada nos mudaremos allí. Entonces no os hará falta ir en barco hasta la otra orilla, intercambiaremos pieles de ciervo en la nueva calle de Chakam –dijo Alonso.

–¡El Fuerte Tayouan es aún más grande! –dijo Daroque exagerando.

–¡Puede vivir allí un ejército entero!

–Cuando vengan los trabajadores a trabajar verás la escena del ir y venir de la orilla. Los dos castillos, están uno frente al otro, intentando proteger la bahía de Tayouan. Los llamamos –Ciudades gemelas de mar y la tierra –explicó Alonso.

Cerca de la costa el ambiente del mercado Han se hace más patente. Muchas casas de bambú y de madera están siendo reconstruidas. Un número muy pequeño de mujeres y niños Han también apareció entre la multitud curiosa. Es la primera vez que Saran ve a mujeres y niños Han. Tiene la impresión de que ellas tienen los ojos pequeños y son bajitas, de rostros amarillos y hambrientos. No tienen el aspecto de demonios que deliberadamente intentan invadir la tierra de otras personas. Son un poco como una viuda que ha perdido su marido, no tiene hombre que traiga nutritiva carne de bestia para que produzca leche en su pecho con el fin de alimentar a su niño.

–Los chinos Han que tienen esposas son inmigrantes tempranos. Saben hablar *siraya*; al mismo tiempo nos enseñan la lengua china. Saben muy bien hacer negocios entre los hombres pelirrojos y la gente Han. De vez en cuando nos aconsejan que no nos dejemos engañar por los recién llegados. La verdad es que antes cuando ellos pescaban y recolectaban pieles de ciervo en esta bahía a menudo se aprovechaban también de la gente Chakam –dijo Daroque.

–¿La gente Chakam quiere que estos dos castillos estén llenos de soldados como dos pinzas de cangrejo apretando vuestra garganta? –Akiam, que estaba al final de la fila, dijo en voz baja a un pescador.

–Algunas personas que optan por cazar detrás de la manada de ciervos han ido tierra adentro, otras prefieren guardar la tierra de sus antepasados dedicándose a la pesca, la agricultura y cobrar la renta. Los hombres pelirrojos no nos tratan mal, me preocupa que las personas Han son muchas y muy avariciosas, la bahía de aquí no aguanta su forma de pescar como grupo de tiburones. Ellos están siempre impacientes por llevárselo todo. Me temo que la tierra de Chakam no podrá alimentar a la gente Han que llega como mareas e inundan la tierra. Los vi llegando en enormes velas una tras otra. La gente Han pisará toda la tierra, solo el ejército de los hombres pelirrojos es capaz de proteger la buena gente Chakam –contestó el pescador.

El equipo de comercio atravesó la cerca de pandáneos que protegía el pueblo, descorrió las hojas de palmera datilera y llegó a la amplia playa blanca. El castillo y la estacada elevados en la lejana orilla de repente aparecieron detrás la serena bahía donde volaba la niebla, asomándose, como si fuera una ballena muerta por haberse quedado estancada en el banco de arena durante mucho tiempo, revelando sus destellantes huesos blancos hundidos entre la duna y la niebla salada. El mar estaba lleno de fragatas con las velas bajadas y barcos en un incesante ir y venir inmersos en la niebla. También había numerosas barcazas, con sus largos remos avanzando hacia la población de Chakam, llenas de soldados pelirrojos y trabajadores esclavos Han además de más madera y piedras. La escena era tan bulliciosa como en invierno, cuando los pescadores acudían en masa a pescar mújoles en el Mar interior.

–¡Nunca he visto tantos barcos tan grandes! –Mauro y Pali dijeron al unísono.

–¡El mar de huesos de ballena! –elogió Saran.

–En tiempos remotos este banco de arena como un pez gigante en esta bahía grande estaría lleno de huesos de ballena, era un cementerio de ballenas –dijo Saran.

–Se dice que el cementerio de ballenas estaba en el bosque negro de Siaulang ubicado en el norte de la gran bahía. Era un bosque en el mar donde crecían enormes árboles de agua. Cada árbol gigante era tan grande como una isla donde vivían innumerables ocas marinas y aves acuáticas. Los pequeños barcos de pescadores a menudo se perdían en este bosque negro lleno de islas de árboles y pantanos. Según la leyenda las ballenas gigantes moribundas en el mar seguirían el canal hacia el Mar interior pasando por el mar de los huesos de ballenas, nadarían hacia las marismas en la tierra interior en busca de un lugar donde pudieran encallar con seguridad y esperar su muerte. ¡El bosque negro del blando lodo y la sosegada tierra verde eran el lugar idóneo para el descanso de ballenas viejas! –expresó Daroque.

–¿Por qué? ¿No es la ballena gigante el rey del océano? ¿Por qué al final vuelve a la tierra? –preguntó Saran.

–También he oído la leyenda de Siaulang de que la ballena era originariamente un animal gigante de la tierra, a menudo nadaba en el Mar Interior Daofong y miraba hacia la tierra levantado la cabeza o la cola –añadió Akiam.

–Tras saber esta leyenda, los hombres pelirrojos nombraron esta bahía donde constantemente hallaban huesos de ballenas

–esqueleto de ballena –y lo pusieron en su mapa marino. Sin embargo, visto que barcos grandes y redes de pesca están esparcidos por la superficie del mar, la aparición de las ballenas rociando agua es cada vez menos. No sé si aún vuelven las ballenas gigantes a ese cementerio de ballenas –dijo Daroque.

El equipo comercial colocó, una tras otra, las pieles de ciervo en las canoas y barcos, tomó dos grandes balsas de bambú de vela y seis canoas, se deslizó haciéndose notar en la calmada bahía de Tayouan y avanzó directamente hacia oeste, donde la cola del gran pez.

Era la temporada en que el viento del norte arrastraba con ira, el mar sería como un hombre violento, difícil de navegar. Sin embargo, la superficie de Tayouan era sorprendentemente mansa, únicamente con el viento del norte levemente fuerte, uno tenía que remar con fuerza para poder avanzar entre las pequeñas olas.

–No me extraña que los hombres pelirrojos hayan elegido este lugar. Es un paraíso sosegado y encantador, idóneo para amarrar barcos –dijo Maito remando con fuerza en la proa.

–¿Maito no ha estado aquí nunca? –preguntó Saran.

–¡Pues no! Los pescadores de Mattau cuando salimos en barco, pocas veces cruzamos hacia el oeste por el banco de peces de la población Siaulang, a no ser que trate de una marcha de gran escala, entonces les pedimos el paso deliberadamente. A menudo hacemos negocios con la población de Siaulang, he oído indirectamente que las telas florales y las azadas de hierro que hemos intercambiado con ellos son los que ellos habían cambiado con la población de Chakam o Tayouan. Varias veces para cazar jabalíes crucé el arroyo grande y los perseguí hasta las afueras de la población Chakam, pero nunca he entrado en su pueblo que está en la bahía grande. Siempre son los cazadores de Chakam quienes acompañan a la gente Han que compra las pieles de ciervo esperando en la casita de campo fuera del pueblo –dijo Maito mientras, con los brazos fuertes, remaba el pequeño barco que estaba lleno de fardos de pieles de ciervo cruzando con las naves grandes. Entre las salpicaduras de olas, Saran, desde el costado de la nave grande, vio una hilera de soldados pelirrojos con escopetas. Los miraba fijamente. El marinero barbudo que estaba colgado en la amarra reparando la vela gritaba a Alonso, que estaba en la nave precedente, en una lengua que Saran no entendía, mientras tanto Alonso, con mucha energía, movía la mano saludándoles. La imagen desdibujada de la nave gigante que Saran vio hace cuatro años en el mar, en el exterior del banco de arena por fin reapareció claramente. Era increíble. Solo que el que estaba en el mismo barco con él no era el joven Gata sino el alto y robusto Maito.

–Los míticos cañones deben estar escondidos en los agujeros cuadrados cubiertos con tablas debajo del costado del barco –Saran cavaba vigorosamente el mar con sus remos.

–Cuando la gente de Tayouan pesca y recolecta mariscos en el banco de arena estará contenta sin estas grandes naves y estos cañones! –dijo Saran mientras remaba.

–¡Sí! ¡Pero ahora no estoy tan seguro! –dijo Maito.

Las canoas estaban acercándose al Fuerte Tayouan, se veía claramente todo lo que estaba en la orilla. Después de la disipación de las nieblas, la muralla de piedra y el castillo rodeado de la cerca de madera se mantuvieron firmemente en el montículo de barro. El muro de piedra estaba en construcción todavía, numerosos canteros habían comenzado el duro trabajo de mezclar barro y montar piedras en el frío viento de la mañana.

Cuando las barcas, cruzando entre las naves grandes, se acercaban lentamente a la orilla, las maderas y piedras rojas en el muelle eran claramente visibles, los esclavos negros al lado de los barcos estaban ocupados en cargarlos. El próspero mercado estaba justo detrás del muelle y frente al castillo, grupos de fuertes búfalos se mantenían en cautiverio en la pradera situada entre el mercado y la muralla. La muralla de noreste estaba ya más alta que las casas y la cerca de madera con el castillo de barro. Evidentemente era la primera muralla en completarse. En los castillos de barro se veían personas ocupadas subiendo y bajando para llevar tierra y piedras. Resultó que este castillo estaba creciendo. Era cierto que, según la leyenda, la gente Han estaba trabajando como hormigas para los hombres pelirrojos.

Ese buque que, hace cuatro años, aprovechando las olas y con la vela abierta, avanzaba a toda velocidad, por fin arrastró a Saran a los pies de este floreciente castillo. ¡Increíble! El sonido explosivo de las velas sonaba día y noche sin cesar. Este sonido nunca se había enmudecido en el corazón de Saran, impulsó a Saran a correr atravesando el campo, a pasar por las charcas, a saltar por las piedras del arroyo. Más tarde el sonido explosivo se transformó en el sonido de pisadas de la manada de ciervos, atrayendo las lanzas ensangrentadas de los cazadores, los ojos salvajes, incitando a los guerreros a atravesar el mar de los huesos de ballena voceando, a pisar este país de mar y tierra llegando al templo protegido por el dios extranjero.

A los pies de este gigante castillo floreciente había tiendas de campaña y edificios de madera de todo tipo. Las tiendas de campaña con los hules de color negro extendidos junto a las desordenadas y yuxtapuestas casetas de bambúes y de madera que habían sido construidas provisionalmente se amontonaban en los dos lados de la calle que estaba repleta de heces de vacas y cerdos. Esa calle de barro había sido pisada por los carros de bueyes, soldados, comerciantes, campesinos y artesanos, así que estaba llena de baches. El agua sucia y heces vertidas directamente desde las casas de los dos lados de la calle combinadas con las heces de animales hacían que la calle, que originariamente estaba llena de polvo, se pusiera lodosa y dificultaba mucho el tránsito.

Esa calle de barro llegaba directamente a la puerta del castillo gigante. Cuando uno estaba en el mercado mirando hacia arriba al castillo en construcción, éste parecía especialmente enorme. Los carros de bueyes de ruedas grandes constantemente cargaban piedras y madera en esta calle de barro, como si fueran a dar de comer a un enorme animal hambriento que crecía aprisa. Y la cuantiosa multitud ocupada, debajo de los pies de este gigante, nacía para alimentarlo y sobrevivía gracias al poder del gigante.

¡Hay tantos extranjeros! Parece que de repente todos se habían apresurado a venir a esta estrecha península, sin suficiente espacio para vivir. Las personas y animales se aglomeraban en las calles construidas provisionalmente y llevaban una vida sucia. Parece que los forasteros son buenos esperando: esperan para entrar tierra adentro, esperan la oportunidad de que se les asignen arados y ganados, la oportunidad de ser contratados para cultivar la tierra y construir una casa. Para eso tienen que aguantar los gritos y reprimendas del dueño del gigante, la putrefacción y el destrozo de las tiendas de campañas. Y su dueño, en cambio, espera el próximo viaje para traer más trabajadores baratos y necios y hombres valientes que no temen la muerte. Por otra parte, dentro del grupo de personas deseosas por conseguir la tierra para cultivar hay un grupo de malhechores y ladrones bajo el mando del patrón, y este grupo obtiene pequeñas ganancias de los siervos honestos.

Dentro de las calles abarrotadas y caóticas del mercado el equipo de comercio descubrió que las casas largas de la población Tayouan eran como una manada de ciervos cercada, arrinconadas en una remota esquina bajo la protección de palmeras y pandáneos. Un grupo de Tayouan, hombres con turbantes y mujeres envueltas en *sarong*, estaba sentado en el espacio abierto delante de la casa larga frotando la red de pesca con el jugo rojo exprimido del ñame. Según su experiencia los pescadores saben que la cuerda de cáñamo empapada en el jugo rojo del ñame es más fuerte y menos erosionable por el agua de mar. Parecía que los pescadores de Tayouan también habían aprendido acerca de los instrumentos y métodos de pesca de la gente Han.

–¡La población de Tayouan está casi sumergida en esta ciudad marítima construida por los extranjeros y está a punto de desaparecer! –dijo Akiam. El equipo de comercio decidió seguir paseando, y no se acercó a esta casa larga.

–Al principio estas casas largas eran las casas donde vivía la gente de Tayouan en la temporada de pesca. A veces viajaban en balsas de bambú de vela triangular hasta la Bahía de

Pescadores[37] del sur. Vivían junto con la población Tedackjan[38] y traían mercancías intercambiadas. En invierno, cuando la gente de Tayouan navegaba menos, entonces volvían a la costa este de la Bahía y cazaban con sus parientes de la población Chakam o intercambiaban los pescados por mijos y taros. La gente de Tayouan no desaparecía, sino que seguía los bancos de peces en el mar, y se dejaba llevar por las olas, y llevaba mucho tiempo sin tener viviendas fijas. Son marineros y parientes de Chakam, quienes más saben de comercio. Sin embargo, la técnica de pesca de los pescadores de Tayouan finalmente se perdió ante las grandes redes de pesca del pueblo Han. La gente de Tayouan perdió sus campos marinos y bancos de peces poco a poco, y no le quedó más remedio que volver a la tierra, entrar a vivir en las casas largas de Chakam y aprender a cultivar la tierra y dedicarse a la captura de ciervos. Los que no querían alejarse del mar empezaron a aprender usar las redes de los Han, de manera que escondían sigilosamente sus bellamente tallados colgantes de piedra de la red de pesca y su arpón –explicó Daroque.

–Hace mucho que he oído el honorífico nombre de la población de Tayouan. Mi primera punta de lanza de hierro fue intercambiada por la gente de Siaulang y luego transferida a mi padre, ¡y me la dio! –murmuró Saran con admiración.

–¡Quién imaginaría que la legendaria población Tayouan hoy en día ha sido invadida por un dios extranjero! –dijo Maito.

La multitud de espectadores en el mercado evidentemente estaba asustada y a la vez sentía curiosidad por estos guerreros tatuados de la tierra interior, y esquivaba continuamente el equipo de comercio de Mattau que andaba por las calles con grandiosidad. Quizá porque fue Alonso, el hombre de poder de los pelirrojos, quien se adelantó y abrió el camino. Esos feroces y despeinados soldados pelirrojos con escopetas, los delgaduchos

---

[37] La Bahía del Pescador, también se llama el Puerto Jockan. Está situado en el Mar interior Quieding al sur del río de Erren. Antiguamente era un lago grande. Hoy en día todavía existen topónimos como Hunei (interior del lago) o Dahu (lago grande) etc. (Cita del autor).

[38] Población indígena que habitaba por la actual Kaohsiung.

esclavos que no se bañaban desde hacía mucho tiempo y los apañados comerciantes que se vestían de seda y bien peinados y con sombrero sabían muy bien que estos guerreros eran diferentes de la gente Chakam que acababa de empezar a aprender cultivar la tierra y pescar. Eran cazadores de ciervos que todavía se movían por los densos bosques. Eran altos y musculosos. En sus ojos brillaban esa naturaleza salvaje de desollar y decapitar, parecía que era mejor no provocarlos. ¡Cómo pesaban los bultos de pieles de ciervo que llevaban sobre sus cabezas! Cuando Alonso llevó al equipo de comercio, deteniéndose en el espacio abierto debajo de la muralla norte de la ciudad dijo: –En el futuro aquí se construirá una ciudad exterior, rodeará este espacio abierto con una enorme muralla, será el lugar de residencia de los comerciantes y lugar de comercio. Fuera de la ciudad se planificarán calles y almacenes ordenados, ¡no estará tan mal como ahora que todo es provisional! –No pasaría mucho tiempo para que una multitud de personas se reuniera y quisiera hacer negocios con este grupo de bárbaros con pieles de ciervo. Así que tanto personas como perros del equipo de comercio se instalaron en un césped abierto junto a la muralla norte de la ciudad cerca de la costa para preparar comidas en una cocina montada con piedras. Comenzaron a recibir a los comerciantes y aventureros que se les acercaron poco a poco y que traían todo tipo de tesoros preciosos.

Saran descargó el bulto de pieles de ciervo de sus hombros pensando que por fin había llegado al pie de la muralla y miró hacia esta enorme ciudad rodeada por el mar. Esta ciudad gigantesca era como una bestia multicornia que se agachaba a mirar el mar, mirar el cielo azul, mirar las nubes y niebla, y guardar los barcos que iban y venían. Las nubes en el mar tras haberse agrupado en la bahía parecían rendidas a los pies de esta bestia gigante. Las olas levantadas por el mar enfurecido parecían detenerse a los pies de esta bestia gigante. Las velas agitadas por las olas malignas podrían descansar y ser consoladas bajo los pies de la bestia gigante.

Para construir la bestia gigante se amontonó la base del muro, de altura de una persona, con un montículo de tierra, luego se insertó una fila de troncos de madera formando una valla, sobre la cual se construyeron escaleras de madera y torres de vigilancia donde ondeaban banderas tricolores. Muchos soldados pelirrojos andaban de un lado a otro de la valla. En cada esquina de la bestia gigante sobresalían bastiones o pequeñas fortalezas redondas de tierra donde se colocaron cañones arriba y abajo como si fueran cuernos. Estos cañones servían para atacar o defenderse. En la parte exterior de esta fortaleza de tierra con gruesas vallas de madera se estaba construyendo un muro de piedra más fuerte; la parte superior del muro estaba llena de obreros, algunas partes que acababan de empezar a construirse no llegaban ni siquiera a la altura de una persona, por lo que se veía la fortaleza de tierra, las vallas de madera, el muro de piedra y las dunas entrelazadas formando una escena escalonada. Algunos tramos del muro eran más altos que la fortaleza detrás, y a punto de alcanzar las vallas altas. El muro de ladrillos y piedras del noreste estaba más alto que los edificios, al lado del cual se estaba construyendo un segundo muro más alto, como si intentara reemplazar la función defensiva de las vallas de madera detrás de él. El nuevo bastión de piedra también estaba perforado con hileras de pequeños agujeros cuadrados, que parecía ser la posición de disparo del mosquete, además tenía un cañón de hierro extendido hacia el mar.

Esta es una bestia de gran poder, con una armadura fuerte y resistente, los cuatro bastiones eran sus garras afiladas cuando atacaba, la fortaleza de tierra con los soldados escondidos domesticaría el cañón de hierro que estaba lleno de rayos y fuegos, y escupiría legendarias e indestructibles bolas de fuego grandes que destruirían a los enemigos que vinieran.

–¡Pero bueno, los hombres pelirrojos por sí ya son suficientemente fuertes! ¿A qué extranjeros temen y para que construyeran esta gran fortaleza para proteger el mar y la tierra a su alrededor? –En la mente de Saran apareció esta duda cósmica. Su mirada se dirigió desde el pueblo rodeado de arecas, cocoteros, pandáneos y maleza hacia el mar fuera del pueblo, sintió que su pensamiento se había alejado del campo de los ciervos y se sentó en el barco con la vela puesta navegando hacia ese desconocido territorio del mar.

–¿Qué otros extranjeros hay para hacer temer a la ciudad gigante?

Era de esperar que en el futuro esta fortaleza fuera más majestuosa. El muro de piedra rodearía todo el castillo de tierra y las vallas de madera y además sería más alto, más complicado incluyendo la futura ciudad exterior que refirió Alonso.

–¡Tres pieles de ciervo, una pieza de tela! –gritó un comerciante pelirrojo en medio de un espacio tras salir de la puerta del castillo.

Saran se quedó atónito y se apresuró a preguntarle a Daroque: –¡Ese tipo mintió! Cuando fueron a la población de Mattau declararon cortésmente delante de nuestro Antepasado Alid que serían dos piezas de pieles de ciervo a cambio de una pieza de tela. La memoria de Saran dura tanto como la roca, no se me olvida. ¡Cómo es que hemos traído personalmente las pieles de ciervo y valen menos!

–¡No te preocupes tanto como un mono en un árbol! ¡Todos los empleados de la empresa dan este precio! Ellos son justos, honestos. Toman tus productos en una mano y sacan lo que quieres con la otra, y los productos están a buen precio. Al hacer negocios con ellos no pierdes dinero, solo que es un poco más caro. Es que en invierno han venido demasiadas pieles de ciervo y hay pocas telas traídas por el barco. ¡La culpa es del mar enfurecido, es él quien hace que los barcos tengan miedo de salir al mar! –dijo Daroque.

–¡Si quieres cambiar más cosas puedes ir al mercado negro, pero tienes que arriesgarte un poco, agarra bien la daga! –musitó Daroque.

Efectivamente, cuando todos estaban ocupados haciendo trueques, Saran le rogó en secreto a Daroque que lo llevara a deslizarse de la multitud para sumergirse, con el bulto de pieles de ciervo, en los callejones y calles desordenados y abarrotados. Una curiosidad joven y enérgica hizo que este cazador de ciervos, medio desnudo de ojos redondos, se quitara su capa de piel de ciervo, únicamente tenía puesto un chaleco fino de animal y un simple taparrabos. Él se abría paso con sus piernas musculosas y eso hizo que se balanceara la daga de cintura. Su presencia llamó mucho la atención dentro de una multitud de hombres de ojos delgados vestidos con ropa de lino. Daroque, que conocía el camino, llevó a este hombre salvaje a viajar entre los ocupados trabajadores esclavos y las multitudes de campesinos que deambulaban; el entorno parecía peligroso. Los avariciosos solteros, con la mirada amenazadora y a la vez desdeñosa, parecían querer devorar a Saran, este salvaje casi medio desnudo incluso en invierno. De repente Saran se dio cuenta de que él era como un ciervo solitario en el campo. Los bravucones y temibles perros nunca provocarían a los ciervos en grupo, pero cuando encontraban un solo objetivo todo el grupo lo intimidaba. No era de sorprender que el inteligente Daroque vistiera la ropa de la gente Han para pasar desapercibido. Esta ya no es su tierra ni su país, que puede correr libremente desnudo. Este lugar ha sido invadido por dioses forasteros, los cazadores deben aprender a esconderse como bestias, ¡de lo contrario serán cazados!

–Cazador de ciervo de la tierra interior, ¿qué cosas buenas vas a cambiar con tu piel de ciervo? –una persona Han con ojos brillantes los detuvo junto a un callejón.

–¡Entren y hablemos! –la persona Han habló en un lenguaje *siraya* forzado, abrió su tienda de campaña y les indicó que entraran.

–¡Entremos! Simplemente no quieren ser vistos por los funcionarios pelirrojos. Cualquier negocio hecho en la calle está sujeto a impuestos por los pelirrojos en el mismo lugar. Nadie puede escapar de sus ojos de águila –dijo Daroque, –impuestos –se pronunció en chino.

–¿Impuestos? –Saran escuchó por primera vez esta palabra, una palabra nueva pronunciada en chino, vaciló inmóvil.

–Es decir cuando hay un negocio entre dos partes, la parte que obtiene beneficios debe entregar una parte de los beneficios como tributo al jefe de aquí. De lo contrario, te apuntarán con el mosquete en el pecho, te arrestarán y te enviarán a una jaula o te pondrán en un cadalso, porque ¡vives en el territorio que él protege y gobierna! –dijo Daroque.

–¿Quién decide qué lado obtiene beneficios? –preguntó Saran.

–¡Los hombres pelirrojos! ¡Ellos proclaman la ley!

–¿Qué es cadalso? –Saran preguntó con curiosidad.

El hombre Han señaló un alto marco de madera en el suelo debajo de la ciudad. Una fila de cuerdas en forma circular colgadas en el marco. En una de ellas aún estaba colgado el cadáver de una persona que tenía la cuerda en el cuello.

–¡Fue ejecutado anoche, un pelirrojo asesino! ¡Dejó de respirar poco después de apretarle el cuello! ¡Lo colgaron allí para mostrarlo al público! ¡Las leyes de los pelirrojos son justas y estrictas, incluso para su propia gente! –dijo la gente Han. Saran se dio cuenta de que al pie de la pared había escondido un marco de madera mortífera, frente al área oscura y sucia del campamento del hombre Han. Este lugar oscuro y ensangrentado no se podía ver desde el camino de tierra desde el muelle.

–¡Oh, entiendo, al igual que cuando llegamos a los terrenos de caza de la población Chakam, debemos darle regalos al Capitán, y el Capitán nos protegerá con su honor! –dijo Saran.

–¡Así es! ¡En esta ciudad los hombres de negocios tienen que darle regalos al Capitán pelirrojo del castillo para que pueda mantener el ejército y protegerles de los robos! –dijo Daroque mientras entraba en la tienda de campaña.

–Sin embargo, también se considera que la gente pelirroja roba la propiedad de los comerciantes. Los impuestos que cobran son muchos. ¡Y a la gente Han no le gusta! ¡Van a sufrir lo mismo en el futuro! –dijo el hombre Han con los ojos entrecerrados como un hilo, pero radiantes.

Saran entró en la sombría y hedionda tienda de campaña, el hombre Han encendió una antorcha extraña. La llama de ese fuego ofreció lentamente una luz tenue pero no llenó de humo la estrecha y hermética tienda. Todo esto era novedoso y despertaba la curiosidad de Saran.

A la ley de los pelirrojos no le agrada entrar en este corrupto, desordenado territorio de Han. La tenue luz de la antorcha ilumina las pertenencias y utensilios diarios apilados al azar dentro de la tienda. Las condiciones sanitarias son pésimas, no son comparables con la iluminada, espaciosa casa larga de los *sirayas*. El hombre Han buscó entre un montón de cosas durante un rato, luego se dio la vuelta y dijo a Saran:

–Tengo tabaco de primera calidad, piezas de tela, un hacha, un arco japonés excepcional y tú, ¿tienes bastantes pieles de ciervo.

Saran miró fijamente a ese hermoso arco japonés, con los ojos brillantes y no pudo hablar durante un largo rato.

–Amigo del interior, te acompaña un hombre de Chakam, no vas a ser engañado. Te lo puedo dejar a un precio más bajo. ¡Hagámonos amigos! –el hombre Han sonrío afablemente.

–Diez piezas de pieles de ciervo y ese arco será tuyo. ¡Es una oportunidad única!

Saran vaciló, se mostró indeciso; es un arco extremamente refinado, decorado con hermosos diseños y un anillo de seda chapado en oro. La empuñadura está cubierta de cuero negro brillante. Sin ser honorable Capitán no podía tirar este sólido y elegante arco, solo un gran guerrero, como su Akiam, estaría cualificado de llevar un buen arco que cause envidia entre todo el mundo, si no fuera el caso, sería acusado de ser vanidoso por la comunidad. Saran dudó si debía cambiarlo para Akiam. Según el precio en el mercado de hoy, no se podían intercambiar muchas cosas con las veinte piezas de pieles de ciervo en las que él había trabajado duramente para capturarlas y despellejarlas. ¿Merecería ese lujo? Necesita tantas herramientas prácticas que requería un carro de bueyes para transportar pieles de ciervo a cambio. A pesar de haber estado desesperadamente cazando ciervos, ¿por qué tenía esa amarga sensación de sentirse pobre e insuficiente al entrar en esta ciudad? Mientras permanece en el campo o en el mar interior esa sensación nunca surge. Tiene un buen arco hecho a mano, y nunca le ha defraudado.

–¿Puede guardar este arco para mí? Tengo más pieles de ciervo en mi casa larga. ¡No puedo cargar con tantas en este viaje! –dijo perplejo Saran en un tono de súplica.

Ese hombre Han, de ojos delgados, se quedó aturdido sin abrir la boca.

–No he venido del interior. Mi pueblo está en la costa de viento hacia la marisma, llamado El Mar Interior Daofong. ¡Si viajas en barca llegas pasado más allá del banco de pesca de Siaulang! –explicó Saran.

–La gente de Siaulang vive entre el mar y el mar interior, y vosotros estáis en el mar interior cerca de donde sale el sol, ¿no será el interior del lado sureste? ¡La gente Mattau! –Parece que este hombre Han conoce bien el interior, si no, ¿cómo sabría el nombre de su población? A Saran no le pareció que este hombre fuera un nuevo inmigrante.

–Debido al fuerte viento y las olas en invierno, tuve que venir por tierra, cargando con pesadas y gruesas pieles de ciervo, así nadé atravesando el río. ¡No puedo traer muchas pieles de ciervo! –dijo Saran ingenuamente, temiendo que no le guardara este buen arco.

–¡En verano se puede venir por mar y se pueden traer pieles de ciervo de una casa entera usando el barco! –Daroque intentó explicar por él.

–¡Por estas palabras tuyas podré llevar este arco personalmente a tu costa en barco! ¿Pero qué cosas quieres cambiar con las pieles que tienes ahora? –dijo el hombre Han con paciencia.

–Quiero una pieza de tela, algo de tabaco, esa hacha. ¿Tienes algo de hierro? Necesito cambiar la punta de mis flechas. ¡Además quiero ropa como la que llevas tú! –dijo Saran seriamente.

Al lado, Daroque ya había adivinado lo que quería Saran, dijo al hombre Han enseguida:

–¡No le des ropa de los muertos, la quiere nueva! ¡Además, la camisa y los pantalones cuentan como un conjunto, no le dejes con la parte trasera sin cubrir que la gente se reirá de él!

–¿Te gustarían unos hermosos collares de perlas y colorete para obsequiar a las mujeres? Mis hermanos tienen bastantes cosas buenas de este tipo. ¡Intentaré comprobar con ellos! –dijo el hombre Han mientras buscaba lo que quería Saran–. Dos pieles de ciervo por una pieza de tela, una piel de ciervo menos que el precio oficial. ¡Además, te doy esta daga como regalo como muestra de amistad! –dijo francamente el tipo que es muy buen comerciante.

En el momento en que salieron de la tienda donde Saran había entregado todas las pieles de ciervo a cambio de una gran bolsa de productos y el puñal regalado, se escuchaba una disputa a voces en la calle. Tanto Daroque como Saran distinguieron que era una chica quien estaba llorando y gritando en voz alta en la lengua *siraya*, en medio de las guasas y los insultos de la gente Han. Daroque se dio cuenta de que algo malo había pasado, se apresuró a dar paso hacia la multitud de espectadores, Saran también le siguió de cerca. Se escuchó el gemido de una voz femenina: –¡Era mi pescado! ¡El que mi padre había capturado en la Bahía del Pescador!

–¡Extranjera salvaje, yo no esperaba que trajeras pescados apestosos! ¡Juzgad todo el mundo! ¡No solo voy a confiscar esta cesta de pescados, sino que también quiero que me devuelva la tela y perlas vidriadas que esta loca me había estafado! –mientras estaba diciendo eso, un hombre Han bajito y con el pelo suelto estuvo a punto de tirar de la tela que envolvía firmemente el pecho de la mujer.

La mujer de la población Tayouan estaba sola y rodeada por todo un grupo de hombres Han. Le habían quitado los pescados, intentaba desesperadamente proteger el collar de perlas y la tela floral en el pecho. No tenía ni una pizca de intención de ceder, es más, gritó: –¡Mentiroso con cara de rata, te has llevado mis pescados y quieres quitarme la tela también! ¡No temes que los espíritus errantes de Tayouan te echen una maldición causándote enfermedad hasta la muerte!

Por fin Saran, empujando y avanzando, llegó al frente de la animada multitud y vio que esa joven mujer (*pai-pai*) era muy guapa, con la nariz alta, valiente y no estaba dispuesta a ceder. Sus ojos redondos brillaban llenos de lágrimas. Era alta y con el cuerpo regordete, se notaba la piel suave libre de acné. El seno envuelto por la tela de *sarong* casi saltaba fuera debido a la fuerte discusión, hacía que el corazón de Saran también diera brincos. ¡Lo que querían de verdad esos hombres, con miradas anhelantes, era aprovechar la oportunidad para tomar el pelo a la mujer! Unos brazos fuertes estaban a punto de alcanzar a la mujer, y esta joven mujer que no tenía intención de dar un paso atrás, luchando por librarse de las garras del hombre, que se extendían para atraparla.

Saran suponía que Daroque saldría a impedir que este hombre Han se aprovechara de la mujer de su pueblo, pero Daroque no hizo nada, estaba indeciso. En ese preciso momento Saran no aguantó más, se precipitó metiéndose en el enredo, empujó al rudo y feroz hombre y sacudiendo salvajemente sus robustos brazos y piernas en un estado de lucha al mismo tiempo que emitió un sonido bajo y profundo. Los hombres Han, que repentinamente fueron empujados, estaban atemorizados, gritaron y se tambalearon unos pasos hacia atrás y enseguida sacaron las dagas escondidas de la cintura para protegerse.

–Fantasma salvaje medio desnudo, ¿de qué árbol caíste? No cuelgues los huevos gritando. ¡Ten cuidado que no te dejo salir del territorio de tu abuelo sin haber cortado tus huevos! –rugió el fornido cabecilla.

–Eres su abuelo, o sea que tú también eres un extranjero salvaje. Del abuelo extranjero salvaje nace el hijo extranjero salvaje –¡por fin habló Daroque! Además, habló en el idioma Han fluido–. Este amigo mío ha venido del interior, no es tan apacible como nosotros los de Chakam. ¡Está acostumbrado despellejar pieles de ciervo! ¡Matar a personas es más fácil que matar a ciervos! –tras decir eso saltó al centro y se puso al lado de Saran.

–¡Me cago en tu madre! ¡Todos sois tontos extranjeros salvajes! ¡Habláis idioma humano como si fuera de verdad y tenéis forma humana! ¡Esperad, que os cojo y os meto a guisar con medicina china, a ver si habláis o no! –ese hombre bajito se sonrojó de ira.

–¡Los extranjeros salvajes son mejores para el cuerpo! –gritó uno de la multitud.

Viendo la situación súbitamente Saran sacó su daga de cintura, los otros se asustaron y dieron unos pasos atrás. En ese momento Daroque sacó lentamente un puñal corto japonés que guardaba dentro de la ropa y se quejó a Saran:

–¡Sanguinario cazador de ciervos, eres demasiado impulsivo! No podemos hacer frente a tantos monos. ¡Además, en el precio del collar de hueso de ballena no está incluida mi vida!

Saran descubrió que Daroque tenía tanta riqueza que poseía un inusitado puñal de acero, se envalentonó y dijo con más coraje:

–¡No olvides que eres un guerrero Chakam, tu puñal es tan agudo que corta hasta rocas!

–¡Hermanos! ¡No dejemos que estas dos bestias necias hagan alboroto en nuestro territorio! –Después de que el hombre bajo rugiera, más de una decena de hombres Han, que estaban entre la multitud viendo el espectáculo, de repente sacaron sus puñales.

–¡La cosa no va nada bien! –dijo Daroque en voz baja.

–¿Quién va primero para que mi hermano se deleite cortando su cabeza? –el inteligente Daroque enunció esta frase para malquistarlos, y efectivamente asustó a varios hombres Han que retrocedieron unos pasos.

–¿De quién es este territorio? –sonó una voz familiar detrás de la multitud. Saran no entendía en absoluto lo que decía esta gente Han, pero la mujer de Tayouan, que estaba escondida detrás de él suavemente cogió su mano que sostenía la daga y le susurró que no fuera impulsivo.

–Aí, ¡no te metas en mis asuntos! –gritó ese hombre bajo con mala cara, obviamente temeroso y reacio.

–Estos dos cazadores jóvenes son mis clientes y están en mi territorio. Dime, ¿de quién es este territorio Dongshijiao? ¡Aclaradme, concededme este honor, todos bajad el puñal! –Resulta que ese hombre Han que había hecho negocios con Saran dentro de la tienda se llama Aí.

–¿Quién no conoce a Guo Huaiyi, el jefe de Dongshijao? Jefe Aí, mis hermanos y yo solo queremos gastar una broma a esta jovencita, ¿quién iba a saber que saltaría un extranjero salvaje con una daga? Jefe, por favor, juzga cuál de las partes está en lo correcto y mantén la justicia –otro tipo delgado y alto aparentemente sabía que no podía hacer nada, pero al mismo tiempo con picardía quería ganar algo.

–Ahora tú le matas, luego él te mata, una vez los hombres pelirrojos os atrapen, os colgarán a todos debajo de la puerta de la ciudad. ¡Qué feo! ¿Qué ha pasado? –preguntó Aí.

–¡Ellos primero me robaron mis pescados y luego querían recuperar la tela floral y perlas vidriadas! –dijo esa joven mujer.

–¿De verdad? Quien acose a una chica joven no está cualificado para ser bandido.

–Jefe Aí, has entendido mal. El padre de esta extranjera salvaje cambió tela floral con mi jefe, pero tanto los pescados como las pieles de ciervo que traía no eran suficientes, pues no le quedaba otro remedio que deber. ¡Ahora, con intereses, nos debe más de diez pescados, encima, quería zanjar la deuda con esta cesta de pescados podridos!

–El pescado salado podrido de la población Tayouan es el mejor manjar. ¡Esta mujer no te ha engañado! –dijo Daroque.

–*Mmm*, los pescados capturados desde la Bahía del Pescador tardan al menos un día en llegar a la población Tayouan. ¡Quién nos mandaba a los hombres Han a ocupar sus bancos de peces! ¡No lo hagas difícil! Apunta la deuda del pescador de Tayouan en mi cuenta, vente a cogerlo luego a mi tienda, ¿vale? Concédeme este honor, guarda el puñal, de lo contrario cuando lo descubran los pelirrojos, no será fácil de arreglar –dijo Aí.

–¡Me cago en tu madre! ¡No te hagas el héroe! ¡No es una ley universal bloquear la riqueza de otras personas! –ese hombre feroz no tenía intención de guardar el puñal; sin embargo, varios jóvenes vieron la situación y guardaron sus puñales, y se largaron en silencio. De momento existen dos fuerzas intimidándose mutuamente y compiten entre sí. Saran puede sentir que en esta ciudad caótica y poderosa nadie está por encima de nadie, podemos decir que, la fuerza del puño es una decoración gloriosa, no es para usarla. Todo el mundo es guerrero con bravuconería, se parecen a las batallas que se disputan por terrenos de caza entre pueblos. El lado que no tiene una actitud imponente será cautivo de su enemigo. En realidad, no hay mucha gente que pierda la cabeza en este lugar lleno de vitalidad salvaje.

–¿Te permites pagar los intereses que me debía la gente de Tayouan? ¿Estás dispuesto? ¡Veinte pieles de ciervo! –dijo el hombre Han bajito.

–¡Usurero! ¡Chupas hasta mi sangre! –a Guo Huaiyi, viendo la situación, no le quedaba otro remedio que sacar el puñal por la ira.

–Evidentemente ellos querían obligar a la gente de Tayouan a abandonar sus casas largas y la tierra. ¡Pretendían que mi padre (*yama*) pagara la deuda con la casa-bote! –voceó esa joven mujer.

Los espectadores vieron que la situación iba a peor, una pelea con sangre estaba a punto de explotar, se esquivaban uno a uno. Los que se quedaron y sacaron el puñal aparentemente eran los hermanos del jefe Aí de Dongshijiao.

En ese momento, las personas en ambos lados eran once contra siete, el lado de Aí era ligeramente inferior. Eran siete dagas contando con Saran y Daroque, pero no tenían por qué perder. Es que Aí todavía no había llamado a sus hermanos de alrededor para que se les unieran. El otro lado también era consciente de que su ventaja se transformaría en desventaja en cualquier momento. Lo que no esperaban era que Aí no dudaría en sacar puñal para defender a una extranjera salvaje, con una actitud insistente, hacía que quedara en una situación embarazosa al mismo tiempo no se atrevía tomar ninguna iniciativa.

–¡Arana! –esta llamada llegó desde la esquina del mercado cercano.

Estando todos a punto de iniciar una pelea con dagas y puñales vieron que un grupo de hombres de Tayouan venía corriendo hacia ellos con lanzas y arcos, levantando capas de polvos dondequiera que pasaban.

–¡Arana! –llamó el hombre viejo que lideraba.

–¡Padre (*yama*)! –la chica de atrás que Saran estaba protegiendo gritó emocionadamente. Resulta que esta chica hermosa tiene un nombre tan fascinante como ella misma.

Al final no tuvo lugar una pelea con sangre; esa manada de feroces perros salvajes se escapó sigilosamente con el rabo entre las piernas y sin tener tiempo de despedirse, antes de la llegada de la gente Tayouan. Únicamente quedó la mirada del cabecilla, el hombre bajito. Parecía que el rencor con Aí por el territorio y la dignidad no había terminado. Esa mirada parecía decir: "¡Guo Huaiyi, espera y verás", y Saran comprendió: "Resulta que la gente Han acababa de comenzar una batalla enredada por un problema similar a nuestra división de los terrenos de caza".

Desde entonces, el hermoso nombre de Arana quedó profundamente grabado en la alborotada mente de Saran.

Capítulo 7
Arana

Primavera de 1620. Saran y su hermano de combate Gata se convirtieron en famosos cazadores con perros de la población Mattau. Su espectacular resultado de la caza de ciervos domina el pueblo. Muchas veces cuando venían los equipos de comercio de la gente Han o de los pelirrojos a comprar pieles de ciervo, nombraban el honorífico nombre del joven cazador Saran. Y éste también había oído que Daroque se había convertido en el eficiente representante de la población Chakam. A menudo trataba con personas pelirrojas y Han, y se había ganado el respeto de toda la población por su talento para los idiomas.

En primavera cuando el festival de los columpios, que estaba relacionado con el amor, se llevó a cabo en el campo lleno de flores, Saran todavía se concentraba desoladoramente en alimentar a sus perros, preparando cazas a pequeña escala para cuando las hierbas hubieran crecido. Había domesticado cada vez más perros, pero curiosamente no tenía ni una amada.

Algunos extraños hombres pelirrojos llegaron, guiados por el guía de Chakam, saliendo del bosque de arecas, atravesando estantes de bambú donde se tendían pescados secos. Decían que traían el recado y el obsequio de Daroque para el guerrero de Mattau Saran. Éste, que acababa de terminar sus trabajos en la torre de vigilancia, regresó a donde sus perros. Cuando vio a los visitantes dijo:

"Sois más molestos que las moscas. No hay pieles de ciervo ahora. El último equipo acababa de recolectar un lote. ¡Idos a comprar otro pueblo!", luego el desnudo Saran se quedó murmurando para sí mismo y acarició a su perro favorito mientras examinaba concienzudamente sus heridas del invierno pasado en la caza de ciervos.

–No hemos venido a recolectar pieles de ciervo. El famoso representante Daroque me envío para traerle un recado y entregarle este obsequio –dijo eso mientras sacaba un lujoso abrigo de piel de perro de un saco de arpillera.

–¿Sí? ¡Por favor, vayamos a sentarnos debajo del árbol de coral, que sus flores (*i-sip*) están en pleno florecimiento! –con el cucharón de coco Saran cogió tres cucharadas de agua fresca de la olla de barro y las puso en el tubo de bambú para que bebieran los invitados que llegaron tras un fatigoso viaje. Ya que son amigos de Daroque no debe descuidarlos. Saran miró a los tres hombres pelirrojos detrás del hombre Chakam, uno de ellos estaba vestido con ropa extraña, de una túnica de lino color gris oscuro, y un collar con un colgante en forma de cruz en el pecho, que Daroque mencionó cuando Saran estaba en el Fuerte Tayouan hace dos años. Este collar casi siempre se veía en los cabelludos pechos de los pelirrojos. La forma era parecida, los ricos y poderosos le incrustaban plata, oro y piedras preciosas; las de los criminales eran más pobres que el collar de colmillos de los *sirayas*, muchas veces eran meramente una madera tallada. Sin embargo, ninguna era tan llamativa como la del pecho de este viajero del traje gris oscuro. Saran entendió que ese era el instrumento mágico único del dios de la religión de los hombres pelirrojos. ¿Podría ser que la persona enfrente era la que sabía descifrar, según la leyenda, los signos de poder y la persona respetable que servía al dios?

Hacía dos años que la gente de Mattau se encontraba cada vez más disgustada con los invasores, sobre todo con algunos especuladores que intentaban estafar sus pieles de ciervos. Además, viendo la dolorosa experiencia de Chakam que poco a poco perdía su terreno de caza, la gente de Mattau intentaba mantener distancias con los hombres pelirrojos para sostener su independencia. A pesar de que había frecuentes viajes de negocio, después de la visita oficial de hacía dos años nadie sugirió visitar de nuevo al castillo de Tayouan, más aún se mantenían alerta a los equipos de negocio que venían de lejos.

–De estos tres hombres pelirrojos, uno es un monje de buena moralidad, los otros dos son su séquito y sirviente. Daroque le pide que organice su vida diaria y su actividad misionera para asegurarse de que no vayan a ser amenazados por el peligro –explicó el guía de Chakam.

–¿Monje? ¡Entonces es el brujo del dios extranjero! –dijo Saran. Hace dos años Saran estaba ansioso por descubrir cómo era el dios poderoso que protegía a los hombres pelirrojos, pues hoy inesperadamente él mismo vino solo.

–Además, Daroque le invita a ir al Castillo Tayouan personalmente. Los hombres pelirrojos están buscando representantes que estén familiarizados con los asuntos de la población Mattau. La gente de Mattau lleva dos años sin visitar Tayouan, se han convertido en personas muy distantes. Esta ruta de comercio no ha marchado bien. Durante años todos los beneficios han sido monopolizados por algunos intermediarios especulativos, las ganancias de pieles de ciervo fueron tomadas por ellos. Podemos decir que tanto la gente de Mattau como los pelirrojos resultamos perjudicados. Daroque desea contratar un hábil representante local para competir con la gente Han que son buenos en los negocios. Si los pelirrojos contratan a la gente Han para trabajar por ellos, entonces los *sirayas* siempre serán despellejados dos veces.

–¿Sí? No entiendo –dijo Saran.

–Los comerciantes que vinieron aquí a comprar pieles de ciervo dieron pocas cosas a cambio; ¡sin embargo, las vendían a precios muy altos en el Castillo Tayouan! –sorprendentemente ese brujo pelirrojo reveló, en fluido *siraya*, el asombroso secreto vinculado con los intereses de Mattau: Saran casi podía percibir su sinceridad.

–¿En serio? No me extraña que sienta que el precio de las pieles de ciervo es cada vez más bajo, no puede conseguir nada bueno. Creía que los barcos del Castillo de Tayouan temían los oleajes del mar, como decía la leyenda de nuestros antepasados–

–Daroque quería contratarle para encargarse de comprar las pieles de ciervo de los cazadores del pueblo. Él se hará cargo de las mercancías de los hombres pelirrojos y organizará un equipo de escopetas para el transporte de las pieles de ciervo. Quería que Usted, con su prestigio, explicara a los Mayores de la población de Mattau, para que los cazadores dejaran de ser estafados

–mientras hablaba el hombre de Chakam sacó un arco, bien envuelto en cuero, desde el saco de arpillera, desdobló el cuero, revelando un arco japonés con preciosos dibujos lacados. Saran de repente no pudo recordar un nombre de hacía dos años, pero siempre recordaba esa experiencia desagradable.

–Este buen arco es el regalo de Daroque por la contratación y el agradecimiento por cuidar al monje! –dijo el hombre Chakam.

"¡Chico inteligente, se acuerda de mi mirada anhelosa de hace dos años!", pensó Saran. "¿Cómo se llama ese hombre Han que es todo un caballero?" Nunca recordó el nombre de ese desconocido hombre Han y después de todo, no cumplió su promesa de traer personalmente ese buen arco al puerto de Mattau. Saran tampoco tenía ningún ánimo para ir al Castillo Tayouan a recoger ese arco japonés poco común. Ese caótico conflicto de hace dos años le hizo sentir la situación sin salida de los pobres hombres de Tayouan, que estaban rodeados de tantos demonios hambrientos. Los únicos en quien podían confiar eran los hombres pelirrojos que creían en el dios extranjero. Paradójicamente su gobernante es un hipócrita codicioso.

–Entonces, ¿cuál es el propósito de este precioso abrigo de piel de perro que requiere mucho tiempo para tejerlo? –preguntó Saran.

–¡Es un regalo de una chica llamada Arana que le encomendó a Daroque! Dijo que estaba agradecida por la ayuda que le prestó usted arriesgando la vida hace dos años –dijo el hombre Chakam. Cuando la palabra mágica "Arana" salió lentamente de la boca de este perspicaz mensajero delante de él, como si fuera el conjuro de la bruja que bloqueaba el alma de Saran en el mismo lugar, incapaz de desbloquearla durante un largo tiempo. Los gritos de "Arana" aparecieron claramente en la mente de Saran, unos gritos de aprieto y ansiedad. "Arana, Arana, Arana..." ya no importaba de quién eran los ansiosos gritos. Tras ese largo grito, el voluminoso cuerpo de Arana surgió en su mente: los senos bellamente hinchados, la piel perfecta, la nariz alta bien definida y los ojos profundos como un lago y también la cara cuando volvía la cabeza e intentaba hablarle por última vez. Inesperadamente dos años después, esas palabras de corazón, que probablemente no son meramente un agradecimiento por la ayuda, silenciosamente revelaron todo mediante el abrigo de piel de perro (*etharao*), que requiere tejer con paciencia. ¿Qué le va a decir el jersey de Arana al que ella dedicó todo el corazón? ¿Por qué ha tardado dos años? ¿Por qué ella no se ha olvidado?

¡Este nombre ha perdurado en su mente durante dos años! El nombre de Arana es como el banco de arena en el mar, cuando la noche en que las bestias están en celo y sus deseos se retiran, aparece claramente en la sosegada y gélida costa. Arana es como el último sedimento de deseos de Saran hacia la mujer. La marea de deseo es ciega, muchas veces atrae a los cazadores hercúleos a copular libremente en la noche de luna llena como un grupo de perros en celo, nadando en ondas de afectos de las mujeres, tan abundante como agua. Pero cuando baja la marea, ese banco de arena blanca tan suave como la cama es el cálido y firme seno de la mujer con la que el hombre más desea acostarse. ¡Arana es un banco de arena que sube y baja! ¡Qué ganas tiene Saran de saltar a la canoa, remando por el sosegado mar interior en busca de ese banco de arena tan blanco como impecable! Es una pena que Saran no puede lanzarse a cazar a su mujer favorita como lo hace con ciervos salvajes. La casa larga de Arana no es una vecina a la que los jóvenes solteros (*mata*) de Mattau puedan ir a tocar el arpa de arco cada noche, no pertenece a la alianza dentro de la que se puede contraer matrimonio.

De nuevo Saran recordó el insólito encuentro de hacía dos años, en la caótica situación. Arana, llevada por los guerreros de Tayouan, se escapó con el miedo de que la otra parte reuniera más gente para volver a vengarse. Daroque también le apresuró con insistencia diciendo:

–¡Vete! ¡Ellos no se rendirán, no dejarán que esto acabe así!

Y Guo Huaiyi, de quien Saran por fin recordó el nombre, también le avisó severamente:

–¡Iros! ¡Volved al lugar donde los hombres pelirrojos pueden protegeros! ¡No os quedéis en la calle! Ellos son más gente y más poderosos, volverán para recuperar su reputación. No quiero un enfrentamiento cara a cara: eso causará una insurrección. ¡Todavía espero hacer negocios!

–¿Y tú? ¿Qué van a hacer contigo? –preguntó Saran con vehemencia.

–Estos matones no se atreven a hacerme nada. ¡No es tan simple entre nosotros! –dijo Guo Huaiyi.

–¡Iros! ¡Hasta la próxima! –dijo Guo Huaiyi. Así que Arana ni siquiera tuvo tiempo de despedirse de ellos ni expresar su agradecimiento, únicamente dejó esa mirada cariñosa que trataba de mirarlo volviendo la cabeza.

Entonces, ¿qué quería decirle Arana con el abrigo de piel de perro que ella había pedido a otra persona que se lo trajera? ¿Acaso es simplemente un agradecimiento? ¿Para qué Arana ha esperado dos años tejiendo este inusitado abrigo de piel de perro con tanto esfuerzo solo para expresar su gratitud? Saran quería saber la respuesta impacientemente.

Aquella vez, si no hubiera sido por la aparición de Guo Huaiyi, un cazador *siraya*, aunque fuese tan alto y fuerte[39] como un oso negro, no podría haber sobrevivido entre tantas espadas del grupo de Han, que eran tantos como hormigas o mosquitos.

–¡Olut, ven! ¡Olut! –en este momento, de repente Gata interrumpió su conversación, sin siquiera mirar a los invitados; solo llamó el nombre de su perro Olut y lo llevó a correr hacia el campo. El hombre de Chakam y los pelirrojos allí percibieron la hostilidad de este joven que apareció repentinamente. Y Saran sabía claramente que Gata odiaba a los hombres pelirrojos y cualquier vasallo suyo, nadie era capaz de convencerle.

---

[39] Según *El diario de Batavia* de los holandeses, los aborígenes de la población Singang eran altos, incluso algunos de ellos les sacaban una cabeza a los holandeses. Posteriormente, según la investigación del japonés Takeo Kanaseki, la altura media de los hombres de Pingpu era 175 centímetros, y la de las mujeres era 165 centímetros.

–Las pieles de ciervo que Gata cazaba con gran esfuerzo no podían cambiarse por mucho tabaco para rellenar la pipa de su abuela (*bu-bu*). Gata está indignado. ¡No le hagáis caso! –Saran intentó calmar la situación violenta causada por la falta de buenos modales de Gata.

–¡Creo que esta situación mejorará después de que yo asuma el cargo de representante! –de esta manera Saran asintió a la petición del hombre Chakam. Saran está ansioso por hacer un viaje al Fuerte Tayouan.

–Por favor, regrese e informe a Daroque de que, tras haber ayudado a este amable monje a establecerse, emprenderé la marcha hacia el Fuerte Tayouan. ¡Avisaré a los Mayores y la gente de la población, las pieles de ciervo de la caza de esta primavera las guardamos todas para el equipo de comercio de Daroque, al mismo tiempo esperamos que nos traiga buenos regalos! –dijo Saran.

Aquella noche, el calor que quedaba de la cocina de piedra justamente agregó un poco de calor al frío de las noches de primavera. Dentro de la casa larga de los hombres (*a-ki-a-ki*) Saran pidió al viejo Akiam que atendiera con cortesía a este respetable brujo del dios extranjero y cuidara de sus comidas, además explicó que él mismo iría al Fuerte Tayouan.

–Este es el regalo para ti de parte de Daroque de la población Chakam –Saran extrajo ese excelente arco japonés.

–¿Ese ingenioso adulador Daroque de la población Tayouan de hace dos años? –preguntó Akiam.

–¡Sí! Ahora es el comerciante y representante contratado por los hombres pelirrojos, es muy respetado –contestó Saran.

–¿Por qué ha traído al dios extranjero a blasfemar en nuestro templo? –Gata no aguantó más: se levantó agitadamente y habló en voz alta.

–Daroque me lo pidió como amigo: ¡Saran tienes que hacerlo! ¡Además el monje que sabe hablar *siraya* ha venido a ayudarnos y librarnos de ser engañados por la gente Han! Puedo percibir su sinceridad. El dios que venera hace que la gente de su tribu sea suficientemente fuerte como para dominar a un gran número de feroces personas Han con unos pocos guerreros, seguramente puede pedir a su dios que nos proteja –dijo Saran.

–¡Una vez el templo de Alid sea invadido por forasteros, los demonios traerán enfermedades terribles y las extenderán sin cesar! –dijo Gata.

–Puesto que no creéis en el único dios verdadero, los demonios pueden poseeros. ¡Los numerosos dioses que veneráis no son capaces de luchar contra este mal! ¡Solo los avanzados y poderosos europeos pueden guiaros a un mundo civilizado y luchar contra este demonio genocida! –dijo el monje.

–¡Nada más llegar los hombres pelirrojos a esta tierra, nos lanzaron hechizos y demonios, nos han propagado enfermedades malignas y nos han amenazado diciendo que si no seguimos a su dios no podríamos ser curados! –dijo Galauyo quien apoyó a Gata.

–Mucho antes de la llegada de los hombres pelirrojos la gente Han había traído este tipo de dolor de muerte! –dijo Akiam.

–Este es un camino trágico, pero no nos queda otro. Los hombres Han vienen como mareas, una tras otra, de manera que los *sirayas* se convierten en águilas o lobos solitarios en el campo, reducidos a unos pocos. Nos obligan a depender de los hombres pelirrojos y aprender de sus métodos de ser fuertes para luchar contra los inteligentes hombres Han. ¡Saran hace bien; irá al Fuerte Tayouan, aprenderá el idioma de los hombres pelirrojos y elegirá un buen patrón. De lo contrario, a la espalda de los pelirrojos, los hombres Han estafarán nuestros bienes y nuestra tierra, ¡los de salvajes tontos! –dijo el anciano Ilai.

–¡Tanto hombres pelirrojos como hombres Han son demonios, debemos levantarnos y luchar contra ellos!¡No nos rindamos antes de luchar! –exclamó Gata.

Aunque a Saran no le agradan mucho ni el Fuerte Tayouan ni los pelirrojos, tiene que hacer el viaje, no por Daroque, ni por el insignificante puesto de representante; está ansioso por preguntarle a Arana en persona. Quiere saber si Arana le tiene afecto. En tal caso está dispuesto a participar en el *Bataheng* de la población Tayouan, a escupirle el jugo de *buyo* (*a-bi-ki*), a casarse con ella y vivir en la población de Tayouan a toda costa, a cazar ciervos, a pescar y a limpiar la casa por ella. Y todo esto está fuera del entendimiento de Gata, es un secreto bien guardado en el fondo del corazón de Saran.

–¡Ya se han rendido! –dijo Akiam: ¡todos los presentes se sorprendieron!

–En la época en que es necesario estar desnudo, mucha gente de la tribu incumple el tabú, se han puesto en secreto prendas Han (Kengensi[40]). ¡No temen que los dioses no dejen caer la lluvia ni permitan la cosecha de mijos, e incluso ni les importa el castigo de la reunión de los Mayores! –dijo Akiam.

Saran estaba preocupado por la hostilidad que mantenían el joven Gata y algunos pocos miembros de la tribu hacia el monje, por eso no partió hacia Tayouan de inmediato. Llevaba algunos días acompañando al monje a visitar las casas largas y a las familias importantes de la población, pese a que tenía prisa por indagar la intención de Arana.

Sorprendentemente al mismo monje se le había ocurrido una excelente forma de resolver la hostilidad de la tribu contra él. Les dio muchos obsequios peculiares declarando que esto era una protección contra el mal que "el Señor" dio a los creyentes por los que se preocupa. El monje esperó que todos le ayudaran a construir una casita de paja como santuario. A partir de entonces la gente trabajaría seis días y tendría un día de alivio para descansar. El séptimo día, cuando descansaban, podrían venir al santuario para concentrarse a rezar, esperando la contestación del dios y pedirle que les cuidara. En cuanto a la simple cuestión de construir una casita de paja, cada dueña de las casas largas que había recibido un regalo, lo aceptó con alegría. Con respecto al traslado del dios extranjero a la tierra de Alid y a la casa larga no les importaba, mostrando la generosidad de la gente. Sin embargo, la gente de la tribu se burló de la idea de

[40] Es un tipo de tela procedente de China.

trabajar seis días y descansar un día. Para los *sirayas* si quieren cazar hoy, cazan, si mañana no quieren pescar, pues descansan, no existen esas normas tan estrictas que hagan que la gente se sienta irritada. Lo único que puede dictarte trabajar o no es el tiempo y la estación. Únicamente los períodos solares pueden indicarte si cambiar el agua y las flores de la vasija de Alid o si se realiza *Kan-kei*[41] en el ritual. Lo que dice el monje es cosa de los occidentales. Ninguna persona de Mattau dejará el trabajo o el juego a mano para ir a contar si ya lleva siete días, y luego entrar en el santuario para decir a dios que lo adoran, que es el único dios del universo, y que ya no habrá otros dioses. Pero vale mucho la pena recibir un regalo como recompensa por construir una casita de paja. En realidad, toda la familia se moviliza para construir una nueva casa o reformar una casa antigua para los recién casados o los hijos de familiares y amigos; es una obligación y una virtud de la gente de Mattau. Nadie puede construir una casa larga solo y cubrirla con pajas, todos estos necesitan ayuda de los demás. Por lo tanto, cuando la gente de la población necesita una casa nueva, sea por tener un bebé recién nacido o sea por haberse casado con un *mata* y que éste entra a vivir con la chica, simplemente tiene que avisar y tener la fecha elegida; así toda la población trabajará unida para ayudarle. El propietario únicamente tiene que ofrecer comida y elaborar más licor de arroz en el banquete de la inauguración de la casa larga. Ahora este buen monje envió regalos primero, antes de pedirles a todos que lo ayudaran a construir la casita de paja, la servicial gente de Mattau no tenía motivo para rechazarlo. Mientras todos discutían la ubicación y el uso de la casita de paja Saran miraba, de vez en cuando desde la duna, hacia el Mar Interior Daofong. En el momento de la llegada de la primavera, las olas del pasto litoral y

---

[41] *Kan-Kei* es una actuación muy importante en los rituales de los *sirayas*. Consiste en que las chicas de la población, mano a mano formando un círculo, bailan y cantan bajo la luz de la luna. El baile es simple, solo tiene tres pasos: se mueven en sentido contrarreloj, dos pasos hacia delante y un paso atrás. El canto se realiza en el lenguaje antiguo. La actuación se dedica a su dios superior: Alid.

los árboles acuáticos se volvían muy energéticos y querían saltar en el mar de olas movedizas.

Saran pensó distraídamente: "Arana se ha molestado en tejer un abrigo de piel de perro (*etharao*) durante dos años, ¿estará tratando de decirme que vaya a buscarla?"

¡Qué ganas tenía Saran de subir a la canoa (*bangka*) luchando, remando hacia el Mar interior, sorprendiendo a las ocas marinas y la niebla matutina, siguiendo la guía de los bancos de arena y decirle a su amada que estaba llegando! ¡Estaba remando en su canoa! Pero alguien le preguntó al monje:

–¿Es útil eso que quieres que recemos en esa casita de paja?

–¡No dudes la sinceridad de pedir la bendición de Dios! –dijo el monje.

–¡Ya tenemos la protección del espíritu de nuestro Antepasado Alid!

–¡Pedimos que Dios nos dé regalos visibles e invisibles! –dijo de nuevo el monje.

–¿Regalo? ¿Acaso no es un regalo la protección de Alid a nuestra tierra y ciervos? ¿Es posible que nos den los hombres pelirrojos escopetas y puñales de acero? Regalos que les han hecho fuertes.

Al oír de regalos, a estos ignorantes miembros de la tribu se les ponían los ojos como platos, pero en el fondo Saran vaciló y pensó: "Si voy y de verdad el amor de Arana me pide casarme con ella y vivir en su casa larga, tendré que alejarme del Mar Interior Daofong, traicionaré la promesa de emplazar en la tierra la losa de la población Mattau, ¿me perdonarán Akiam y Jilat? ¿Me perdonará Alid? ¿Los miembros de la tribu y hermanos de la casa larga me perdonarán?"

Esta vez no esperaba que la fresca agua de mar aliviara el bochorno de su pecho, ni saltar al generoso mar interior a jugar y nadar sin pensar dos veces como las tardes de verano. Esta decisión que tiene que tomar es un rito serio, no será tan fácil entrar y salir del Mar interior. Todo por una chica llamada Arana. El mar, parece volver a presionar con el viento como en invierno, tan difícil de afrontar. Por su parte, Gata también lo malinterpretó y se fue lanzando una frase burlona:

–Perrero, tus perros están esperando a su amo en el campo de hierba empapado de agua. ¿Cómo es que prefieres ser el recadero de los hombres pelirrojos en vez de volver a corretear por este terreno verdoso de ciervos?

¡Es verdad! Ese terreno de ciervos en primavera está impregnado de agua, emitiendo una fresca luz verde, luce bajo el cielo azul, tentando a los cazadores a los que les gusta la libertad, alejándose de la verborrea y atadura de la amante, abriendo los pasos a galopar, lanzándose a esas olas de hierba que prometen una libertad infinita. La razón por la que el cazador es un cazador está en este romántico terreno de caza. Los cazadores no quieren alejarse de su terreno de caza como las ballenas no quieren abandonar su océano. En este preciso momento él debería estar en el campo, llamando a los perros que corren como flechas persiguiendo bestias, flotando a sus anchas entre hechiceras olas de hierba.

Sin embargo, el fastidioso monje hizo que se arrepintiera de haber aceptado el obsequio valioso de Daroque. No debería codiciar ese arco japonés. No hizo caso a la irrazonable petición del monje de ser bautizado como cristiano, pero de vez en cuando oyó por casualidad las palabras de este hombre sobrio y le parecían bastante razonables.

–En cuanto al bautismo, la gente de Mattau consideramos que el agua es algo sagrado, el agua puede curar enfermedades, limpiar toda suciedad y pecado. Nuestros bebés son llevados al arroyo a bañarse al momento de nacer y reciben las bendiciones de todos. ¿A qué se parece a vuestro rito del bautismo? ¡Cada persona de Mattau es bautizada cuando viene al mundo! –dijo Saran.

–¡Pero no en nombre de Cristo! –respondió el monje.

–Tanto los dioses de los *sirayas* como el dios de los hombres pelirrojos no son como los dioses de la gente Han, que son iconos tallados de madera que se pueden visualizar. Por lo que los *sirayas* y los hombres pelirrojos posiblemente fuimos hermanos en vidas anteriores. Nuestra forma de venerar a los dioses es la misma, no hay que distinguir el nombre de uno u otro. El verdadero dios existe entre el cielo y la tierra, no hay imagen, o se encarna en varias formas, protege bosques, protege campos, protege arroyos y rocas, está en todas partes. Y nosotros, los *sirayas* le damos muchos nombres, en realidad es una especie de espíritu, y es lo que consideráis el dios –explicó Saran.

Él no rechaza la creencia del monje, siente que el dios al que sirve el monje no tiene una imagen concreta, como su dios. Ese hijo de Dios llamado Jesús, dicen que, por orden de Dios, se marchó del paraíso para llegar a la tierra a salvar la gente, ¿no es la encarnación de Alid en una túnica blanca? ¡Alid también siguió la orden de los dioses del cielo en el mar tempestuoso y llevó a sus antepasados a descubrir la tierra y todos llegaron sanos y salvos a este nuevo paraíso!

–¡Si te pones la ropa, llegará el paraíso! –afirmó el monje enjuto.

–¡Con la ropa puesta se aleja el paraíso! –refutó Saran.

–¡Es un acto incivilizado y vergonzoso que vuestras brujas obligan a las mujeres menores de treinta años a abortar! ¡Incluso los bebés recién nacidos son vejados hasta la muerte! ¿El dios os protege? ¡Mi dios aprecia todas las vidas, alaba a los recién nacidos, bendice a las madres embarazadas, nunca permite un infanticidio brutal! –dijo el monje.

–Los *sirayas* pensamos que las mujeres son herederas de las casas largas, están encargada de todo lo relacionado con la familia. ¡Es un error si dan a luz demasiado pronto, puesto que no pueden asumir la responsabilidad del cargo! –explicó Saran.

–¡Oh, eso no está bien! En las familias europeas, los fuertes hombres son responsables de la seguridad y la comida de toda la familia. Ellos son los verdaderos amos. Las mujeres se dedican a hacer las tareas de hogar y crían a los hijos. Todos creen en el único dios y cumplen sus obligaciones, por eso las familias son sólidas y los niños están bien cuidados. ¡Un país con una alta tasa de natalidad y pocos niños que mueren, la población aumenta y de esta manera tendrá el poder de predicar el evangelio de Cristo a los países desconocidos! Como tenéis relaciones despreocupadas entre hombres y mujeres, la organización familiar no es estable, los hombres fuertes son complacientes por naturaleza, aman la caza y la guerra, no se ocupan de la economía familiar y las mujeres que están a cargo de trabajos y labores muchas veces se ven obligadas a abortar. Los niños también se mueren con facilidad. Es muy difícil criar un hombre, sobre todo, un guerrero. ¿De dónde sacáis fuerza para competir contra la numerosa gente Han? –dijo el monje.

Las palabras del monje tocaron la llaga del corazón de Saran, de repente se le ocurrió la imagen atroz de que la bruja obligara a Arana a abortar, y su corazón se estremeció. Era la etapa de la vida más terrible en el corazón de cada chica *siraya*, los chicos no podían entenderlo. El afecto que él tenía hacia Arana le hizo imaginar la tortura que sufrían las chicas. Efectivamente, él no podía soportar esa mala práctica de obligar a las mujeres a abortar. Dicen que era el augurio del sueño de la bruja, la voluntad de los dioses. Él mismo era un maldito niño prematuro, debido a la gran reputación de Akiam, el desastre no sucedió después de todo. Además, la voluntad de los dioses no debe ser cuestionada. Sin duda este brujo del dios extranjero tenía el poder mágico de las palabras y su magia estaba entrando en el corazón de Saran, sacudiendo la confianza que tenía en el espíritu ancestral de Alid alentándole a irse. ¡Cómo podía! Saran se dio cuenta de la enorme fuerza que tenía este dios extranjero y pensó: "Si la condición de ser representante es contentar a los hombres pelirrojos y ser bautizado para convertirse en creyente del monje, entonces ¡tendré que sopesar!"

En ese momento decidió esquivar la tentación del monje, dejó de escuchar las tonterías de este ingenuo y enseguida se marchó al Fuerte Tayouan en busca de Arana.

Capítulo 8
El bosque negro de Siaulang

Antes de la Ceremonia de Jinghiang de la primavera del 1629, a primera hora de la mañana, Saran se puso ese precioso abrigo de piel de perro y algunas piezas de piel de ciervo. Llevaba a su espalda el calabacino que usaba para cazar o en viajes y también la daga, la lanza y las flechas que nunca se separaban de él, a pesar de que todavía no estaba permitido viajar, puesto que los espíritus errantes de campos, ríos y mares no habían sido recluidos por el Antepasado Alid en la vasija. Saran no tenía en cuenta al equipo de cazar ciervos que estaba luchando contra los grandes jabalíes en la espesa pradera. Incluso ese grupo de perros jóvenes había matado hasta el punto de llegar a perder el control. Sigilosamente Saran empujó la canoa, deslizándola hacia el puerto de Mattau, remando hacia el fondo del Mar Interior Daofong, el lugar ocupado por bruma (*sat-lat-ma*).

Únicamente vino el viejo pescador Dalai, que se había levantado pronto, a despedirse de él, y le recordó: –¡No te alejes de los bancos de arena, el mar devorará tu pequeña canoa en cualquier momento, solo los bancos de arena pueden salvarte, y llevarte a donde quieres ir, al mismo tiempo que te guiarán en la dirección de vuelta! –Tras haber recibido la bendición del anciano (*ma-bo*) antes de marcharse, al instante se llenó de valentía, y no se preocupó para nada de la adivinación por medio de las aves. Saran recordó seguir la línea de los bancos de arena hacia el sur para llegar al mar de los huesos de ballena, donde luego llegaría a ver ese imponente Fuerte Tayouan. Esta es una ruta de pescadores, los pescadores de Siaulang a menudo la utilizan para viajar a Tayouan o a la Bahía del pescador. También es un lugar donde el poder de la población Siaulang ha perdurado desde la antigüedad. Si muchos pescadores de Mattau quieren cruzar por el territorio de pesca de Siaulang solo tienen que pagar unas piezas de piel de ciervo como obsequio y acordarse de no echar la red al momento de pasar. Saran sabe muy bien que su canoa es una sola. Aunque sea fácil esconderse, también es posible que una vez descubierto, sea cazado sin razón alguna y matado de manera confusa. Él debe ser extremamente cauteloso, resolver los conflictos con inteligencia, y evitar provocar a la gente de Siaulang. Ya tiene preparadas las pieles de ciervo como peaje, espera que a la gente de Siaulang le guste su obsequio en lugar de poner demasiada atención en su cabeza con excesiva ansiedad. Él tiene que reunir la valentía y correr este riesgo solo por Arana. De esta manera demuestra su heroísmo y coraje de servir como representante. Después de vencer este reto, podrá cantar con orgullo en voz alta para Arana y nadie podrá detenerlo.

Saran hizo todo lo posible por excavar en el mar con sus remos alarmando a las ocas marinas. Cruzó la zona familiar de la gente de Mattau, bajó de la canoa para pisar terreno pantanoso de poca profundidad. Se deslizó por el medio de la brumosa agua de océano, el viento marino creciente alborotó su cabello largo como si fueran tallos de esparto. Saran llegó enseguida al banco de arena de hace cinco años. Éste ha cambiado un poco con respecto a entonces, más extenso y grande. Aquí encontró una vela gigante que nunca antes había visto. La flota de velas gigantes de entonces también había seguido la corriente de fuera del banco de arena, incitándole una y otra vez a emprender viajes asombrosos. El último viaje fue por la tierra, no esperaba que esta vez viajaría solo por la ruta del barco gigante. Saran remó saliendo del canal entre bancos de arena. Delante de él había un inmenso mar, y esto arrojó una sensación de incertidumbre al corazón del cazador.

El cazador no confía en el mar ya que está acostumbrado a correr por la tierra cazando ciervos, solo quiere nadar y pescar dentro del mar interior. Para que pueda ver a Arana cuanto antes, la veloz ruta marítima es el primer reto que tiene que superar. ¡Saran tiene la confianza de que él no se va a morir tan fácilmente! Los bancos de arena como peces gigantes son el dios protector del mar interior, protege también a la gente de la costa del mar interior, le agradará guiar su dirección e impedir que el caprichoso mar lo devore.

La canoa iba rápido dejándose llevar por el agua de los canales fuera de los bancos de arena, como si fuera impulsada hacia adelante por corrientes subterráneas. Las corrientes subterráneas que manaban entre los bancos de arena no tenían direcciones fijas, algunas hacia el norte, otras hacia el oeste. Se tenían que evaluar cautelosamente las direcciones de las corrientes para poder avanzar hacia el sur entre complicados cursos de agua. Algunas vías acuáticas estrechas tenían poca profundidad, se veían claramente arenas negras sedimentadas en el fondo, como si fuera el lomo prominente de una ballena. Era el banco de arena en crecimiento que pronto sobresaldría del agua y bloquearía esta vía acuática. Los barcos de los hombres pelirrojos navegarían en rutas marítimas alejadas de los bancos de arena. Era imposible que sus cascos de agua profunda entraran en este mar de ballenas, encontrarían muchos problemas. El poder del agua marina para acarrear sedimentos era tremendo. La próxima vez a lo mejor la corriente del mar tendría que desviarse de nuevo, ya que las arenas negras traídas por el agua habrían bloqueado la vía fluvial.

Saran dejó que la canoa flotara hacia adelante sin tener que esforzarse, solo tenía que concentrarse en manejar el timón para que la canoa no se desviara de la corriente sur, y no se metiera en la corriente turbulenta subterránea, ni que fuera devuelta por la corriente norte dando vueltas entre los bancos de arena. El clima oceánico cambia repentinamente, la temperatura aumenta, el aire caliente hacia el norte avanza rápidamente al encontrarse con el frío que no ha retrocedido, provocando una batalla caótica, una vez frío otra vez calor. El clima es inestable, incluso en el océano brotan corrientes caóticas que golpean y corretean entre los bancos de arena, removiendo peces que las siguen. En los ojos de pescadores es una estación llena de vitalidad como la escena de una próspera vida que empieza a resucitar en el campo de primavera. Las barcas de la gente de Siaulang saldrán en grupo combatiendo con todas sus fuerzas contra las corrientes desorientadas, lo cual presentará toda una escena próspera de pesca.

En poco tiempo, la canoa se encontró con un banco de arena más grande, y efectivamente se veían algunas balsas de bambú flotando cerca de la costa, algunas canoas grandes no estaban lejos de la orilla, estaban ocupadas en echar redes o disparar a los peces. En el banco de arena había un cobertizo provisional y se veían personas moviéndose. Saran se dio cuenta de que estaba entrando en el ámbito de Siaulang. Pero ellos no veían la extrañez de la canoa de Saran, estaba demasiado lejos, pensarían que era una canoa de la tribu que tanto se veían por allí.

En este momento la canoa de Saran entró en una vía fluvial más ancha, y en ella había bastantes barcas pescando. Saran intentó que su canoa se acercara a la tierra para estar lejos de estas. Había árboles acuáticos enormes y densos que crecían a lo largo de la orilla, exponiendo sus fuertes y robustas raíces aéreas que se sostenían firmemente en el cenagal. Entre árboles acuáticos, tan fuertes como unas islas, había escondidas bastantes vías fluviales extendidas, algunas anchas otras estrechas, algunas profundas, otras no tanto. Al remar entre árboles acuáticos es muy fácil ocultar su presencia, pero una vez se adentre en la vía fluvial entrando en el pantano interior será difícil no perderse. ¿Acaso este es el bosque negro de Siaulang de la leyenda?

Al pasar por la desembocadura de un río (*a-ong*), la arena negra que salía de ambas orillas se descargaba en el mar, extendiéndose por todas partes. Muchos bancos de arena formados por la acumulación de arena expulsada por este río grande emergían en la superficie del mar, de manera que la canoa se desaceleró, y ésta tenía que alejarse de la orilla navegando entre estos bancos de arena de diferentes tamaños y que eran tantos como las estrellas en el cielo. Afortunadamente la gente de Siaulang nunca había identificado su pequeña canoa, quizás no esperarían que un joven de Mattau se atreviera a cruzar en su canoa por su territorio de pesca sin ninguna ayuda por el amor a una mujer (*pai-pai*).

Sin embargo, a medida que los bancos de arena comenzaron a esparcirse por las grandes vías fluviales, ya no se dirigía hacia el sur junto a la orilla, Saran estaba un poco perdido, él tenía que remar de nuevo hacia la orilla para encontrar el lugar exacto de la costa y luego determinar la dirección según la posición del sol (*i-lat-hah*). Remaba y remaba tan de prisa que, sin darse cuenta, se estaba acercando a la trampa que el pueblo de Siaulang había construido en la costa. Esa trampa es un típico cerco construido con piedras de coral, siguiendo la forma del banco de arena, ocupando el espacio de la brecha. Cuando la marea está alta, los peces entran con el agua, pero cuando la marea está baja, los peces se quedan dentro sin poder salir, de manera que se convierte en un pequeño estanque repleto de peces vivos. En ese momento la gente de Siaulang estaría esperado allí con el arpón en la mano. Por sorpresa el curso de la marea arrastró la canoa de Saran como un pez entrando en la trampa. En la orilla había mujeres de Siaulang escondidas entre los pandáneos y palmas datileras esperando la bajada de la marea. Divisaron desde lejos esta canoa solitaria y pintada con diferentes dibujos decorativos y cuando esta canoa entró en una distancia identificable, enseguida empezaron a chillar, creían que se acercaba un enemigo que robaba la cabeza de la gente o raptaba mujeres, querían atraer la atención de los barcos de Siaulang que estaban pescando por allí cerca.

Saran se dio cuenta de la mala situación, no esperaba que tan de repente salieran corriendo unas mujeres que, para escaparse del sol, se escondían debajo de los matorrales. Enseguida giró la proa de la canoa, tratando, con toda su fuerza, de escapar de la trampa que había absorbido su canoa. Saran pensó que no quería ni debería provocar a las mujeres (*pai-pai*) en este momento tan sensible, ¡no habría una buena explicación que valiera! Supo que él estaba a punto de ser atrapado. Por mucha explicación que diera, no habría manera de convencer a estos impacientes guerreros para que dejaran pasar esa buena oportunidad de salvar a las mujeres. No quería que su cabeza sobre el hombro se convirtiera en un trofeo que sirviera como un símbolo heroico con el propósito de lucir ante las mujeres.

Los hombres pelirrojos creen que los nativos son imprudentes y salvajes, siempre recurren a la temeridad. Él, igual que el monje, aborrece esta práctica de codiciar cabezas. La experiencia le dicta que solo huyendo no morirá sin ton ni son. Cuando en una situación donde los enemigos son fuertes y nosotros somos débiles, en cualquier situación prevalece su ansiedad por las cabezas. Siempre y cuando la gente de Siaulang no esté contenta te cortarán la cabeza primero, luego cobrarán tu peaje. Pero según la situación actual, parecía que no era posible evitar el enfado de la gente de Siaulang.

Los gritos de las mujeres de Siaulang en la orilla inmediatamente provocaron que los barcos cercanos hicieran sonar la caracola, aparecieron tres veloces canoas grandes desde las tres direcciones del mar rodeando a Saran. La alerta y la reacción de la gente de Siaulang fueron muy rápidas. Su territorio de pesca estaba repleto de canoas armadas. Cuando sonó la bocina de caracol, enseguida la formación de batalla se desplegó al instante, por lo que se veía que la feroz competencia entre los barcos suyos y los de Han no era asuntos de pocos días.

Saran vio que la situación evolucionó muy rápido, los gritos y los barcos de Siaulang venían de todas las direcciones del mar, dejando solo las marismas del interior como su única escapatoria. Cerca de la costa se erguían varias enormes y densas islas de árboles, quizás por su complejidad entre ellas encontraría algunas vías fluviales para esconderse y así podría salvarse. Saran empezó a excavar la superficie del mar con toda su fuerza, se dio la vuelta y remó desesperadamente hacia el misterioso y desconocido bosque negro. Él no moriría tan fácilmente, todavía tenía que cantar para Arana, tocar el arpa de arco. Estando en este bosque pantanoso, él tenía confianza en que esta pequeña canoa era tan ágil como para librarse de los barcos grandes de Siaulang.

Las canoas y barcos de Siaulang se le estaban cercando desde los tres lados, estaban reduciendo poco a poco la esfera, y estaban a punto de alcanzar a Saran.

En este momento crítico, Saran descorrió unas ramas caídas de un árbol acuático, se precipitó en una estrecha vía fluvial, y se refugió escondiendo en este bosque grande.

A lo largo del camino, Saran estaba tan nervioso que no se dio cuenta de que la canoa avanzó con poco calado. El remo tocaba el lecho marino de vez en cuando y era posible que la canoa se encallara en la arena de un momento a otro. Los densos y bien extendidos árboles acuáticos eran como bestias gigantes con patas de ciempiés y tentáculos de pulpo que cubrían ambos lados del canal dejando únicamente una raja hacia el cielo. La tripa de la bestia acuática era fosca y húmeda, y estaba llena de ostras y cangrejos. Pájaros y ratones vespertinos aparecían entre las madrigueras de troncos donde se enmarañaban enredaderas y helechos. En el lodazal bañado por el agua marina aparecían peces y serpientes marinas que se movían entre aterradoras raíces aéreas y flotantes lodos ennegrecidos. El bosque estaba impregnado de un fuerte olor putrefacto, debería venir de las burbujas de aire que emergían de las gruesas capas de lodo. Decían que esta podredumbre ácida del vientre de la bestia gigante era el miasma producido por el lodo que devoraba elementos descompuestos, lo cual causaría enfermedades y la muerte. En el Mar Interior Daofong también existe este tipo de gran bestia acuática a que le gusta las cosas descompuestas y ocasionalmente devora jabalíes que se han metido accidentalmente en el lodo y ciervos sambar atrapados en arenas movedizas. Es este grupo de almas reacias que se transforman en metano para hechizar y enfermar a la gente. Afortunadamente no hay muchos grandes árboles acuáticos en el Mar Interior Daofong, a diferencia de aquí que son interminables, bloqueando los rayos de sol. Saran arrancó un trozo de tela del turbante que llevaba en el calabacino y la ató entre la nariz y la boca lo más pronto posible para filtrar el metano, para evitar la intoxicación y el letargo. Sin embargo, descubrió que el agua fuera de las islas de árboles era muy diáfana en la que pudo ver movimientos de peces y serpientes marinas. Estos animales no se veían afectados en absoluto por el metano proveniente de la profundidad del bosque.

Más tarde, Saran escuchó el ruido de la gente de Siaulang que venía del canal de al lado, no muy lejos. Ellos también entraron en este bosque negro del mar desde vías fluviales más profundas. Ellos no se dieron por vencidos en busca de Saran, su presa. Saran supuso que la gente Siaulang debía conocer muy bien estos canales, puesto que no seguía a Saran a este pequeño canal, sino que habían entrado por otro lado. Debía ser consciente de la elección de Saran, los canales pequeños no podían llevar barcos con un calado profundo. Sus barcos se quedarían calados con mucha frecuencia impidiendo la velocidad de avance, y por consiguiente quedarían muy por detrás de Saran. Los pescadores de Siaulang también son buenos guerreros que conocen bien sus campos de batalla. Nunca paran de seguir a su presa, y la persiguen pegándose muy de cerca, mostrando que ellos tienen buena habilidad de caza. Saran se dio cuenta de que se había encontrado con un verdadero rival con el que no se podía jugar.

Por suerte, a Saran se le ocurrió una idea: como último recurso, tuvo que alejarse de los canales anchos por los que podían navegar barcos grandes y remó entre islas de árboles que eran cada vez más densas. Pensó que a lo mejor tendría más posibilidades de escaparse. De manera que, sin darse cuenta, se desvió de los canales principales que eran más fáciles de reconocer y se perdió en el enorme bosque oscuro y húmedo.

Poco después, su pequeña canoa tampoco podía seguir avanzando, se quedó estancada en el lodo y rodeada de enredadas raíces aéreas y árboles podridos. Él bajó de la canoa directamente y subió a un grueso tronco de árbol y se escondió entre enredaderas y ramas esperando en silencio que el enemigo se fuera. Los gritos de la gente de Siaulang resonaban en los alrededores del bosque constantemente, y era difícil saber de dónde venía el sonido. Este bosque era demasiado grande, casi sin límite, fácilmente bloqueaba los gritos de olas y la orientación del sol. La gente de Siaulang debía estar buscándole en los canales de alrededor, no estaba dispuesto a rendirse tan fácilmente y aun así no se atrevían a dejar el barco para adentrarse en el lodo. ¿Acaso temía este bosque negro que estaba casi en una oscuridad total?

Los complicados canales, como si supieran confundir los barcos de pescadores, los llevan al lodazal hediondo que tragaría presas en cualquier momento. Esta marisma está viva, el aire inmundo vomitado desde su vientre es capaz de hacer desfallecer a sus presas. Esos canales están enredados son sus garras y esófagos con los que capturan sus presas. Las difuminadas y densas copas de los árboles bloquean el sol y las olas del mar, hace que sea difícil orientarse en la dirección del mar, aunque se tratase de un pescador excepcional. Resultó que él estaba dentro del vientre de un gran monstro de agua, que de momento mantenía a la feroz gente de Siaulang asustada y le había salvado la cabeza, ¡al momento siguiente le tocaría luchar contra el gran monstro de agua!

¡Saran no tenía miedo en absoluto! Se agachó tranquilamente en la oscura arboleda y su pensamiento voló hacia el mar de los huesos de ballena. ¡Los pescadores de Tayouan no tienen ningún venerable monstruo de agua que defienda su bahía! Quizás ha sido este grupo de temibles monstros de agua que por el momento ha impedido la invasión de la gente Han a la costa y las aldeas del pueblo Siaulang, ha espantado la gente Han de alterar su tierra. No es fácil desafiar estos altos, robustos y viejos árboles milenarios. La gente de Siaulang dice que sus antepasados vinieron en barco y antes de tomar la tierra vieron este grupo de árboles gigantes erguidos en la costa litoral como dioses, indicándoles que la tierra está a la vista. A lo largo de unos mil años, la gente Siaulang ha creído que las viejas raíces de este dios de árboles, extendiéndose y defendiendo la costa hacen que las grandes olas sean repelidas con mucha facilidad, haciendo que las dunas, protectoras de las aldeas, sean tan consistentes y tan sólidas como rocas. Dicen que la gente de Siaulang teme al bosque negro como teme a un sagrado lugar prohibido, prefieren morir antes de provocar a ese viejo monstro de agua milenario. Es el lugar donde los espíritus ancestrales habitan y se asientan. Todos los pescadores, al morirse, serán llamados por este monstro de agua, subirán por el robusto puente de árboles para entrar en cada asentada isla de árboles, dejarán que sus almas cuelguen en la copa de los árboles para descansar en paz y escucharán los eternos sonidos de la marea de la costa.

Nunca una persona viva ha entrado en el fondo del bosque sin ser maldecida por la marisma. Tampoco está permitido que otras personas entren y molesten a los espíritus sagrados. Las tribus extranjeras que entren en el lugar sagrado recibirán el castigo más riguroso. Así mismo cada *mata* cualificado, antes de ser guerrero, tiene que jurar proteger el bosque negro.

Tal vez la tenaz gente de Siaulang no está dispuesta aceptar que Saran invada su lugar sagrado y encima, ellos no encuentran una forma de vengarse. Los gritos de ira que resonaban entre los canales del bosque se mezclaban con maldiciones venenosas. Saran entendía algo. Conocía vagamente algunas leyendas y tabúes de aquí. Él consideró que la gente de Siaulang era un rival respetable por su independencia y su fuerza, también por su fe religiosa. Sin embargo, aún no estaba dispuesto a rendirse ante las garras del monstro de agua; fue obligado a irrumpir allí. ¡Pidió que el espíritu ancestral y dios de árbol le perdonaran! No era su intención invadir estas tranquilas aguas. Se perdió en el camino, tenía prisa para ir a la Bahía Tayouan.

Los pescadores de Tayouan han perdido por completo su bahía, fueron tentados por dinero y por las telas florales. Si hubieran tenido un bosque negro que bloqueara las tormentas y olas gigantes e incluso barcos grandes, si hubieran sido tan fuertes e independientes como la gente de Siaulang, Arana no habría sido acosada, habría podido ir a pescar o recolectar mariscos felizmente. No sabía si la familia de Arana huiría junto a otras personas de la tribu, huiría a la casa de sus parientes de la población de Taipuyen[42] en la Bahía del pescador. Decían que en la costa de allí también había afluido muchos pescadores Han, solo que no se sentía esa presión como la de la Bahía

[42] Taipuyen, también escrito 'Taburian', es una rama de la tribu Pingpu. Vivían en la actual zona de Luzhu, Katiann. En la época de las dinastías Ming y Qing se trasladaron a la zona cerca de la montaña de Kaohsiung. Hoy en día sus descendientes viven en las colinas de Niemen y Qishan.

Tayouan, ya que había llegado toda una flota e innumerables fuerzas armadas. La verdad era que, si la gente de Siaulang se encontrara con todo este ejército, sus barcos de combate serían derrotados por los cañones del barco gigante, solo que esta suerte había ocurrido antes en la tribu de Arana. El territorio de pesca de la gente Tayouan era un puerto natural que el barco gigante de los pelirrojos eligió; no como el de Siaulang, que estaba lleno de bancos de arena e islotes de árboles, en el que solo canoas de poco calado podrían deslizarse libremente. Los barcos grandes tenían que navegar con mucha atención entre rocas sumergidas e islas flotantes. En caso de un descuido se quedarían estancados. Tanto la población de Mattau, la Siaulang como la Chakam, tienen bancos de arena. En el Mar Interior de Daofong de la población Mattau no es fácil amarrar barcos por la marea con arena que trae el fuerte viento de invierno. En cuanto a la gente de Siaulang, el bloqueo del bosque negro impide a los hombres pelirrojos la explotación de nuevos terrenos al norte de la Bahía Tayouan. Los bancos de arena de la gente Chakam, sin embargo, proporcionan la protección de barcos y una fortificación para los hombres pelirrojos, por eso les ha causado un desastre. ¡Menuda diferencia de destinos!

Los gritos de la gente Siaulang se alejaron poco a poco, pero antes de marcharse dejaron algunas maldiciones. Se burlaron, diciendo que Saran se perdería en los brazos del monstro de agua, al final sería devorado por la marisma, su alma colgaría de un árbol para siempre y nunca saldría de este gran bosque. Saran se asustó, saltó apresuradamente desde el árbol y de repente recordó que a lo mejor era un truco de la gente Siaulang para espolearle a sentir pánico. Saran reprimió sus pensamientos y calmó su mente, sumergiéndose en el lodo escuchando cuidadosamente la fluctuación de agua, al igual que escuchó el paradero de las ocas marinas en el Mar Interior en tiempos pasados. Después de un largo tiempo, no se oían sonidos extraños en los canales, únicamente el movimiento ocasional de peces y aves marinas de vez en cuando. No había ningún sonido de remos cayendo en el agua ni del movimiento de barcos en el río.

Saran intentó empujar suavemente la canoa, deslizándose en el agua, ¡de repente se dio cuenta de que el lodo debajo de sus pies puede succionar y arrastrar a la gente! Sin darse cuenta tenía las dos rodillas atrapadas dentro del lodo. Imperturbable, Saran enseguida sacó una cuerda de la canoa y la puso sobre un tronco de árbol que crecía horizontalmente sobre su cabeza. Tras haberla atado bien, con el impulso de la cuerda logró salir del aprieto. Después, con todo el cuerpo enfangado, empujó la canoa deslizándola hacia el canal. El siguiente problema al que Saran debía enfrentarse era cómo salir de este bosque de muerte entre canales enmarañados y enormes sombras de árboles.

¡Los lodos eran horribles! Acababa de empezar la lucha con este monstruo de agua, no quería convertirse en un espíritu errante colgado en la copa de un árbol que nunca saldría del bosque negro. El interior del bosque interior era húmedo y pútrido, los mosquitos e insectos eran sumamente molestos, las raíces aéreas estaban por todas partes impidiendo el camino. Los escasos rayos de sol no eran suficientes para determinar las horas y la orientación del sol. Él tenía que encontrar primero una zona de agua abierta o una marisma para orientarse con la ayuda del sol.

Saran remaba la canoa en el bosque pantanoso moviéndose entre canales divergentes. De vez en cuando bajos y densos bosquecillos y canales sedimentarios impedían su camino, obligándole a dar la vuelta atrás, desperdiciando muchos esfuerzos, ya que al final no logó salir de las largas murallas verdes que lo rodeaba. Las ramas enredadas y las parras habían estado interfiriendo su juicio. ¡Si fuera un cobarde, pensaría que eran los siniestros espíritus errantes que estaban burlándose de él! Deliberadamente le tenían dando vueltas en círculos sin poder salir. Por un tiempo creyó que la dirección de la corriente de agua era hacia el mar, de manera que si seguía la corriente encontraría la orilla, y luego podría esconderse en el borde del bosque esperando que el cielo se oscurecía. En ese momento los barcos de la gente Siaulang regresarían al puerto para detenerse en bancos de arena, y él podría escaparse aprovechando la oscuridad. ¡Más tarde descubrió que estaba equivocado! Había entrado en una parte muy profunda del bosque, donde el relieve y el estancamiento de arena, además del impulso de los arroyos de aguas arriba hacían que la dirección del flujo se volviera muy complicada e incierta. Se dio cuenta de que este era un lago que obedecía a las mareas del mar. Cuando la marea estaba alta, el agua del mar fluía continuamente hacia dentro y cuando la marea estaba baja, el mar fluía hacia fuera y la marisma se convertía en una laguna tranquila. Y cuando tenía el impulso del viento y arroyos, era muy difícil conocer bien la verdadera dirección de la corriente.

De pronto Saran se dio cuenta de que el nivel del agua había bajado levemente. La zona intermareal cerca de la orilla que había estado inundada de agua, ahora estaba emergida. ¿Sería posible que fuera por la tarde, el momento de la marea baja? Saran se centró en observar el rayo de sol oblicuo entre las ramas y hojas caídas y los cambios en la corriente, remando con toda su fuerza hacia el oeste, hacia la dirección que creía. Poco después la pequeña canoa, reuniendo el valor entró deprisa en la cerca de densos árboles que Saran nunca se atrevió a cruzar, fijó la dirección sin vacilar. En el camino, los espíritus errantes del agua que estaban colgados en la copa de árboles, como se esperaba, instigaron a las espinas de la enredadera arrastrando sus brazos que remaban; además mandaron las raíces aéreas que estaban por todas partes a impedir el deslizamiento de la canoa. El grupo de demonios del bosque negro, junto a pájaros que volaban en estado de alarma, rodaron por encima de la cabeza de Saran esperando cualquier ocasión para asustarlo, intentando impedirle que se saliera con la suya. Pero Saran seguía avanzando con firmeza hacia delante. Él sacó la daga de la cintura y se puso a tronchar las raíces aéreas de la enredadera, remó con toda su fuerza para salir del lodo que atrapaba la canoa. Por fin vio los rayos brillantes penetrando desde el muro verde situado delante de sus ojos. Así, con el cuerpo cubierto de heridas, salió apresuradamente de las garras del monstruo de agua. Resultó que detrás del muro verde estaba una zona de agua abierta, no era una jaula más profunda, más densa e infinita como imaginaba Saran; pero esta amplia zona de agua no era el mar, sino un lago y un pantano donde confluían varios cursos de agua. Estaba rodeado aún por un tupido muro verde a su alrededor. Saran continuó remando hacia el oeste, pudo ver que el sol (*i-lat-hah*) estaba delante en el cielo oblicuo. Tras haber cruzado la parte profunda del centro de la zona de agua y pasado por infinitos bancos de arena y laderas herbosas, llegó al otro lado de la marisma.

Bordeando el gran bosque, Saran no se rendía, intentaba encontrar un amplio canal de agua para travesar este mar de árboles que estaba delante. Este bosque negro era tan grande que era un poco desalentador, pasando árbol tras árbol, era mucho más extenso que el mar de praderas del territorio de ciervos del Antepasado Alid.

Cuando la pequeña canoa pasó por una curva del río, de pronto aparecieron varios leñadores caminando sobre el suelo blando de hierba cerca de la orilla, cargados con troncos apiñados a sus espaldas. Saran se asustó pensando que era gente de Siaulang y apresuradamente acercó la canoa al juncal. Más tarde tras haber mirado más de cerca, se dio cuenta por sorpresa de que era gente Han. En la orilla cercana había muchos árboles talados y amontonados por el suelo desordenadamente. Si la gente Siaulang descubriera el destrozo y blasfemia que había sufrido este lugar sagrado suyo, estaría furiosa. Encima, en el terreno lodoso apareció un camino adentrando hasta el bosque.

A Saran se le ocurrió la idea de pedirles auxilio, por lo que empezó a llamarles en voz alta en el chino que había aprendido; además intentó remar con todas sus fuerzas acercándose a ellos. Esos pequeños leñadores se habían asustado al ver a este salvaje que había aparecido de repente. Tiraron las leñas en el suelo e intentaron escaparse. Ellos creían que otra vez eran los desnudos salvajes con tatuajes armados con dagas y lanzas para atacarles por sorpresa con la intención de cortarles las cabezas. Más tarde cuando vieron que Saran era una sola persona y además hablaba chino a diferencia de los feroces salvajes Siaulang, se detuvieron a mirar con curiosidad a este salvaje fangoso en la orilla.

–¡Eso decía yo! ¡Cómo los supersticiosos salvajes Siaulang se atrevían entrar hasta tal profundidad en un terreno del que tenían tanto miedo! ¡Resulta que era un mono salvaje que sabía hablar y que se alejó del grupo! –dijo una persona Han hostil.

–¡Eh, tú! ¿No eres el salvaje de Singang que escapó del equipo de construcción de la carretera? –dijo el otro cabecilla Han.

–Conozco a Daroque de la población Chakam y al hombre pelirrojo Alonso. ¡Estoy en camino hacia a la bahía grande, y he sido perseguido por la gente Siaulang! ¡Me he metido en este gran bosque sin poder encontrar la salida! –dijo Saran.

–¡Acabamos de venir de la bahía grande! ¡Me suena el nombre Daroque! –sorprendentemente uno de los leñadores contestó en la lengua *siraya*. Se notaba que eran la gente Han que había llegado antes; vivían de la pesca y de cortar leñas, conocían bien las rutas y las costumbres de cada población. Eran buenos en los negocios arriesgados y escapando de la muerte. Al oír el nombre de Daroque, la actitud despectiva de esta gente Han obviamente disminuyó bastante.

–¡Por favor, guiadme en el camino para ir al Fuerte Tayouan! –dijo Saran.

–¿Tienes pieles de ciervo? –otro hombre Han tanteó.

–¡Te doy todas las pieles de ciervo! ¡Daroque me está esperando!

–Aquí estás cerca del arroyo Singang. Lleva la canoa al hombro y síguenos por tierra, pasaremos por esta senda del bosque, al otro lado hay un canal que conecta con el arroyo Singang. Métete en el arroyo hacia abajo, en la desembocadura verás el Fuerte Tayouan –dijo el cabecilla Han.

–¿Has venido de Mattau? –preguntó el otro leñador.

–¡Sí! –contestó Saran sorprendido.

–No eres un salvaje Singang ni Chakam, ¿cómo conoces al representante de la población Chakam Daroque? –preguntó la gente Han con curiosidad.

–No solo conozco a Daroque, también al *gatao*[43] Guo Huaiyi del Fuerte Tayouan, de Dongshijiao –Saran aguantó al arrogante grupo de chicos que lo llamaban "salvaje" y mencionó deliberadamente el nombre de Guo Huaiyi.

–¿Conoces bien al jefe Aí? Tú... –el cabecilla Han parecía que estaba a punto de decir algo, pero al final no dijo nada, tragó las palabras que llegaron a su garganta, intercambió algunas miradas con sus compañeros y enseguida su semblante mejoró y continuó hablando cordialmente–: Vamos a ir tierra adentro a lo largo del arroyo Singang hasta arriba del río para vender madera. ¡Allí tienen una necesidad urgente de madera para construir casetas de paja!

–Habéis mencionado Singang, Singang constantemente, ¿pero dónde está Singang? ¿Por qué nunca lo he oído? –preguntó Saran mientras llegaba a tierra y cargaba la canoa.

–Singang es una población nueva que construyeron las poblaciónes de Chakam y Tayouan juntas a lo largo del arroyo Yanshui. Fundaron en el interior, río arriba, una nueva población, un nuevo puerto. Los barcos de vela pueden pasar por este pequeño puerto del río –dijo el cabecilla Han.

–¿Habéis construido este sendero en la marisma? –preguntó Saran. Luego el grupo de gente se puso en camino por esa senda de barro. La senda estaba salpicada de roca machacada, serrín y guijarros. En su parte inferior, si había baches se cubrían con loess o construían pasarelas de tablones para facilitar el paso de los leñadores. Se encontraron muchos grandes árboles talados en el camino. Había varias firmes sendas elevadas de loess extendidas hacia varios puntos del bosque.

–¡Sí! Había cientos de personas Han contratadas por los hombres pelirrojos, los cuales habían entrado con el ejército aquí. Ellos construyeron esta senda de leñadores en un lugar lejano que estaba infestado de mosquitos y lleno de enfermedades subtropicales contagiosas. ¡Mucha gente ha muerto! En un futuro cercano, ¡me temo que hasta los carros de bueyes podrán entrar para transportar maderas! –dijo una persona Han.

[43] Gatao: se refiere al líder de algún lugar o jefe de un grupo mafioso.

–¿No tenéis miedo a la venganza de la gente Siaulang? –preguntó Saran.

–¡Claro que sí! ¡Tenemos miedo a que la gente Siaulang nos corte la cabeza, que los hombres pelirrojos nos cobren impuestos! ¡Los hombres pelirrojos aún son peores! Nos han dado un sueldo que no alcanza para comprar un tablero de ataúd. ¡Nosotros, la gente Han que no queremos ser contratados o pagar impuestos, preferimos estar sin la protección del ejército, entramos a trabajar a la primera línea a escondidas aquí para ganar un poco más de dinero! –dijo uno de los Han.

–La brigada de construcción de carreteras junto al equipo de carros de bueyes están en el otro extremo para ensanchar la senda, dentro de poco llegarán aquí. ¡Voy a aprovechar el momento para ganar un poco más de dinero, si no luego se lo llevan todo los hombres pelirrojos! –dijo otra persona.

Efectivamente poco después, Saran siguiendo a este grupo de gente Han de baja estatura, pasó por la marisma y el bosque para llegar al otro canal donde había estacionadas balsas de bambú.

Saran descubrió que había un camino de tierra que atravesaba directamente la sinuosa y complicada red de canales de manera que tanto la distancia como el tiempo fueron reducidos. No debía tener miedo de encontrar divergentes curvas de agua dando vueltas en el mismo lugar sin poder salir de allí. El sol se había inclinado hacia oeste y las listas personas Han, tras haber arrastrado los atados troncos que flotaban en la superficie de agua a la balsa de bambú, alzaron la vela y dejaron que el viento soplara para que la balsa avanzara lentamente. Por fin Saran se alejó del temible bosque pantanoso siguiendo la balsa de la gente Han y entró en el arroyo de Singang. Se veían más barcos y balsas sobre la extendida superficie de agua. La mayoría de ellos tenían la vela abultada, cargados de mercancías. El leñador que le había salvado la vida también se iba a ese lugar cuyo nombre Saran no podía imaginar. Aunque empujado por la curiosidad, puesto que tenía el corazón preocupado, no era capaz de hacer otra cosa. Le regaló todas las pieles de ciervo y sin dudar ni un minuto, se despidió de él. Saran remó precipitadamente con toda su fuerza río abajo, esperaba llegar al Fuerte Tayouan antes del anochecer.

El bosque negro con garras se había apiadado de su vida, seguramente había entendido que en su corazón tenía otra cosa más importante que hacer. Debía ser que el dios de los árboles o el monstro del agua habían oído su afecto por Arana y no querían hacerle daño. Saran sintió una sensación de renacer. De repente guardó los remos en la canoa y veneró agachándose hacia los árboles acuáticos de ambas orillas. Así dejó la canoa bajando por el río, después, como si se acordara algo, sacó el licor de mijo que llevaba en el calabacino, y lo esparció continuamente hacia el cielo. En ese momento se dio cuenta de que llevaba un día entero sin beber agua por no hablar de llenar la tripa. ¡Pero no importaba! El cielo se estaba oscureciendo, el tiempo se acababa, tenía que levantar el ánimo y recogió los remos con sus fuertes brazos, empezó a remar río abajo con todas sus fuerzas.

Al atardecer, la pequeña canoa de Saran salió flotando por la desembocadura del arroyo. Se encontró un banco de arena cubierto con hierbas que impedían su camino, así que tomó un desvío y remó hacia el mar, deslizándose por la borrosa y oscura Bahía Tayouan. El triste canto de las aves acuáticas llegó desde el banco de arena del mar exterior. Las aves volaban bajo circulando por el cielo del bosque cerca de la orilla, intentando descender y descansar. La luz roja en el cielo fue bloqueada detrás de las nubes altas del mar, persistiendo su reflejo en la tierra hasta último momento, sin intención de descender.

Poco después, la parte superior del elevado Fuerte Tayouan flotaba en el oscuro y tranquilo mar debido al último rayo de luz roja del cielo. Gracias a la guía de ese atenuante rayo rojo Saran dedujo la ubicación del Fuerte Tayouan que flotaba en el mar y se impulsó hacia allí decididamente. Cuando más cerca estaba la pequeña canoa, las antorchas y hogueras de la orilla se volvían más claras y estables, no como las parpadeantes luces de los barcos pesqueros que flotaban en el mar. Al mismo tiempo Saran también vio las luces de fuego de la población Chakam en la otra orilla, que se escondían entre un espeso y oscuro soto, difícil de percibir.

En la ondulante superficie del mar, Saran se acordó de la última vez que había venido a la población Chakam, también había sido al atardecer. Solo que esta vez el Fuerte Tayouan parecía más elevado. La antorcha irradiaba, con orgullo, su tenue luz a sus cuatro costados sobre el mar. En la oscuridad, Saran podía divisar que los baluartes circundantes del Fuerte Tayouan habían sido reemplazados con mamposterías fría y fuerte y la segunda capa del cuerpo principal había comenzado a apilarse sobre la primera pared de ladrillos macizos. Saran dudó si ir directamente a la población Tayouan para encontrar a Arana o si desviarse a la población Chakam primero para pedir a Daroque que le guiara el camino. Saran miró los altos y abruptos baluartes del Fuerte Tayouan que poco a poco se desvanecían en la oscuridad como si Arana le saludara con la mano y desapareciera finalmente en el oscuro mar, como un pescador que partía del puerto.

Poco después, Saran desembarcó la orilla de la población Chakam, entró enseguida a la aldea y encontró a Daroque que asistía a una reunión en el *kuba*. Un sentimiento ominoso permanecía al lado de Saran todo el tiempo. Daroque estaba intentando convencer a los Mayores para que quitaran el estante de cráneos de acuerdo con el deseo de los hombres pelirrojos, sin dejar que se expusiera en un lugar tan evidente como para declarar su pasado bárbaro. Los Mayores no aceptaron. Uno de los Mayores sabios dijo:

Si esto sigue, incluso yo, un tipo demasiado mayor para correr, tendré que pensar en mudarme a Singang. Ahora nos prohíben el estante de cráneos; más adelante nos prohibirán adorar a dios Antepasado Alid –la reunión de hombres (*a-ki-a-ki*) terminó en desacuerdo. Daroque fracasó en su responsabilidad de transmitir la voluntad de los hombres pelirrojos. De repente Saran aborreció este papel de Daroque y se quedó esperándole en silencio hasta que terminara su trabajo.

–¡Buen chico! ¡Dos años sin vernos, has ascendido con tatuajes! –Daroque miró hacia atrás un poco sorprendido y descubrió que los fuertes músculos del cuerpo lodoso de Saran estaban decorados con hermosas líneas azules y negras.

–¡Llévame a buscar a Arana primero! –Sin decir una palabra Saran agarró la mano de Daroque y se levantó.

–¡Qué prisa tienes! ¡Pareces un mono en celo! ¡Comamos primero! –dijo Daroque.

–Esta es la carne de tiburón recién capturada del mar esta mañana, y la hueva de salmonete que hemos intercambiado con pescadores Han. Se les llama grandes escamas doradas. ¡Todos son manjares exquisitos! –dijo Daroque.

–Te voy a hacer una pregunta, ¿Por qué Arana te pidió que me regalases ese precioso abrigo de piel de perro? –dijo Saran.

–¡Ella a mí no me dio el abrigo de piel de perro, solo me regaló un collar de conchas! –de repente Daroque se volvió desanimado y contestó impacientemente.

–¿Has venido desde tan lejos solo para esto? –Daroque levantó la cabeza hacia Saran con una mirada severa y envidiosa.

–¡Además de darte las gracias, me gustaría saber lo que piensa! ¿Te ha dicho algo? Bien lo sabes, había tardado dos años en reunir el pelaje de perro y tejer...

–Lo sé, ¡pero no expresó nada! –Daroque interrumpió las palabras de Saran.

–¡Voy a preguntárselo personalmente y cantar delante de su ventana! –la mirada de Saran estaba llena de confianza e ilusión.

–¡Se ha ido! –Daroque dijo desconsoladamente.

–Antes de irse me dio el abrigo de piel de perro para ti.

–¿Se ha ido? ¿A dónde? –el desmelenado Saran sentía como si el vello de todo su cuerpo saltara en pánico, tan rápido como un relámpago.

–¡No lo sé! –dijo Daroque con una expresión deprimida.

–¡Cómo que no lo sabes! ¡O es que quieres ocultármelo a propósito! ¡Debes también estar enamorado de Arana! –dijo Saran apresuradamente.

–El homogéneo y relleno cuerpo Arana es como una hembra de ciervo en celo en el campo primaveral. Los dos ojos afectuosos brillan como el manantial de verano, la tez suave como la de un bebé recién nacido en el momento de bañarse en el arroyo. ¡Cualquier hombre joven (*mata*) pasional perdería el control y dejaría que el miembro levante la tela protectora! –dijo Daroque desanimado.

–¡Arana, Arana! ¡Daroque jura ante el dios Antepasado Alid, si digo una sola mentira que me mate un trueno en el campo!

–¿Acaso no se lo has preguntado? –dijo Saran con exasperación.

–¡No dijo nada! ¡Insistió en no decirlo! –gritó Daroque.

–Es hija de un pescador de Tayouan, ¡tal vez haya ido con los parientes de la población de Taipuyen en la Bahía de pescador! ¡Tal vez has conducido su barco hacia el interior del arroyo Singang para buscar medios de subsistencia! He pedido a muchos amigos que la busquen en todas partes, pero no hay ninguna noticia suya. ¡Pero sé que el traslado de toda su familia tiene que ver con Guo Huaiyi! –Daroque se calmó poco a poco.

–¿Guo Huaiyi? –de nuevo Saran escuchaba este nombre.

–El año pasado hubo una pelea armada entre los dos bandos Han en el Fuerte Tayouan- Guo Huaiyi llevó a sus hermanos a matar al jefe del otro bando. Los hombres pelirrojos temían causar más disturbios, por lo que dieron la orden de capturar a Guo Huaiyi y ahorcarlo. Guo Huaiyi se escapó del Fuerte Tayouan sin dejar rastro. Hay gente que dice que es un subordinado del pirata Yan Siqi[44] de Punkang, y que huyó a Shizhai

[44] Yan Siqi, natural del condado Haicheng, un condado histórico del sur de China, en la época de la dinastía Ming. Se le conoce como el Rey de la reclamación de Taiwán. Era un experto en artes marciales, de carácter campechano, muy respetado por la gente. Era un comerciante con flotas armadas del siglo XVII en el área de Asia oriental. Se convirtió al catolicismo en Manila para facilitar sus actividades comerciales, con el nombre cristiano Pedro. Es famosamente llamado Pedro chino. Tenía Taiwán como su base de actividades comerciales. Fue unos de los primeros Han en llegar a Taiwán. Posiblemente era colaborador del Kapitan comerciante-pirata Li Dan.

(décimo fortín) de Punkang. Otros dicen que al principio llevó a sus hermanos a desembarcar en Baishalun de la Bahía de pescador, y que se había mantenido en buen contacto con la población Taipuyen de aquel lugar, por eso se escondía todavía en la Bahía del pescador. Aunque el ejército de los hombres pelirrojos fue a cazarlo, no obtuvieron un buen resultado –dijo Daroque, como si estuviera lleno de resentimiento hacia Guo Huaiyi.

–¡Pues tiene mucho que ver! ¿Acaso no sabías que la gente Tayouan y la de Taipuyen se llevaban muy bien? Hace dos años Guo Huaiyi rescató a Arana y a ti, por lo que prendió la mecha de la pelea armada del año pasado. ¿Crees que era puramente por lealtad? –preguntó Daroque.

–¿Acaso era por Arana? –Saran se quedó sorprendido.

–¡No lo sé! ¡Supongo! A decir la verdad, a mí también me gusta Arana, y siendo de la misma tribu podría cortejarla directamente. ¡Pero Arana nunca me aceptó, se podía ver que ella quería a otro! –la mirada de Daroque penetró directamente en el fondo del corazón de Saran, como si tentara su voluntad.

–Cuando me entregó el abrigo de piel de perro que había tejido con diligencia para llevártelo, yo creía que te prefería, ¿pero entonces por qué tenía que esperar dos años para expresártelo?

Los salvajes ojos de Saran miraron paulatinamente hacia Daroque, él ya no estaba tan impetuoso como antes, por fin se calmó para escuchar.

–Cuando Arana vino a despedirse de mí, insistía en no decir a dónde iba, entendí que ella tenía problemas que no podía revelar –dijo Daroque seriamente palabra por palabra.

En este momento el tiempo era como una laguna tranquila, la marea se detenía, no había ni viento ni olas, ni un pájaro que volara por el cielo.

–¡Ella te regaló ese abrigo de piel de perro para despedirse de ti! ¡No volverá a esperarte! –tras un largo silencio Daroque abrió la boca de nuevo–: ¡Qué afecto más profundo! –Daroque suspiró hondamente.

–¡Resulta que me ha querido a mí, siempre a mí! –dijo Saran vagamente.

–¡Aunque fueras tú no podría evitar la situación! ¡Parecía que tenía que devolver un favor! ¡A pesar de que esa persona no era la que quería! –dijo Daroque.

–¡Me figuro que hacía mucho tiempo que Guo Huaiyi conocía a Arana! ¡De lo contrario, la familia de Arana se habría mudado del Fuerte Tayouan y se había ido tierra adentro con los miembros del clan! ¡Guo Huaiyi controla a los parientes de la población Taipuyen para que trabajen para él! –dijo Daroque con furia.

–¡Es por eso que he decidido convertirme en un representante hábil en comercio lidiando con la gente Han y no voy a dejarles que me controlen! Este mediodía, cerca del arroyo Singang me he encontrado con algunas personas Han que parecían conocer a Guo Huaiyi. No es de extrañar que cuando mencioné el nombre de Guo, sus miradas se esquivaran, como que quisieran decir algo, pero al final no dijeron nada. He oído que ellos querían ir a la población de Singang. Saran se quedó en su pensamiento, recordó esa extendida marisma–: ¿Podría ser que Guo Huaiyi se hubiera escapado a la población Singang y sus hombres iban y venían trabajando para él? –supuso Saran con un tono esperanzador.

–¡No puede ser! ¡Hace poco desde que la población Singang pasó a ser una tribu bajo la patrulla y protección del ejército pelirrojo! Un gran número de soldados fueron enviados allí para protegerla. En ese lugar viven los Chakam que anteriormente perdieron su terreno de caza y se trasladaron allí, últimamente también ha ido alguna gente Han libre para hacer negocio. ¡La gente Chakam siempre ha sido el aliado más fiel del pueblo pelirrojo! A partir de esta primavera los guerreros que trabajan para mí han buscado en cada rincón de la población Singang, pero no han tenido ninguna noticia de Arana. Incluso ahora en cada pueblo todavía tengo mis mercenarios poniendo atención al paradero de Guo Huaiyi. Los pelirrojos pusieron una orden de detención con una buena recompensa para encontrarlo. Yo también quiero saber que le ha hecho a Arana –al decir la última frase, Daroque, de una manera agitada, agarró fuertemente la daga de cintura, como si estuviera a punto de sacarlo.

–¡Tengo que encontrar a Arana personalmente! ¡Aunque sea verla una sola vez! –a Saran le dolió un poco el corazón, pensando en la hija del pescador, Arana, con el cuerpo como agua. Pensando que su vista atrás conteniendo un amor tan profundo era una despedida para siempre, Saran casi no podía perdonarse a sí mismo.

–Sin embargo, puesto que Guo Huaiyi, es uno de los primeros chinos Han que habla el idioma *siraya* con fluidez, si se disfraza de guerrero mezclándose con la tribu local y además con la ayuda de la familia de Arana, entonces... también es posible –pensando en ello, parecía que a Daroque le dio una nueva esperanza.

–Tal vez ellos estén intercambiando mercancías entre distintas poblaciones. ¡Sin hacer negocios ellos no pueden sobrevivir! –dijo Saran con entusiasmo.

–¿Quieres decir que Guo Huaiyi se mueve entre distintas poblaciones sin ir lejos? –preguntó Daroque con los ojos bien abiertos.

–¡Tal vez! Siempre y cuando no dejemos de investigar –respondió Saran.

–Saran, ¡quédate a ayudarme!, ¿quieres? –dijo Daroque muy seriamente. Saran nunca le había visto tan serio.

–Tengo que encontrar a Arana y preguntarle personalmente. Quiero agradecerle su cariño –Saran enderezó su pecho tatuado. Él sabe que los guerreros de la población Mattau viven para mujeres y ciervos. La mujer hereda la tierra, los ciervos dependen de la tierra y él es un guerrero del dios Antepasado Alid, protege la tierra, vive para las mujeres y ciervos. ¡Perdida en el campo, Arana, que está siendo controlada, lo necesita!

–¡Esperemos la oportunidad! ¡No dejaré de perseguir cualquier pista sobre Arana! –dijo Daroque con decisión.

En este infinito campo, ¿dónde podríamos encontrar a Arana? Saran bajó la cabeza mirando el abrigo de piel de perro que sostenía fuertemente en la mano. No podía resistir acariciar una y otra vez el pelaje esponjoso de la prenda, cada tejido implicaba el amor de las hábiles manos de Arana. Seguramente durante estos dos años cada vez que Arana estaba tejiendo cuidadosamente este abrigo de piel de perro, no pasaría ni un momento en que no estuviera pensando en él. Cada vez que esta chica joven, guapa y habilidosa, cogía este abrigo de piel de perro inacabado y continuaba agregando más pelo suave de perro, ¡sin duda estaría pensando en el melenudo Saran! Cuando pensaba en esto, el afecto tierno de Saran se hundía en un dolor profundo, como si estuviera en el inmenso e infinito vientre del bosque negro de Siaulang; nunca había encontrado la salida.

Capítulo 9
Bataheng

En el año 1633, después de la ceremonia de Kaihiang de otoño, se supone que los cazadores de la población Mattau deben estar ocupados organizando equipos de caza de ciervos y están dispuestos a echarse al campo. En el inmenso Mar Interior Tayouan los barcos de ojos de gallo Han están dispersos pescando mújoles. Hay mucho bullicio en la superficie del mar. Los barcos se aglomeran cuando llegan las primeras mareas de mújoles de cada año, lanzando redes para capturar los mújoles que tienen la costumbre de llegar al puerto para depositar sus huevos. En pocos años, aunque los siete peces gigantes que protegen a los pescadores del Mar Interior se alinean ordenadamente en el exterior como siempre, ya no hay pescadores de Tayouan que vengan en canoas y barcos, en su lugar son las flotas Han las que llaman a estos bancos de arena *Khun Sin*[45]. Estas flotas ocupan desmesuradamente todos los rincones por donde pasan grupos de mújoles para echar sus redes. Si decimos que el invencible buque de guerra de los hombres pelirrojos es la única ballena en el mar Tayouan, entonces las flotas de los Han serían tiburones, que son buenos peleando en grupo, y están por todas partes.

Saran llevaba una prenda china de Kengensi, con un pañuelo atado en la cabeza. Estaba sentado en un barco que estaba lleno de telas, tabaco y sal y otros artículos. El barco tenía la vela levantada y estaba preparándose para entrar en el arroyo Yanshuei a lo largo de la costa de la Bahía Tayouan y navegar agua arriba hasta llegar a la población Singang.

Él y Daroque entran en las poblaciones del interior antes de la temporada de cazar ciervos y hacen la reserva de las pieles a los

---

[45] *Khun-sin* se refiere a un relieve característico local de suroeste de Taiwán, concretamente en la costa de actual ciudad de Tainán. Se encuentran exclusivamente en Taiwán. Son bancos de arena que bordean a las lagunas o situados fuera de los mares interiores. La palabra "khun" significa "la ballena", y "sin" significa "el cuerpo". Las dos palabras se añaden a la parte de "pez", creando la imagen de una ballena con la espalda prominente vista desde lejos.

cazadores. Ahora Saran ya es un comerciante de pieles de ciervo, no un cazador. Aprovechando el trabajo de representantes, ellos compran mercancías en el mercado de Chakam, de paso las transportan al interior, ganando la diferencia de precios entre los hombres pelirrojos y los cazadores de ciervo, contactando unos a otros y al mismo tiempo garantizando que los cazadores de ciervos no sean engañados. Hace tiempo que el nombre de la población de Chakam fue cambiado a Fuerte Provintia por los hombres pelirrojos. Los territorios de cazar ciervos han sido arados por completo y se han convertido en parcelas royales del rey neerlandés; la gente Han cultiva en la parcela y paga la renta. La gente de la población Chakam, para perseguir las manadas de ciervos y nuevos territorios de caza, se han ido trasladando poco a poco a la tierra interior, a la población Singang. Los que se han quedado son empleados de los pelirrojos, como Daroque, o los pies rápidos que transportan documentos, mercenarios exploradores de combate, y los campesinos *sirayas* que prefieren aprender del cultivo. Dentro de las prósperas calles convertidas en el Fuerte Provintia la gente Chakam es la minoría. En cuestión de pocos años, había muchos forasteros que afluían por esta calle más boyante. Además de los pelirrojos y la gente Han, hay un pequeño puerto y una pequeña aldea vallada donde viven comerciantes japoneses. Se ve la gente Batavia, de piel marrón, y pequeños esclavos negros por las calles. Dentro de los almacenes del puerto, que pertenecen a la Compañía neerlandesa de las Indias Orientales, están acumuladas mercancías como pimientas, azúcar, porcelanas, sedas, medicinas y té que están preparados para ser transportados a Europa o Persia. Estas mercancías son compradas por los pelirrojos a los piratas chinos y son acarreados indirectamente desde las costas de China, Tailandia y Camboya. La mayoría de ellas son mercancías de contrabando, y las ganancias de su reventa son asombrosas. Nadie sabe de dónde vienen estos enanos negros. Dicen que son esclavos raptados por los pelirrojos en algunas islas. Hay gente que ha visto a enanos (*pa-jak*) parecidos en las montañas del interior, pero nunca se ha oído que el ejército pelirrojo entrara en las montañas para raptar a estos pequeños esclavos de gran fuerza. ¡Lo más probable es que estos miserables hombres negros nunca puedan volver a su casa! Ellos tienen una posición humilde en las calles de la ciudad de comerciantes cada vez más malvada llamada el Fuerte Provintia. Ellos no son como los trabajadores de las islas Banda, que al menos tienen dignidad como seres humanos, puesto que tienen un estatus libre. Estas pequeñas criaturas negras han sido tratadas como animales; ordenados, vendidos, burlados... aunque no han llegado a ser torturados o golpeados, pero ¡nunca encontrarán la oportunidad de escaparse y volver a su pueblo! En caso de ser capturados me temo que solo les queda ser ahorcados. De vez en cuando a Saran le hacen recordar que a la gente de su tribu que está sometida a los pelirrojos, algún día le caerá esta suerte. En la actualidad los pelirrojos tratan a la gente Chakam con total gentileza, ya que éstos conocen muy bien los relieves de la tierra interior y además ellos todavía tienen influencia. Las poblaciones Mattau, Siaulang y Tevorangh aún son independientes y descontroladas. Los pelirrojos tienen que contar con su influencia para hacer negocios con las poblaciones interiores. Una vez que esta relación desaparezca, será difícil garantizar que la gente Chakam no vaya a ser expulsada como un perro leal. Últimamente entre poblaciones el ambiente en contra de la gente pelirroja ha aumentado progresivamente. Ellos aborrecen que los pelirrojos les impongan más impuestos y prohíban a los *sirayas* el culto a sus antepasados y la Ceremonia de Kaihiang. Todo esto ha causado perturbaciones entre diversas poblaciones. La confrontación puede desencadenarse en cualquier momento.

En cuanto a las ganancias mediante contrabando, la gente Han es la más inteligente. Aparentemente obedecen a los pelirrojos, pero en privado no permiten que los pelirrojos monopolicen los beneficios. Ellos también introducen mercancías de contrabando en el interior. Hoy en día, el negocio de Daroque es cada vez más difícil. Los chinos que se arriesgan a la evasión de impuestos se acercan a los cazadores de ciervos con palabras dulces y precios generosos y luego utilizan otras rutas de contrabando para transportar las pieles de ciervo. Ellos, a menudo, hacen negocios en lugares secretos fuera de la aldea, con la ayuda de los líderes locales Han, sin despertar la atención de nadie, por lo que el ejército pelirrojo, que se encarga de control de impuestos, difícilmente puede averiguarlo. Sin embargo, el jefe de Daroque, los pelirrojos, tienen que cobrar el impuesto de cada una de las pieles de ciervo de acuerdo con la ley, lo cual hace que a los precios de la compra de pieles de ciervo de Daroque les resulte imposible competir con los de contrabandistas. Así que Daroque está obligado a ser más diligente; accede al interior lo antes posible y va detrás de los cazadores conocidos.

Saran echa mucho de menos los días en los que correteaba tras los ciervos en el campo. El empeño de competir contra los Han le hizo incluso perder el placer de cazar ciervos en otoño. Las organizaciones de contrabando Han son cada vez más grandes, con vías flexibles, rutas complicadas, que casi han formado otro tipo de leyes y reinos clandestinos. Aparentemente ellos están sometidos a los pelirrojos, pero en privado buscan cualquier filtración para poseer sus propios beneficios. Ellos tienen su propio jefe y armas. Son un grupo de perros salvajes de cuerpo menudo pero resistente. A no ser que amenacen el poder del gobernante, los pelirrojos tienen que tratarles con cortesía. Dicen que el jefe de los pelirrojos está pensando aprovechar las características de la gente Han, que es buena en perseguir el lucro, para recaudar impuestos para los gobernantes, empleando a la gente Han para lidiar con otros Han, puesto que ellos conocen mejor los trucos para buscar sus propios beneficios.

Los más sufridos son los cazadores honestos de distintas poblaciones de Siraya. Para competir con la gente Han, Saran lleva dos años consecutivos sin volver a la población Mattau en otoño para unirse al equipo de cazar ciervos. Incluso su mejor hermano de combate Gata le acusó de traicionar a la población de Mattau y no lo perdonó. Éste piensa que cualquier sitio donde vaya Saran es para complacer a los pelirrojos con el dinero, las mercancías y sedas. La razón por la que él pelea con la omnipresente y ventajosa gente Han es, simplemente, por una mujer, por una mujer raptada por un hombre Han. El impulsivo Gata cómo puede comprender que por esta mujer él tenga que trabajar para el gobernante falaz. Saran es la única persona que comprende que, en el futuro, el verdadero enemigo de los *sirayas* no será el gobernante actual sino la gente Han. No quiere que su lánguida gente actúe como una manada de ciervos estando en el campo ignorantemente esperando que el enemigo, quien acecha bajo tierra, lance una redada a escala más grande. Él tiene que aprovechar que los pelirrojos entienden de la gente Han para poder combatir con ésta. Para su sorpresa, el intrépido Gata considera que los pelirrojos son los enemigos principales, por lo que en cualquier momento instiga esa resistencia en la población, haciendo que Saran se sienta incómodo en ambos lados.

Si la gente Han consigue el puesto de recaudador de impuestos entre distintas poblaciones, entonces el futuro de los *sirayas* va a ser más doloroso. Estos recaudadores astutos harán todo lo posible para saquear lo poco que queda de la población, además les intimidarán con el prestigio de los pelirrojos. Pero entregarán pocos de los impuestos recaudados al gobernante y de esta manera aumentarán su propio poder. Esta es la razón por la que Saran se da cuenta de que la gente Han será fuerte en el futuro y se convertirán en los gobernantes. Si Saran no hubiera trabajado en el grupo de representantes de Daroque no habría aprendido las características lucrativas de la gente Han ni hubiera competido con ellos.

Ahora lo único con lo que se puede contar es con el prestigio de los pelirrojos y las amistades de la misma tribu. Debido a que cada vez más territorios de ciervos se han convertido en campos de cultivo, las manadas de ciervos son cada vez más reducidas y huyen hacia el interior. De manera que el precio de pieles de ciervo se ha elevado, y en realidad, no es fácil conseguirlas. En tan solo diez años, desde que Saran fue ascendido desde *mata*, los ciervos fueron cazados con tanto frenesí que se ha reducido significativamente en números su población, hasta el punto de que a los cazadores no les da tiempo de despellejar los ciervos de las pieles. Los ciervos enteros, incluyendo pieles, carnes y vísceras, fueron comprados apresuradamente por los comerciantes, y llevados a barcos de regreso al puerto para su elaboración. ¡Si el dios Antepasado Alid viera, con sus propios ojos, cómo el amado y hermoso ciervo en su tierra fue arruinado y ofendido de esta manera, bajaría la cabeza y lloraría por el futuro destino de sus descendientes!

–La sal, la clave es la sal. ¡Si podemos controlar la importación de la sal, podremos competir con la gente Han! –Daroque estaba al lado de la balandra, contemplando el mar a la distancia: parecía estar pensando en este problema todo el tiempo.

–¡Jefe, no entiendo lo que está diciendo! –dijo el buen barquero que controlaba el timón, Bangano, inclinando la cabeza.

–La sal, que las mujeres de Singang producen hervida desde el agua de mar, tiene un sabor amargo y es difícil de comer. Dicen que desde que la gente Han ha traído la sal hecha expuesta al sol de la otra orilla, ¡nadie quiere la sal marina hecha por ellos mismos! La gente Han utiliza la sal para que los cazadores entreguen voluntariamente las pieles de ciervo. ¡Me he dado cuenta ahora! La próxima vez compraremos más sal en el muelle. A los que intercambian pieles de ciervo con nosotros les regalaremos sal. ¡No tenemos que temer que los cazadores no nos ofrezcan las pieles de ciervo con las manos abiertas! –dijo Daroque. Saran miró a Daroque, que estaba tan lleno de alegría, reacio a admitir la derrota y repleto de ideas para superar a la gente Han. Recordó cuán profundo era el disgusto que le causó la partida de Arana. Especialmente detrás de la dignidad herida estaba latente la sombra de la superioridad de la gente Han. En los últimos años este sentimiento complejo nunca se ha apartado de él, al contrario, la situación, en la que la gente Han es cada vez más poderosa, intensifica la competencia entre él y los Han. ¡Pareciera como si en este momento Daroque siguiera viviendo únicamente para la reivindicación, solo por Arana que fue raptada por la gente Han!

¿Estará encubierto Guo Huaiyi en el equipo de contrabando que tanto sabe esconderse? ¿Estará Arana realmente controlada por Guo Huaiyi e incluso se ha convertido en su mujer como sospecha Daroque? Todo saldrá a la luz después de encontrarse con Guo Huaiyi. Hace cuatro años que Arana desapareció sin dejar rastro como una aparición brumosa en el campo o en el agua, a pesar de que Daroque intentó todo lo posible para averiguarlo. Incluso el alma de Saran también está involucrada en esta búsqueda y sueño aparentemente interminable.

El Fuerte Tayouan está erguido en la península de bancos de arena como una bestia gigante, y es cada vez más voluminoso. Después de cuatro años sumergido en las calles de Chakam, Saran también ha aprendido a llamar la bestia gigante de la otra orilla "Zeelandia" en holandés.

Este año, el gobernador pelirrojo Putmans[46] junto a los supervisores de miembros de la Cámara de Comercio hicieron una inspección del casco urbano terminado y de los cuatro baluartes. Llevaron a cabo una gran ceremonia de inauguración en la gruesa muralla. Sacudieron la gran campana de hierro en el campanario de la iglesia, hicieron que los sonidos de la campana resonaran en todos los rincones del Mar Interior, también llegando a la tierra. Duraron todo el tiempo del reloj de arena. Y luego todos los barcos gigantes de los pelirrojos, que alzaban la bandera tricolor, dispararon todos juntos y al mismo tiempo en el mar. La escena era magnífica. Dicen que los cuatro baluartes con grandes cañones llevan el nombre de las cuatro calles principales de la famosa isla Walcheren[47] de Neerlanda. La gran ciudad externa construida en el noroeste del exterior del casco urbano se completaría el año siguiente. De hecho, las salas,

---

[46] Han Putmans (?–1656) fue el cuarto gobernador de Formosa (antiguo nombre de Taiwán) desde 1629 hasta 1636, en la época colonial holandesa.

[47] Isla Walcheren fue una antigua isla, hoy península, localizada en la provincia de Zelanda, Países Bajos.

las zonas comerciales especiales construidas en la ciudad externa habían sido inauguradas y estaban funcionando. El entorno de las calles fuera de la ciudad antes había viviendas provisionales tales como tiendas de campaña o chozas, ahora habían sido reemplazadas por ordenadas casas de madera y de ladrillos. Las calles embarradas de antes ahora están cubiertas de losas firmes. Aunque Saran no se acuerda de los largos nombres de los cuatro baluartes, la imagen de la bestia gigante cada vez más grande y fuerte se ha incrustado en su mente sin poder deshacerse de ella. Es una verdadera ostentación del fuerte poderío de los hombres pelirrojos. No hay necesidad de susurros, ni rumores y mitología, está realmente allí, de pie, permaneciendo encima del cambiante mar, nunca se ha desvanecido. A lo largo de estos diez años, los trabajadores han estado alimentándolo sin parar, desde el principio la base de un simple muro hasta ahora los compuestos y complicados baluartes de tres niveles. El poder de los hombres pelirrojos está cada vez más consolidado, más extendido y omnipresente. Parece que nadie quiere creer que en el futuro la gente Han reemplazará a los hombres pelirrojos. Los Han son simplemente esclavos que trabajan a los pies de este complicado fuerte de tres capas interiores y una capa exterior. Esas decenas de feroces cañones de hierro situados en las cuatro esquinas de los baluartes son una poderosa demostración. Pero Saran sabe que no se pueden mirar las cosas simplemente desde la apariencia. La gente Han es buena sobreviviendo en condiciones severas; su poder es asombroso. Aunque sean ratones de campo, si se unen, pueden acabar con los cereales de un silo.

Saran recuerda que la bruja (*inibus*) decía su sueño constantemente: "¡La gente Han viene como mareas!"

–Los misteriosos templos de los dioses de los Han plantarán en el Mar Interior Daofong.

–¿Cómo es posible que un templo esté en el agua, en el mar? –preguntó Saran con perplejidad a la bruja (*inibus*) que acababa de terminar una adivinación por medio de las aves.

–¡La abuela (*bu-bu*) no sabe! El poder mágico de la abuela no sabe contestar. La abuela solo ha soñado con la caída de grandes árboles, olas de riadas con rocas, ya no hay más bosque para protegernos como siempre. Las rocas y los barros llenaron una bahía grande. Esa bahía era familiar, parecía el Mar Interior Daofong. Después, en el presagio del sueño vi que ese suntuoso templo estaba en ese familiar terreno ganado al mar. La abuela nunca ha visto este tipo de templos y dioses, pero los vi con claridad en el sueño; además había fieles adoradores Han entrando y saliendo de allí –dijo la vieja bruja.

–Había gente Han por todas partes. No había ni el mar interior, ni canoas, ni terrenos con ciervos. Parecía que la gente Han eran los que gobernaban este nuevo terreno. La anciana bruja dijo con angustia. Ella es la bruja con poder mágico de la población Mattau. Una vez le contó a Saran, el niño prematuro, que el desastre venía del mar.

De pronto llegó un fresco viento suroeste, tocó la cara de Saran que se despertó de su pensamiento. La balsa de bambú ha entrado en el curso del arroyo Yanshui, las dos orillas están llenas de espesos árboles acuáticos. Saran examinó cautelosamente la primera escopeta con llave de mecha que ha tenido en su vida. La pólvora y proyectiles de plomo están ya en el cañón, podrían ser disparados en cualquier momento. Cuando la gente pasa por este estrecho curso del arroyo Yanshui debe tomar estricta precaución para no tropezar con fusiles ocultos o recibir ataques por sorpresa. Como saben por experiencias anteriores, en cualquier momento ellos tienen que defenderse contra los bandidos que disparan entre árboles o la gente Siaulang que salen apresuradamente en canoas.

Después de haber comprobado que la escopeta estaba junto a él, Saran estaba más tranquilo. Sacó el arpa de arco de la bolsa de *buyo* y empezó a tocarla con el fin de distraerse de ese largo tiempo en el que navegaba en la balsa río arriba. Saran echaba mucho de menos los días en los que estaba en la población Mattau, recordaba la escena en la que los hombres (*a-ki-a-ki*) y los cazadores vivían juntos en el *kuba*. Tocar el arpa de arco por la noche era la diversión que más les gustaba a los *matas*. Estando la terraza por la noche fresca, el arpa de arco percibía la intensidad del rocío. Los *matas* escuchaban atentamente los difuminados cantos de ranas e insectos en el campo y hablaban con ellos con el arpa de arco. El sonido del arpa de arco es reposado, no molesta los sueños de los durmientes, sin embargo, puede conmover el corazón de las chicas jóvenes.

–¿Otra vez estás pensando en la gente de tu tribu? –se acercó Daroque–. Teniendo tanta habilidad, no dejas que las mujeres (*pai-pai*) se casen contigo y vivas en la residencia matrilocal. ¿Qué te parece? Deja que mi hermana pequeña coja tu mano, te casas con ella y vienes a vivir en la casa larga de mis padres –Daroque intentaba convencer a Saran.

Saran bajó el arpa de arco y dijo levemente:

–¡Después de encontrar a Arana hablaremos! –frunció los labios de nuevo para tocar el arpa de arco; no quería hacer caso a este viejo compañero en absoluto. Saran sabía muy bien lo que quería Daroque.

–Si aceptas unirte a la familia, no tienes que preocuparte por los regalos. Daroque te preparará tres cerdos, cinco abrigos de piel de perro (*etharao*), siete piezas de tela de seda, innumerables perlas vidriadas, ¡para que estén satisfechos los parientes de ambos lados! ¡Este tipo de boda (*bun-lat-ta-in-na*) va a ser lo suficientemente grandiosa! –dijo Daroque con mucha alegría.

–¡Jefe, mire en el noreste! –gritó sorprendido el honesto barquero Bangano. Tanto Saran como Daroque pensaban que les invadirían los enemigos. Agarraron las escopetas a toda prisa apuntando hacia el norte dispuestos a luchar...

–¡Casi no puedo creer lo que he visto! –dijo Daroque mirando con asombro la orilla del noreste.

Desde el comienzo de la antigüedad, desde que los antepasados llegaron a establecerse en este lugar pantanoso, desde que Daroque tenía memoria, el bosque que protegía las orillas de ambos lados del río existía allí en silencio, nunca se había ido.

A nadie se le ocurría dudar que los grandes árboles acuáticos de este gran bosque desaparecerían algún día. Parecía que en el corazón de los *sirayas* estaba arraigada la idea de que los grandes árboles acuáticos debían estar en ambas orillas del arroyo (*a-ong*) y los lagos del interior. Nadie creería que hubiera personas con tanta fuerza como para derrotar a estos grandes árboles milenarios.

No obstante, la escena que tenían delante de los ojos era difícil de creer. Hace tan solo medio año, desde la temporada de cazar ciervos en primavera hasta ese momento, el gran bosque de noreste de la orilla ha pasado a estar completamente derrumbado, arrasado por los intrusos. Lo que los ojos alcanzaron a ver eran los cadáveres desembrados de los grandes árboles acuáticos dispersos en el fango o las cenizas de las ramas quebradas tras haber sido quemadas. No había aves en el cielo, ni serpientes que se arrastraran por el suelo. La balsa de bambú fue empujada río arriba en la pena sigilosa. En el camino hubo infinitas e interminables muertes. El espanto de la muerte presionó tanto a Saran que casi le impedía respirar.

–¡El derrumbe de los árboles gigantes, el estallido de las riadas! –mientras murmuraba Saran su expresión estaba cada vez más sobresaltada como si viera venir el fenómeno extraño.

–¡El presagio de la bruja (*inibus*) era cierto! –dijo Saran horrorizado.

–¿No hay nadie que lo pueda impedir? –gritó Bangano enfurecido, mientras llevaba la balsa en la popa sin ver la expresión de pánico de Saran.

–¡El derrumbe de los árboles gigantes, el estallido de las riadas! ¡La vieja bruja vio el futuro que estaba destinado! –murmuró Saran.

–¿Qué has dicho? –preguntó Daroque nerviosamente.

–En los sueños de la vieja bruja, los intrusos talaron árboles gigantes, lo cual provocó la imparable riada. Gran cantidad de barros y rocas siguiendo las corrientes torrenciales destruían las casas. El Mar Interior se convertía en una tierra plana. La vieja bruja también dijo que había soñado que el suntuoso templo de los dioses Han aparecía en el Mar Interior. La gente Han no solo eran mano de obra empleada por los gobernantes, sino que tenían la intención de quedarse para siempre. ¡Al final, entregaríamos esta tierra con las dos manos! –dijo Saran.

–¿Quieres decir que seremos destruidos por la inundación y la gente Han se convertirá en propietarios? –la cara de Daroque se puso muy pálida.

–¿No es así? ¡Has visto la profecía de la vieja bruja! ¡El derrumbe de árboles gigantes, solo falta la riada! –dijo Saran con frustración.

–¡Es verdad! ¡Antes cuando había tormentas o inundaciones era este gran bosque, resistente al agua e indómito, el que protegía a los animales y a las aldeas de las orillas! –dijo Bangano. Él es un pescador respetado, conoce muy bien la vida de esta zona.

–¡No lo creo! ¡Nosotros, los Chakam, también vamos a talar grandes árboles del bosque para construir casas largas, pero no hemos recibido represalias de los dioses! –Daroque disimuló estar calmado, pero en realidad se notaba que en el fondo estaba lleno de temor.

–¡Los intrusos son avariciosos, cortan todo! ¡No dejan ningún medio de subsistencia a este bosque, incluso arrebatan el terreno donde crecen las raíces! A partir de entonces mis peces perdieron su madre. Parece que tengo que adentrarme en el interior e ir a atrapar peces en pequeños arroyos para alimentar a mi familia –dijo Bangano con mucha rabia.

–¿Acaso nuestros dioses del agua, de los árboles y Alid han sido derrotados ya? ¿No pueden maldecirles? –Daroque se sentó desalentadamente.

–¡Tú también te has olvidado de Alid y has ido a la iglesia junto a los hombres pelirrojos! –dijo Saran fríamente.

Daroque levantó la vista y miró a Saran, iba a decirle algo, con aspecto dolorido y luego bajó la cabeza sin decir nada.

Saran estaba perplejo y miró a este buen amigo que intentaba superar a toda costa a la gente Han, sin embargo, tanto su comportamiento como su atuendo se parece por completo al de un comerciante Han en los muelles. De repente unos espeluznantes temblores le cubrieron todo el cuerpo. En estos cuatro años, por primera vez Saran, como si se despertara temporalmente de un largo extravío, vio claramente la ridícula apariencia de Daroque y también la suya. Saran no estaba seguro de cuánto tiempo duraría este extravío e incluso no creía que él había perdido. Parecía que una vez puesto el Kengensi no había manera de quitarlo. ¡Qué apegado! Parecía que de nuevo se quedaría durmiendo, difícil de despertar. Sin embargo, los árboles gigantes seguían cayendo, y todavía no se veía la inundación.

–¿Duermes con gusto? –llegó un débil y lejano sonido desde el inalcanzable fondo del corazón.

–¿Es el dios Antepasado Alid? –de repente Saran se despertó y preguntó.

–¡Jefe, viene un barco hacia nosotros y nos está saludando! –gritó Bangano–. Es una barca de la población Singang.

Cuando estaba más cerca, Daroque identificó que un pescador conocido en la barca estaba moviendo la mano de forma precipitada hacia él, parecía que le quería decir algo. Cuando los dos barcos se acercaron, esa persona enseguida saltó a su barco y dijo:

–¡Jefe! ¡Hemos encontrado a Arana!

–Tanto Daroque como Saran se quedaron sorprendidos, se acercaron y preguntaron en un tono jubiloso:

–¿Dónde?

–Hace unos días, la población Dujia de Siaulang lanzó una caza de crismas a gran escala. Hicieron eso para vengarse de los taladores ilegales por haber cruzado la línea y también por haber cortado, por completo, todos los árboles; al mismo tiempo, por no haber respetado el acuerdo que había puesto en una losa de piedra. Dicen que habían cortado varias cabezas, además habían capturado varios prisioneros, incluido un líder importante, decían que era Guo Huaiyi –narró el pescador.

–Al principio, los hombres pelirrojos querían complacer a la gente Siaulang y no provocarlos, por eso instalaron una losa determinando el ámbito de tala que podía alcanzar el equipo de taladores. Lo que no esperaban era que la gente Han descaradamente talara de forma ilegal y pasara mucho contrabando, sin importar el coste. Todo esto ocasionó la furia de la gente Siaulang –dijo Daroque como sumido en su propio pensamiento, tal vez se suponía que, tarde o temprano, pasaría algo parecido.

–¿Y Arana? ¿Arana estaba allí? –preguntó Saran nerviosamente.

–Dicen que en el combate había una mujer, hija de un pescador de la población Tayouan, que imploraba constantemente a la gente Siaulang para que no matasen a su marido. Además, decía que él era un líder importante, si lo mataran causaría una mayor represalia del grupo Han. Por eso la gente Siaulang no lo mató en el acto, sino que lo tomaron como rehén –explicó el pescador.

–¿Saben los pelirrojos sobre esto? –preguntó Daroque con expresión angustiada.

–¡Probablemente no lo saben! Lo supe de un pescador Siaulang esta mañana. A la gente no le gusta tratar con los pelirrojos. Pero tarde o temprano este asunto se extenderá.

–Esta mañana estaba vendiendo pescados en el muelle de Singang. ¡Tan pronto como escuché la noticia, inmediatamente bajé río abajo a buscarte, sin ganas de vender los pescados! Los hombres de Guo Huaiyi habían querido pagar dinero como rescate, pero la gente Siaulang lo denegó. ¡Ellos querían que la gente Han se retirara del bosque negro, de lo contrario, matarían a los rehenes incluido Guo Huaiyi!

–¿Arana también está en las manos de Siaulang? –preguntó Saran ansiosamente.

–¡Sí! Se los llevaron a todos –dijo el pescador.

–Los taladores ilegales de la orilla norte se han retirado del bosque y han vuelto a su refugio. La gente de Dujia intenta quedarse con los rehenes, amenazando con matar a todos si los taladores ilegales vuelvan a invadir –explicó el pescador.

–¡Gracias a dios! ¡Por ahora Arana no está en peligro de muerte! –Daroque se sintió aliviado.

–¡Tenemos que tomar medidas pronto! –dijo Saran emocionado.

–¿Cómo? Somos poca gente, ¿crees que las personas Dujia les dejarán libres? –replicó Bangano.

–Tenemos que formar alianza con la gente Han y presionarles. Procuremos no usar la fuerza. Después de todo la población Dujia tienen razón –dijo Daroque.

–¿Quieres bajar la cabeza ante la gente Han y trabajar con ellos? –preguntó Saran.

–¡Vendrán a suplicarme! Mientras nosotros mismos nos ofreceremos a rescatar a Arana. Además, Arana es miembro de mi tribu y Guo Huaiyi también nos ha salvado. Ellos son perfectamente conscientes del prestigio de Daroque que normalmente se opone a la gente Han. No ignorarán, en absoluto, la influencia de Daroque en la gente Siaulang –dijo Daroque con calma.

–Daroque nos pidió que intentáramos, por todos los medios, buscar el paradero de Guo Huaiyi y Arana. Ni siquiera pensábamos que Guo Huaiyi se escondiera allí –el pescador no pudo esperar para revelar este enigma que tanto le había preocupado.

–¿Dónde? –tanto Saran como Daroque estaban atentos.

–¡Su madriguera estaba en "pasto alto"! –dijo el pescador.

–¡No esperaba que ellos se escondieran en el lugar más peligroso! ¡El lugar más peligroso es a menudo el más seguro! –murmuró Daroque sorprendido.

"¡Resulta que Guo Huaiyi se escondía en la isla de Pak-suàn-bué[48]!", pensó Saran. En épocas anteriores allí habitaban los piratas chinos y comerciantes japoneses. Tras la llegada de los holandeses, para controlar el comercio, obligaron a los habitantes a trasladarse a la isla Tayouan y fundaron una nueva cámara de comercio en la población Chakam: el Fuerte Zeeburg que fue construido por la gente pelirroja al lado del canal de Pak-suàn-

[48] Era una isla situada enfrente de la Ciudad Zeelandia. Fue el lugar donde se establecieron los holandeses antes de entrar oficialmente en Taiwán. Allí tuvo lugar la primera batalla entre Koxinga y los holandeses. Más tarde, debido a los sedimentos de arena, la isla se unió con el terreno de Taiwán. Actualmente es un ambiente protegido ecológico llamado "Los Humedales de Sicao".

bué. En ese momento el fuerte estaba derrumbado y no había ningún ejército allí para vigilarlo.

Allí está el lugar que soporta la peor parte de las tormentas y las fuertes lluvias. A menudo se inunda y los cursos de agua están bloqueados. Incluso el Fuerte Zeeburg fue destruido por una tormenta. En los últimos años pocos comerciantes y barcos están dispuestos a estacionarse allí. Puesto que la isla ha estado desierta durante mucho tiempo, está llena de pandáneos y lechugas de playa que impiden movimientos humanos, es llamado "pasto alto" por los pescadores. Saran que ha estado en Tayouan durante cuatro años, sabía algo de la decadencia de "pasto alto", pero nunca esperaba que el osado Guo Huaiyi optara por esconderse en una localidad visible desde el otro lado del Fuerte Tayouan.

–En los últimos años, he oído que algunos piratas desembarcan a hurtadillas, se quedan allí por un corto tiempo. Viven en escondidas chozas de paja entre hierbas altas. Es muy difícil encontrar su refugio si uno no tiene un guía para llevarle por el camino. Sin embargo, ellos han venido únicamente para hacer negocios, una vez obtienen ganancias, se marchan. Puesto que a menudo hay escasez de agua dulce, por eso la vida en la isla es muy difícil. La mayoría del tiempo no vive nadie. De vez en cuando el ejército pelirrojo iba a la isla a patrullar, pero nunca encontraba nada sospechoso. No esperaba que Arana se escondiera en este lugar desolado con Guo Huaiyi. ¡Debería llevar una vida muy dura! –dijo Daroque.

–También he oído que es un lugar de mucho contrabando, llamado "pasto alto". Cada vez que pescaba por la zona, nunca veía ningún barco, no sabía dónde habían escondido los barcos –dijo Bangano meneando la cabeza.

–¡Este Guo Huaiyi no es una persona corriente, sin ninguna duda hará algo grande en el futuro! –intuyó Saran.

Daroque miró en silencio a Saran con una mirada de profunda convicción y entendimiento, sin decir ni una palabra, parecía haberse dado cuenta de que una imagen borrosa de esa época estaba a punto de llegar.

Por la tarde, miles de guerreros Singang se reunieron rápidamente en nombre del líder Daroque. A gran escala tomaron barcos y canoas y se acercaron al mar próximo a Pak-suàn-bué. Daroque envió a los pescadores, que conocían bien las rutas de "pasto alto", a desembarcar para declarar sus intenciones. Poco después, aparecieron los barcos de contrabando que se escondían entre los árboles cerca de la bahía. Ellos también mandaron mensajeros en pequeños sampanes para expresar su disposición a colaborar.

Saran reconoció que el líder de los enviados era la persona Han que le había guiado por el camino en el bosque pantanoso hacía cuatro años. Resultó que él también se había unido al grupo de Guo Huaiyi.

–¡Detrás de la población Dujia, hay un grupo de la gente Han que no se lleva bien con nosotros y está metiendo cizaña! –gritó ese hombre Han mientras estaba en la cubierta del barco flotante.

–¡No te preocupes! Solo necesitáis movilizar toda la flota y personas para lograr una fuerte presencia juntos, el resto dejáis que hable Daroque –dijo Daroque desde la proa.

–¡Mientras puedas rescatar, sano y salvo, a nuestro jefe, usaremos espadas o dispararemos armas, como digas! ¿Quién no sabe el estatus del líder de la calle Chakam y su mercenario *siraya* en el Fuerte Tayouan? Es realmente una bendición que el hermano menor tenga el honor de conoceros hoy. ¡Por favor, ayúdanos! –el hombre Han hizo una reverencia.

–Daroque solo pretende que Arana, quien fue atrapada, regrese sana y salva a su familia –Daroque que estaba equipado con un cuchillo, se veía augusto y educado.

–Arana no fue atrapada; ella deseaba ser esposa de Aí para recompensar el favor. De lo contrario, no rogaría a la gente Siaulang que perdonaran la vida de su esposo. ¡Si no lo crees, puedes preguntarle en persona! –dijo enseguida la persona Han, cuyo rostro delgado parecía algo asustadizo.

Daroque se tragó su rabia e ignoró la explicación de ese hombre Han. Para él la recompensa de favor de Arana fue una injuria. Daroque hizo un gesto con la mano para indicar a la flota que se dirigiera al norte. El hombre Han volvió a su *sampán.* Más tarde también trajo una gran cantidad de barcos para estar con ellos, lo que hizo que el conjunto de la flota fuera aún más grande. No se supo cómo se escondieron los barcos piratas, de repente todos salieron al mar y eran bastante numerosos.

–¡Qué flota de barcos más espectacular! ¡Espero que los hombres pelirrojos no se den cuenta, en caso contrario la cosa será más problemática! –Daroque se puso de cuclillas en el barco y murmuró a sí mismo. Saran lo oyó y en el fondo estaba dispuesto a luchar.

La grandiosa flota pasó por la vía fluvial del banco de arena por la que Saran había pasado a solas. Las velas desplegadas de las balandras aprovecharon las suaves y dilatadas corrientes de aire en el mar haciendo que los barcos navegaran a gran velocidad. Pronto llegaron a la orilla de la población Dujia donde Saran había sido perseguido.

Después de la experiencia desesperada de hace cuatro años, Saran se ha mostrado reacio a correr el riesgo de navegar por esta ruta de muerte por sí solo.

Salvo en ocasiones, junto con la flota de Daroque, él hacía negocios con la población Dujia que era famosa por ser ladrones y asaltantes, si no, Saran prefería volver a la población Mattau por la ruta de tierra, nunca más quiso enfrentarse a la amenaza de los barcos armados y el bosque negro. Jamás pensó que Arana, con la que tan obsesionado estaba, también tuviera problema aquí. Su vida estaba en peligro. Él también sufrió algo similar. Los dioses le habían hecho una mala jugada de traerlo de nuevo a este lugar por la seguridad de su amada.

Los pescadores y los guerreros de la aldea se habían dado cuenta de la visita de esta grandiosa flota, y adoptaron una postura de combate defensiva. Entre los cocoteros y los pandáneos cerca de la orilla había sombras moviéndose, exponiendo cuchillos, lanzas y flechas; mostraron el estilo famoso de la gente Siaulang que era intrépido y astuto.

Daroque hizo señas a la flota para que dejara de avanzar, y mantuviera una distancia segura con la orilla. Alzaron una bandera blanca esperando la llegada de los representantes de negociación.

Efectivamente, la gente Dujia confiaba en que esta peculiar combinación de población Singang y contrabandistas Han no tenía intención ofensiva, enviando tres canoas con los Mayores. El Capitán líder reconoció al famoso Daroque de un vistazo y su expresión era bastante sorprendida.

–¿Cómo están, Señores Mayores? –preguntó Daroque, enseguida indicó a sus hombres que transportaran los paquetes de telas, seda, sal y azúcar a los barcos de la otra parte.

–Ha sido la gente Han quien le pidió que viniera, ¿verdad? –dijo el Mayor de la población Dujia de forma arrogante. Al ver a este Capitán con un vestido totalmente armado, obviamente estaba decidido a unirse al combate. De repente se acordó de Akiam, de la población Mattau.

–No. Arana, que fue tomada como esclava por la población Dujia, es miembro de mi tribu y su esposo Guo Huaiyi también está entre ellos. Me aventuro a pedir al Capitán más poderoso de la población Dujia que me conceda un honor y que bondadosamente les ponga en libertad. ¡Tendré una buena forma para expresar mi agradecimiento! –explicó Daroque educadamente.

–Este grupo de gente Han rompió el acuerdo original que hicimos en el pasado en que pusimos una losa e invadió el lugar sagrado de la gente Siaulang donde había muchos árboles gigantes. ¡De momento le perdonamos la muerte y le tomamos como rehén para evitar que repitan los crímenes! –dijo el Capitán.

–Ese acuerdo de poner una losa ha sido firmado con su amo, los pelirrojos, ¿cómo es que se le ha olvidado? –dijo el otro Mayor con un estatus inferior.

–Justamente por el hecho de que el acuerdo fue firmado con los pelirrojos es que tengo algo que decir: estos hombres Han son contrabandistas de estatus libre, no están afiliados con los pelirrojos. ¡No sabían nada del acuerdo que ustedes habían firmado con los pelirrojos, por lo que no existe el incumplimiento del acuerdo que tanta furia causó! ¡El que ustedes hayan cortado algunas cabezas como castigo se puede considerar una venganza por su ignorancia de haber infringido el lugar sagrado! ¡No generen más hostilidad! La fuerza del pueblo Han es más que suficiente para la venganza, no dejen que la población Dujia quede cubierta por un torrente de sangre –manifestó Daroque.

–¿Cómo que no lo sabían? En repetidas ocasiones les hemos advertido, y hemos mostrado misericordia. ¡Pero ellos son avariciosos, hacen la vista gorda y han ido demasiado lejos! –dijo el Capitán más joven.

–¿Por qué quiere salvar a Guo Huaiyi, si él es el criminal que los pelirrojos intentan capturar y Usted es un mercenario de los pelirrojos? –preguntó el líder de los capitanes.

–¡Daroque quiere salvar a Arana! ¡Además quiere advertir a la población de Dujia que no se deje llevar por la instigación del otro grupo de hombres Han y que no se vea involucrado en esta enemistad! Han manifestado la inviolabilidad de la tierra sagrada con dignidad. ¡Les doy mi palabra de que a partir de este momento, estos contrabandistas no darán un paso más hacia el bosque negro! ¡De no ser así, aunque se detenga a este líder Han, habrá otro que le sustituya y lanzará una batalla sangrienta aún mayor por la venganza! –explicó Daroque.

La gente Siaulang vaciló y permaneció en silencio durante mucho tiempo en el barco fluctuante, mientras la parte de Daroque esperaba con calma la decisión de los Mayores de la otra parte. No había necesidad de decir ni una palabra más. La mar de velas que se abrieron y cerraron una tras otra pusieron a prueba la gravedad de esta sangrienta batalla. Con las escopetas de la gente Han y la valentía de los mercenarios de Singang, los guerreros Siaulang pagarían un precio alto.

–¡Siendo Mayores, no podemos apaciguar la furia de toda tribu con unas simples palabras! ¡Si queremos que esta disputa se resuelva pacíficamente, sin una gota de sangre, solo hay una manera! –dijo el líder de los capitanes.

–¡Dígame, por favor! –dijo Daroque con confianza.

–¡*Bataheng*! –¡el tono de la voz del Mayor se levantó deliberadamente!

–¡Que el líder envíe un buen corredor! ¡Si nuestro bando pierde, los rehenes serán liberados y los regalos serán aceptados! ¡Si ganamos, entonces no hay nada que decir, mas que vuelvan con los regalos! ¡Pedimos que la gente Han cumpla su promesa y nunca más invada nuestro lugar sagrado! Tomamos las vidas de los rehenes como fianza del cumplimiento de la promesa de la gente Han. En cuanto a Daroque, ¡esta vez le tratamos con mucha cortesía, de aquí en adelante no será tanta! –dijo el del otro bando.

–Incluso si ganamos, seguiremos cumpliendo la promesa. ¡Haré todo lo que pueda para evitar que los forasteros crucen el límite! –¡Con una expresión compleja Daroque aceptó de forma reacia! No se puede leer la tristeza o alegría en su rostro.

–¡La gente Siaulang no esperamos que pueda detener a los pelirrojos! Recuerde mi consejo: ¡los pelirrojos tan solo os consideran como sus perros (*a-to*)! –dijo aquel Mayor.

Daroque se quedó atónito, reprimiendo la furia de haber sido insultado, cuando estaba a punto volver la cabeza y declarar, Saran no pudo aguantar y gritó anticipadamente:

–¡Voy, Arana es mi amada! –todas las personas en los barcos empezaron a alborotarse. En realidad, la persona que puede llevar a cabo esta misión no puede ser otro más que Saran. Antes Saran era el famoso corredor de la población Mattau. Ahora tiene veintiséis años, está en la edad de apogeo. Cuando echa de menos de la población Mattau, Saran le pide permiso a Daroque y corre directamente todo el camino hasta la población Mattau. Aunque no persigue a los ciervos con tanta frecuencia como antes, la velocidad de Saran supera a la de cualquier chico de veinte años que esté haciendo todo lo posible para ganar el *Bataheng*. Solo que es ligeramente inferior a ellos en la edad, la fuerza física y la práctica.

El *Bataheng* tendrá lugar al atardecer, en el campo cerca del templo. Antes de anochecer deberá haber un ganador. Las personas de ambos bandos emocionadamente ocupan cada uno su lado. Ni unos ni otros se dan por vencidos. Surgen constantemente escenas de alborotos, regaños, maldiciones y burlas, pero sin llegar a sacar los cuchillos. En cambio, parece un *Bataheng* de gran escala que se organiza entre varias poblaciones. Se disputan ferozmente, cada lado alienta a sus participantes. Para guardar la reputación, hay mucha tensión dentro del lugar de competencia, y en el exterior del lugar hay muchos más jaleos. La bruja, los Mayores y guerreros, que son personas respetadas de la población Dujia, y el líder Daroque y el jefe de los contrabandistas están en el centro de la plaza con la intención de separar a ambos lados para evitar enfrentamientos sin sentido.

La reunión de los Mayores aceptó la petición de Daroque de conducir a los prisioneros, incluido Guo Huaiyi, a la plaza para presenciar la competencia. Para ellos éste es un *Bataheng* de vida o muerte, aunque sean esclavos sin libertad también tienen derecho a pedirlo. Cuando sacaron la caja de bambú en donde Arana estaba enjaulada, tanto Saran como Daroque apenas podían esperar, avanzaron para ver a esta sufrida chica joven. Pero fueron impedidos despiadadamente por un joven guerrero de la población Dujia. Temía que ellos aprovecharan la oportunidad para rescatarla. Saran vio de lejos a la débil y languidecida Arana que los mirara con profundo sentimiento a través de la jaula. Pese a que estaba muy enjuta y pálida, sus ojos estaban llenos de poder mágico. Sin duda la gente Dujia no les alimentaría y maltrataría y se burlaría a los esclavos todo lo que podía. Pensando en esto, Saran se llenó de una sensación de ira y un anhelo de luchar.

Él debe ganar la carrera, aunque agote hasta su último aliento. ¡Sabe muy bien que en caso de que pierda esta carrera, Daroque, rescatará a Arana de allí sin importar todos los honores y promesas! ¡Será una gran masacre! ¡El odio entre los dos lados será interminable y los descendientes nunca estarán en paz! Todo lo que ha conseguido Daroque, con tanto esfuerzo, a lo largo de estos años, también se quedará destrozado. Los vástagos de Alid están ocupados en luchas internas, ¡cómo pueden lidiar con los invasores extranjeros!

Saran se quitó la vestimenta Han, con el cuerpo desnudo, únicamente quedado un taparrabos, exponiendo sus poderosos músculos con el hermoso tatuaje. Siguiendo la costumbre, las mujeres de la población Dujia trajeron el precioso sándalo mezclado con aceite de coco para la purificación de los corredores. El corredor enviado por la población Dujia seguramente era el mejor. Era joven, alto, tenía un par de nobles piernas con prominentes músculos en las pantorrillas. ¡Era una pena que inmediatamente Saran se diera cuenta de que su nariz estaba demasiado orgullosa debido a su juventud!

La bruja que presidía anunció las reglas del *Bataheng:* "En nombre de Alid, no deben hacer trampa ni estorbar al contrincante." El proceso era seguir la senda hasta llegar al arroyo y luego traer un tubo de bambú de agua limpia como ofrenda para Alid. La bruja había enviado personas esperando en la orilla, indicando las direcciones en los cruces a lo largo de la ruta. La bruja ató una cinta roja en la cintura de cada uno de los corredores. Deben entregar esa cinta roja al testigo al lado del arroyo para evitar fraudes.

Daroque se acercó a Saran y le dijo:

–¡Cuidado! No conoces bien la ruta: estás en desventaja.

Saran asintió con la cabeza y le contestó:

–¡No seas intrépido, ganaré! –su mirada era tan afilada como la luz de una flecha a punto de ser tirada: amigos de combate durante muchos años, mutuamente conocen lo que están planeando.

En el momento en que la bruja dejó caer una hoja de iris confusa y gritó, comenzó el *Bataheng* entre tumultuosos chillidos de ambos bandos. Este es un *Bataheng* sin precedentes, ya que es cuestión de vida o muerte. No es como los de antes, que eran para presumir delante de las chicas jóvenes, eran muestras de amor para atraerlas. La resolución pacífica para la fuerte confrontación armada entre ambos lados depende de esta carrera en la que Saran participa. Si pierde, va a ser una batalla imposible de imaginar. El enamorado Daroque intentará desesperadamente rescatar a Arana. Aunque a menudo él debe soportar humillaciones para adquirir el poder y la riqueza y él es muy ágil en tratar con la gente, pero no puede tolerar, en absoluto, que Arana sea llevada de nuevo en la jaula y se convierta en una esclava para siempre. Es prácticamente como matar a Arana con sus propias manos.

¡Si fuera Saran no lo toleraría tampoco! Saran comparte la misma sensación además conoce muy bien lo que piensa Daroque. ¡No dejará que ocurra esta pesadilla, hará todo lo posible! Su rival, tan seguro de sí mismo, se lanzó apresuradamente al comienzo de la carrera con la cinta de multicolor flotando al viento. ¡Nada más empezar la competencia, corrió a toda velocidad, de manera que la cinta multicolor en su cintura flotaba al aire como si fuera la cola de un gallo! Efectivamente este orgulloso gallo era muy capaz. Saran lo siguió de cerca y vigilante, a solo uno o dos pasos de distancia, no tenía intención de alcanzarlo. La experiencia le enseñó a Saran que, al igual que antes cuando perseguía los ciervos, tener una meta al frente, le haría concentrarse y olvidaría la fatiga. Ese rival que corría a grandes pasos era su presa. Quería que el orgulloso gallo le guiara el camino, para no perder la orientación. Sobre todo, si los dos tenían una habilidad parecida, por uno o dos errores, el que pierde dejaría una gran distancia atrás, y sería difícil de alcanzarlo.

Los alborotos de atrás se desvanecieron poco a poco, el mundo se quedó en calma. Saran solo oía los sonidos producidos por su respiración a boca abierta. El viento brotaba del campo de taro, barría por encima del humedal, ondeaba la cinta multicolor que estaba atada en la cintura del corredor de delante. Frente a sus ojos había un desconocido campo verde. La senda se tendía borrosamente en la blanda orilla costera que era difícil de distinguir. La marisma costera bajo la luz del sol oblicuo, cada árbol, cada prado estaba con el parpadeo de luz, como el espíritu antepasado vestido con una túnica de plata, contemplando los descendientes luchando en el campo. ¿De veras la bruja de la población Dujia había convocado al antiguo y distinguido huésped?

Daroque vio que Saran estaba todo el tiempo detrás de su rival, no como siempre, que corría como el viento, siempre iba por delante. Comprendió que se encontraba con un rival potente, ¡pero él se esforzaría con toda su fuerza! ¡Sí, seguro! Bangano adivinó el pensamiento de Daroque, se acercó y le dijo:

–¿Líder, quieres que avise a los hermanos?

Daroque se quedó sorprendido, se despertó de su pensamiento y vacilación y dijo apresuradamente:

–¡Saran ganará! ¡Él es un excelente cazador de ciervos! ¡Él está persiguiendo al ciervo, no se ha quedado atrás! –tras decir eso, empezó a pasear con inquietud.

Detrás de la muchedumbre Arana, estaba dentro de la jaula. Trataba de sostener el frágil cuerpo, mirando ansiosamente a Saran que se alejaba paulatinamente de la aldea. En su mirada parecía que había esperanza. Daroque vio secretamente que los ojos de Arana estaban llenos de expectativa. Le dolió mucho el corazón. ¡Lo sabía! ¡Arana, tanto Saran como Daroque están profundamente enamorados de ti, intentarán hacer todo lo posible por ti! ¡Arana! ¡No tengas miedo! ¡Una vez Saran mencionó que cuando los ciervos estaban corriendo, no sabían cuando se agotaría su fuerza, los cazadores siempre corrían detrás muy de cerca, nunca actuaban con ímpetu!

–¡Esperando la oportunidad! Saran nunca atacará fuera del alcance de la flecha, esperará hasta que esté seguro de ello! –de repente Daroque se dio la vuelta y le dijo a Bangano. Sabía muy bien que si incluso él perdía la confianza en Saran entonces esta batalla definitivamente se perdería. Evidentemente sería un insulto para Saran.

En el campo de la población Dujia nunca habían aparecido corredores tan veloces como hoy. Ellos salen de la aldea como flechas. Uno tiene el objetivo de defender el honor de los antepasados y el otro, el de salvar la vida de sus amigos. Con una actitud de héroe galopan con valentía, respiran a bocanadas esforzándose, levantando las piernas.

–¡Esta es una persecución muy dura! –dijo Daroque con voz profunda.

–¡Solo recurriendo a la sabiduría, distribuyendo bien la fuerza física y la velocidad puede persistir por mucho tiempo! –con la mirada firme, Daroque contempló la imagen de Saran que poco a poco desaparecía en el campo.

Por otro lado, el corredor de la población Dujia, que tenía prisa en deshacerse del acoso de Saran, corría con toda su fuerza, al final perdió control de los pasos y también la respiración. Pese a que el rival es más joven y más alto que Saran, muy rápido y además conoce muy bien la ruta. Poco a poco Saran se ha dado cuenta de que a su rival le falta el entrenamiento de acosar a los ciervos. Cuando uno se encuentra con un buen rival que es bueno en acosar y perseguir, entonces enseguida entra en pánico. Saran puso a prueba la fuerza física de su rival, intentando alterar su respiración y sus pasos una y otra vez como si jugueteara con un pequeño ciervo macho. A veces aceleraba y hacía movimientos como si quisiera sobrepasarle. Otras veces se relajaba un poco, se quedaba tres o cuatro pasos atrás esperando la oportunidad para esprintar. Todo eso causó mucha presión en su rival, quien intentaba constantemente acelerar el ritmo para deshacerse del acoso de Saran. Sin embargo, Saran no era un corredor incompetente: su ansioso y exhausto rival jamás pudo deshacerse de la persecución demoníaca de Saran.

Cuando llegó a la amplia orilla del arroyo, el cuerpo de Saran, que era sostenido totalmente por el empeño de rescatar a Arana, milagrosamente no sentía nada de cansancio.

De nuevo, Saran recuerda su fortuito encuentro con la hermosa chica Arana que estaba en peligro en el Fuerte Tayouan hacía seis años. También estaba totalmente lleno de una furiosa fuerza de lucha. Hacía mucho que no había experimentado esa sensación de emoción. Esta vez parece que la situación se repite. Parece que a Alid le gusta hacer bromas con él, cada vez que se encuentra con Arana siempre están en situaciones desesperadas. ¿Acaso tienen que separarse a toda prisa después del incidente quedando con nada más que la nostalgia? Al pensar en eso, le duele levemente el corazón. El momento en que Saran se agacha a coger el agua, ve su propio rostro tan emocionado y amoroso. En sus ojos parece que se percibe fatalmente que ellos tienen que separarse después de este fugaz encuentro.

No había más tiempo para pensar. Saran notó que ese orgulloso gallo estaba un poco cansado. Cuando fue a buscar agua, se sirvió unos sorbos de agua fría del arroyo, de modo que fue alcanzado por Saran, después de haber tomado mucha ventaja.

Saran esperó sin prisa a que su rival se pusiera en marcha. Él lanzaría su ataque en el último instante.

¡Este impetuoso rival es realmente admirable! Es absolutamente el guerrero a quien aprecia Tupaliape, el dios de la guerra. Sobre todo, esas lisas y esbeltas piernas fuertes, son nada más que las dos alas del dios de la guerra. El dios de la guerra es un hombre fuerte con alas, muy bueno en el combate, capaz de caminar mil kilómetros al día. Muchas veces concede poderes misteriosos a los guerreros que aprecia. Este joven buen corredor seguramente ha obtenido su bendición, impulsado por el honor, en el futuro definitivamente va a ser un buen cazador.

En el vibrante campo, de repente, Saran se dio cuenta de que el sol se movía paulatinamente acercándose al mar. La superficie de la tierra estaba un poco tenebrosa. Su propia respiración era pausada y pesada, estaba un poco cansado y sudaba profusamente.

El jovencito delante, con la cinta de colores bailando al viento en su cintura, ha corrido hacia el crepúsculo, abriéndose paso gradualmente, agitando su largo cabello y corriendo. ¡Qué imagen más hermosa en la que ese joven guerrero abre pasos grandes con los tensos músculos de todo el cuerpo! Indudablemente es la encarnación del guerrero.

Saran no se atreve a subestimar a su rival, lo sigue muy de cerca, manteniendo una distancia de dos pasos. Todavía no es el momento de atacar.

Realmente este jovencito supera a otros. Evidentemente está cansado, tiene la respiración acelerada, aun así, aprieta los dientes avanzando hacia delante y no reduce ni un mínimo de velocidad. Al atardecer en la vuelta, finalmente los dos están metidos en una fatigosa persecución enredada.

De repente, algunas sombras borrosas destellaron al lado del camino tirando piedras a Saran, desapareciendo al instante. Saran se quedó estupefacto mientras otro rayo de luz apareció desde su corazón:

–Este jovencito está intentando todo lo posible para defender el bosque de sus antepasados, y tú... –pronto apareció una oscuridad borrosa delante de sus ojos, y no se veía ninguna dirección. Saran se quedó aturdido, y pensó que tal vez los fantasmas del bosque habían aparecido todos juntos y estaban furiosos intentando frenar su avance. Saran se acordó de los cadáveres de los árboles gigantes derrumbados y mutilados. Recordó que los espíritus de estos desamparados árboles gigantes nunca se alejaron. ¡Se están levantando uno a uno desde la marisma y el fango, ambulando, gimiendo y llorando amargamente! ¡Sus hermanos que todavía vivían dependían totalmente de este joven Siaulang que está galopando con toda su fuerza!

¡Fantasmas del bosque! Saran nunca ha querido ver la demolición de los árboles gigantes, pero tampoco quiere perder a Arana! El interior de Saran estaba en una constante lucha, aun así, seguía a su rival todo el camino, no le dejaba libre. Solo que, en su vacilación, había quedado varios grandes pasos más atrás, sin darse cuenta. Tenía que alcanzarlo acelerándose.

De pronto, ese jovencito saltó fuera de la senda y corrió hacia una suave colina. Él pensaría atravesar ese banco de arena y tomar un atajo para bajar a la aldea directamente. Saran se dio cuenta de la terrible situación, comprendió que ese jovencito también tenía su estrategia, había anticipado su ataque. Al igual que los ciervos inteligentes, a veces saltan valientemente por el lugar del incendio para escaparse del cerco, haciendo fracasar el diseño del cazador de prender fuego para asediar a los ciervos. Y esto puso furioso al cazador.

A Saran no le quedó otro remedio que apretar los dientes y seguirle. Él subió cuesta arriba con toda su fuerza, saltó matorrales y setos, atravesó la pradera con hierbas crecidas hasta la altura de su pecho, rodó abajo por la duna de arena llena de gravillas, pisó por terrenos pantanosos y trepó por el árbol seco que le impedía el camino, tratando de recuperar la distancia perdida.

Esta ardua competencia en el campo escarpado agotó la mayoría de la fuerza física de Saran y la de su rival. Los pasos de ese joven empezaron a tambalearse. Seguramente no se le pasaría por la cabeza que Saran todavía tenía fuerza para alcanzarlo.

Saran decidió lanzar el ataque, intentando desesperadamente levantar las piernas para correr. Sin embargo, estas no obedecían, como si sufrieran la malicia de los fantasmas.

Se veía que la aldea, que estaba en el humedal, estaba delante de sus ojos antes de lo que esperaban. La gente de la población Dujia había encendido antorchas delante del templo para recibir sus llegadas al atardecer.

El estrepitoso alboroto se convirtió poco a poco en un claro y fuerte sonido de lejos a cerca. ¡En este preciso momento Daroque debe estar esperando ansiosamente que Saran se esfuerce más y levante el ánimo para superar a su rival! Lástima que parecía como si los pies de Saran estuvieran atrapados en el fango y no podían salir de allí. Ante esta situación le entró el pánico, como si el recuerdo de estar atrapado en el bosque negro de Siaulang hace cuatro años reapareciera. Él no esperaba que su rival fuera un decidido ciervo macho. Aunque, teniendo los pasos pesados, seguía avanzando con toda su fuerza. Saran temía que fuera a ser derrotado por este persistente luchador.

Las miradas desesperadas de Arana lo inundaron; los espectros en el bosque sin ningún lugar donde refugiarse lo inundaron. Saran se acordó de glorioso nombre de Akiam de la población Mattau. El sentido del honor le impulsaba a correr, pero los espíritus malvados (*ma-hu-lan*) agarraban sus piernas. Harían que él defraudara a Daroque.

Los espectros de la población Dujia se han enfurecido. ¡Los espíritus de los antepasados, que no tienen donde refugiarse, han aparecido!

Saran se acercó temeroso a la aldea donde la hoguera brillaba por la noche. La tierra estaba oscura y en silencio absoluto. Únicamente se oían los estrepitosos júbilos estallando desde la aldea. La gente Dujia vio que su joven héroe iba por delante de Saran, pero no veía que sus furiosos antepasados estaban tirando hacia atrás de la pierna del forastero. Los antepasados nunca se alejaron de esta tierra, no querían abandonar sino proteger esta tierra.

De repente, una serie de disparos atravesó el cielo, levantando la conmoción en la aldea. Se veían vagamente mujeres y niños que huían en todas direcciones y enfurecidos hombres preparados para luchar. ¿Acaso Daroque no pudo aguantar y empezó a usar la fuerza porque Saran perdió? En medio del caos alguien gritó:

–¡Los hombres pelirrojos han llegado a tierra! ¡Ha aparecido el barco gigante! ¡Han disparado los hombres pelirrojos!

¿Acaso había ocurrido algo? Saran entró en la aldea agotado, incapaz de reconocer a sus propios compañeros entre la multitud que huía en todas las direcciones. Confuso vio a los contrabandistas también escondiéndose avergonzadamente en matorrales; salían corriendo en pánico como ratones. Saran nunca esperaba que los pelirrojos aparecieran en este preciso momento y en este lugar. Tal vez vendrían a capturar a Guo Huaiyi. Mujeres y niños de la aldea vieron a los soldados pelirrojos fuertemente armados y la fragata grande. Pensaban que venían a atacarlos, por lo que chillaban y se escondían por donde fuera. Los hombres, en cambio, furiosamente se reunieron hacia la costa y gritaron:

–¡No bajéis a tierra, pelirrojos, no invadáis nuestra tierra! ¡Se olvidaron por completo de este inacabado *Bataheng*!

En medio de este repentino disturbio, Saran trató de encontrar la jaula de Arana, pero fue atrapado por Bangano que apareció y le arrastró al barco de la cuerda desatada que estaba en la orilla. Saran luchó y gritó:

–¿Y Arana? ¡Voy a rescatar a Arana!

–Daroque quiere que nos vayamos pronto de aquí. ¡Él se ocupará del fantasma pelirrojo! –Bangano agarró ansiosamente el taparrabos de Saran, andando directamente hacia la orilla.

"¿Y Arana?", se preocupó Saran en medio del agotamiento y el enredo.

–¡Daroque aprovechó el caos y abrió la puerta de la jaula! ¡Los contrabandistas también sacaron a Guo Huaiyi! ¡Qué buena suerte tiene este hombre! No entiendo por qué queríais ayudarlo tan desesperadamente –Bangano forzó al indeciso Saran, arrastrándolo; no le dio ninguna oportunidad de vacilar.

–¿Has visto a Arana? –dijo Saran a punto de desplomarse.

–¡No te preocupes! ¡Quizás haya escapado con Guo Huaiyi! ¡Vi que este grupo de contrabandistas salió corriendo, se metieron en los matorrales y desaparecieron todos! ¡Ni siquiera les importaban los barcos! –dijo Bangano riéndose.

–¡Qué embarazoso! ¡Afortunadamente salvaron a su líder! –Bangano arrastró a Saran al barco. A lo largo de la orilla estaban los barcos de Singang que tenían prisa en zarpar aprovechando el caos y la oscuridad y los botes de los soldados pelirrojos.

Por la noche, era difícil distinguir los tumultos de la tierra, solo se oían las discusiones y los gritos de ambos bandos. Las sombras especiales de los soldados pelirrojos se movían entre los setos de las casas, probablemente estarían buscando a los contrabandistas.

–¡Por suerte este *Bataheng* ha sido arruinado por el ejército pelirrojo que se ha presentado imprudentemente! ¡Pobre de la población Dujia, definitivamente perdió su bosque!

Mientras Bangano estaba ocupado manipulando las velas, empujaba la balsa alejándose de la orilla. Varios barcos de Daroque también se alejaron de la orilla.

–¡Enciende la antorcha, Saran! ¡O el barco grande chocará contra nosotros! –Bangano estaba manejando el timón mientras agitaba la bandera de la población Singang, de lo contrario la fragata de los pelirrojos los tomaría como contrabandistas, y no los dejaría pasar.

–¡Afortunadamente no ha sucedido una gran masacre! –murmuró Saran mientras encendía una antorcha con un pedernal. Los ciervos que buscan sobrevivir a veces logran escaparse de la redada de la gente, pero no se imaginan que, a menudo, otra red más grande llegará más tarde.

Saran no podía dejar de pensar: "¿Realmente han sido los espectros de la población Dujia quienes me jugaron una mala pasada? ¿Los espectros no pueden frenar a los más fuertes hombres pelirrojos?" Dudas y temores no paraban de remover su mente. La balsa de bambú se deslizó apartándose de la orilla, alejándose cada vez más. Parecía que Saran podía ver que los furiosos y desconsolados espectros volaban por el cielo de la población Dujia. De vez en cuando llegaban fuertes voces de los soldados pelirrojos desde la orilla:

–¡Capitán, hemos atrapado varios contrabandistas que han estado escondiéndose en la pocilga!

–¡Capitán! Son siete sampanes de los contrabandistas. Nadie a bordo. ¡Todos han escapado saltando al agua! –las voces de los soldados resonaron en la superficie del agua.

–¿Dónde está Guo Huaiyi? ¡Solo estos pocos súbditos! Yo quiero al líder. Daroque, dime, ¿cómo vas a explicarlo? –Saran pudo distinguir que era la voz del capitán Alonso que acababa de ascender a líder, quien estaba furioso con Daroque en un tono muy fuerte.

–¿Dónde están tus guerreros? ¡Venga, reúne a tus exploradores! ¡Voy a formar un equipo de persecución! –gritó Alonso.

¡La balsa de bambú estaba cada vez más alejada, casi no se oían las disputas de la tierra! Dejemos que se ocupe Daroque.

–¡Gracias a dios! ¡Por fin Arana está a salvo! –Saran se relajó y se sentó abatido en la balsa.

El cielo empezó a despejarse poco a poco. De hecho, el cielo de noche está lleno de luz de guía. Seguramente en este momento Arana estaría siguiendo a su amado, bajo la guía de las estrellas, pasando por campos brumosos, intentando encontrar un lugar seguro en la tierra interior.

–¡Después de todo no tenemos la suerte de volver a vernos! –Saran miró hacia el cielo estrellado, vio a la estrella polar otoñal. ¡Sintió que la corriente y el viento le estaba llevando hacia el sur para acabar con esta añoranza perdida!

Las estrellas (*ai-sat-na-sek*) guiarán su barco para volver al mar de los huesos de ballena.

Capítulo 10
Una catástrofe a las puertas

Año 1635 D.C., una noche fría de invierno. Unas luces tenues como lamentos de espectros flotaban sobre el mar de Tayouan. El arrollador viento del norte estaba ansioso por apagar las luces de los barcos pesqueros, de manera que fuera imposible que estos se alejaran de la costa. Cuenta la leyenda que los lamentos se debían a la matanza de demasiadas criaturas. Había innumerables pieles de animales y cuernos de jóvenes ciervos guardados en el almacén del acabado fuerte de la ciudad Zeelandia. ¡Nadie sabía exactamente cuántos había! Cada vez que el viento de invierno sopla impide que los barcos zarpen lejos, por consiguiente, las pieles de ciervo se amontonan como una montaña. Dicen que en las desoladas noches, los soldados que están de guardia, oyen vagamente el golpeteo de las pezuñas de los ciervos, que salen corriendo caóticamente desde el almacén, atravesando el mar de los huesos de ballenas, dirigiéndose tierra adentro, el prado de siempre.

Los ciervos han emigrado escapándose en conjunto, siguiendo el frío y rugiente viento de norte. La frenética matanza en la pradera ha cesado de momento, esperando en silencio hasta que la próxima tormenta limpie la mancha de sangre, mezclada con las cenizas del fuego y se convierta en lodo primaveral que nutra las hierbas. Los cazadores han intercambiado los ciervos con licores para emborracharse. A menudo cantan y beben durante varios días seguidos. Ellos esperan que cuando estén despiertos sea de primavera, las hierbas estén altas y densas, y el campo siga teniendo interminables ciervos para cazar.

Este año, Saran, siguiendo a Daroque, ha sido bautizado, aceptando al dios de los hombres pelirrojos y también los sermones del clérigo. Se esfuerza por no ser tentado por el alcohol (*ta-lat-so*) para mantener la sobriedad. Saran piensa que los monjes sirven al dios de los pelirrojos. Él también hace recados y trabaja para los pelirrojos, por lo tanto, él y los monjes pertenecen al mismo país. Es preciso unirse al grupo de los monjes y aceptar al dios que ellos veneran. Esto no entra en conflicto con su creencia en Alid.

Sobre todo, con el permiso del dios, en la población Singang aparece el primer clérigo local, Junius. Él aprende a identificar los símbolos de los pelirrojos, resuelve la brujería suya, y ahora su reputación es conocida. Él está cualificado para manejar esa poderosa Biblia y leer la magia y secretos de ese dispositivo, además hace que las personas bautizadas se mantengan sobrias y eviten las transgresiones y problemas causados por el alcohol (*ta-lat-so*). ¡Indudablemente la gente Singang lo agradece y lo apoya!

Saran no es un cazador de ciervos a quien le guste la embriaguez. ¡En el fondo los cazadores temen la llegada de una epidemia, creen que es el castigo de Alid! En las poblaciones interiores sucesivamente aparecieron muertes súbitas de un gran número de cerdos y aves, también las personas fueron infectadas. Dicen que los hechizos de las brujas perdieron su eficacia, los espectros estaban fuera de control. ¡La gente furiosamente echó la culpa a los pelirrojos! La bruja (*inibus*) advirtió al mago de los pelirrojos de que no debería invadir arbitrariamente el templo de Alid, lo cual había hecho que sus adivinaciones por medio de aves perdieran su eficacia. Especialmente la emoción contra los pelirrojos de la gente Siaulang era aún más elevada. En la disputa de hace dos años, para capturar a los contrabandistas, el capitán Alonso llevó a los soldados desembarcando forzosamente a la independiente población Dujia; abruptamente destruyó el honor y la mutua confianza de *Bataheng*, insultó seriamente al dios y la dignidad de la gente Siaulang. Durante estos dos años, la emoción acumulada de venganza ha llegado al límite y es cada vez más densa. El conflicto puede estallar en cualquier momento.

La gente Siaulang no solo ataca a los contrabandistas en las praderas, también tiende emboscadas a la gente Han, que son empleados de los dominantes, y a los comerciantes de distintos países, incluidos, por supuesto, los pelirrojos.

Cada vez que Daroque se acordaba del atardecer de ese día como un viejo perro de caza (*a-to*), que había perdido el espíritu combativo al encontrarse con un gran jabalí (*ba-bu*) fuerte, mostraba la expresión como de escaparse con el rabo entre las piernas y pocas veces quería mencionarlo.

Cada vez que Saran le preguntaba insistentemente, le respondía con una frase que es más ligera que la niebla:

–¿Ella se fue tan decidida con Guo Huaiyi, acaso esperas que la aprese de vuelta?

Saran imaginó que él estaría extremadamente frustrado: ¡este gran hombre Singang de gran amor! ¡Arana también estaría tan enamorada como él! De lo contrario, ¿cómo no le importaría la situación tan apurada de su amado Guo Huaiyi, empeñándose en seguirle a la fuga soportando tanto sufrimiento? En el fondo Saran ya tenía la respuesta, dejó de ser impedido por esa chica, quien le había regalado el abrigo de piel de perro, si lo quería o no. ¡Tan solo se preocupaba por si la chica estaría fuera de peligro en los días fugitivos!

Era cada vez más difícil de abordar la hostilidad y rechazo de las distintas poblaciones interiores hacia los pelirrojos. Después de volver de la población Dujia parecía que Daroque no tenía ánimos ni era capaz de impedir los conflictos. No dejaba de preocuparse por el negocio de pieles de ciervo de cada temporada, y se sometía cada vez más a la voluntad de su amo, los pelirrojos. A menudo los clérigos presionaban a Daroque mediante los oficiales superiores, para que desaconsejara la realización de las ceremonias anuales de Jinghiang y Kaihiang, defendiendo que Cristo era el único dios verdadero. Saran aborrecía que los pelirrojos pusieran trabas en las ceremonias anuales de Jinghiang y Kaihiang; no obstante, sentía compasión hacia la embarazosa situación de Daroque. Se sintió obligado a quedarse para apoyarle clandestinamente en contra de la gente Han. Más aún, intentó convencer a los Mayores de la población para bajar los gloriosos y visibles cráneos puestos en las vigas de las casas largas. Los hombres pelirrojos consideraban que eran símbolos de la barbarie y del salvajismo.

Era comprensible que a los pelirrojos no les gustara el estante de los cráneos. Ellos se imaginaban que sus cabezas podrían acabar puestas allí en cualquier momento.

Así que ellos tenían miedo, no querían compartir la gloria del dueño de la casa larga. Con el propósito de mostrar buena voluntad, la gente Singang aceptó la sugerencia de Saran y escondió los cráneos en una esquina apartada para no asustar a estos delicados invitados.

"¡Las verdaderamente preocupantes son las poblaciones Siaulang y Mattau!", pensó Saran. No sabía por qué, como si en este preciso memento unas nefastas nubes rojas del cielo cubrieran el corazón de Saran. Estaba inquieto antes de acostarse y no podía dejar de pensarlo ni un instante.

–¡Va a haber problemas tarde o temprano! –Saran acercó la piel de ciervo, quiso dormir envolviéndose en ella.

De repente, hubo movimientos de una silueta en el pasillo de la casa larga, alguien llamó, en voz baja, el nombre de Saran.

"¿Quién tenía tanta prisa en una noche tan fría y tan tarde?", pensó Saran levantándose con la piel de ciervo puesta. Al llegar al pasillo, sintió un funesto augurio. La lóbrega luz de la luna reflejó en el rostro de ese hombre desconocido. Para su sorpresa era un hombre Han. Parecía que había estado apresurándose todo el camino sin descanso. Estaba agotado.

–¿Usted es el líder Saran? –dijo el hombre Han aliviado.

–¡Correcto (*a-hah*)! –contestó Saran.

–¡Arana me pidió que le dijera que algo malo había sucedido en la población Mattau! –dijo el hombre Han con el rostro oscuro bajo la luz de la luna.

–¡Arana! –Saran no pudo dejar de sentirse sorprendido a la vez que alegre. Pero al oír que algo malo había sucedido en la población Mattau, Saran se estremeció y su rostro se puso pálido. Al final lo que le preocupaba había llegado antes de tiempo.

–Esta mañana el jefe Aí ha ido a la población Mattau a hacer negocios, sintió que el ambiente era raro. Tras haber preguntado a escondidas, comprendió que la gente de la población había culpado a los herejes por haber traído la epidemia, produciendo la desazón tanto para los seres humanos como para los animales. Un grupo de guerreros están haciendo adivinación. ¡Están planeando lanzar una caza de crismas al entrar la noche, matando a los monjes y sus sirvientes y cortando sus cabezas como ofrendas para venerar a Alid!

–Entonces... –Saran se quedó atemorizado, estaba tan impactado que se quedó sin palabras.

–¡Demasiado tarde para impedir este desastre! –fue tal su perplejidad que Saran expresó lo que preveía y temía como si despertara de un sueño.

–¡Eso es! El jefe Aí quería devolveros el favor por salvarle hace dos años, intentó advertirles. Sin embargo, ¿Cómo podría una persona Han meter la mano en la ira de la gente Mattau? Me temo que la persona Han perdería su vida si lo hiciera. El jefe Aí sabe muy bien que los pelirrojos se vengaría sin ninguna duda. ¡La imprudencia de la gente Mattau les traería un gran problema! Pero el asunto se ha desarrollado tal como flecha en el arco, es difícil de frenar. Por eso el jefe Aí me pidió que viniera enseguida a Chakam para informarle. ¡Supongo que esta noche la caza de crismas habrá sucedido ya! Como muy pronto los pelirrojos sabrán la noticia mañana al mediodía. ¡Usted tiene que averiguar lo antes posible las acciones del ejército pelirrojo para encontrar una manera de salvar a la gente de su tribu! –dijo cordialmente el hombre Han.

–¡Este es un asunto muy grave, hay varias decenas de monjes y soldados en la población Mattau! –dijo Saran con ansiedad.

–¡Creo que con lo furiosa que está la gente Mattau, no dejarán ninguna persona con vida! –dijo el hombre Han.

–¡Este impulsivo Gata, está todo el tiempo pensando en cortar la cabeza de un pelirrojo para glorificarse! –murmuró Saran.

–¡Eso! ¡Dicen que el líder es un guerreo llamado Gata, además dicen que ha sido su hermano de combate desde pequeño!

–¿Cómo está Arana? –de repente Saran recordó.

–¡Arana le da gracias por haberle salvado la vida! ¡De cualquier modo ella quiere que personalmente le informe de que ella está bien! Han criado dos hijos para el jefe Aí. ¡Pero siendo contrabandistas, ellos tienen dificultades para revelar su paradero de momento, si no fuera así, le invitarían a su casa! ¡Perdone por la molestia! ¡Me despido! –Tras haber dicho eso, ese hombre Han se desvaneció entre callejones como un pájaro nocturno.

Después de la marcha del mensajero, una sensación inquietante envolvía a Saran, le era imposible quedarse dormido, toda la noche preocupándose por Jilat, Akiam y sus amigos. La mañana siguiente antes de amanecer, llegó a la lujosa casa larga de Daroque para despertarlo, y explicarle la desastrosa situación.

–¿En serio? –Daroque saltó del susto: la somnolencia se desvaneció de su rostro.

–¡Por favor, presta mucha atención a los movimientos de los pelirrojos para que yo pueda responder cuanto antes! –Saran se volvió agitado casi suplicándole.

–¡Lo haré! ¡En este asunto no creo que los pelirrojos se den por vencidos tan fácilmente! –tras haberse vestido sin ni siquiera desayunar, Daroque partió aceleradamente al Fuerte Zeelandia.

Antes del mediodía, Daroque recibió noticias por adelantado y volvió a la calle Chakam de prisa con el rostro preocupado y le dijo a Saran:

–¡Efectivamente ocurrió alguna desgracia! ¡Los pelirrojos han entrado en acción!

Al oír la noticia, Saran se quedó tan preocupado que no le salió ni una palabra. Encerrados en la casa larga los dos se miraban el uno a otro sin saber qué hacer. Saran conocía muy bien la gran fuerza de esas armas de fuego, por más rápido que corrieran los guerreros de la población de Mattau, era imposible de escapasen de los disparos de las balas de plomo y pólvora. ¡Pero por el honor, los guerreros no tienen permitido huir sin enfrentarse en combate! ¡Serán burlados y abandonados por el dios de la guerra, y perderán la fuerza para siempre, perderán el coraje que dios les otorgaba! Más tarde, Saran se despabiló de la zozobra, rompió el silencio y dijo:

–¡No queda otra alternativa que luchar!

–¡No se pongan en lucha! –en medio de una profunda angustia Daroque dijo lentamente–: ¡Saran, de la población Mattau, tú eres el único lúcido! ¡No se puede entrar en combate! –¡ese fue el último sonido penoso, arrastrado especialmente largo, como si estuviera diciendo que Daroque, de la población Chakam, se hubiera resignado a la fatalidad! Daroque no podía hacer nada para aliviar la zozobra del cazador de ciervos.

–¿Si no resistimos, acaso levantaremos las manos y les dejaremos matar? –gritó Saran pasando de la angustia a la furia.

–¡Escápate! ¡Solo puedes escaparte! –dijo Daroque agitado.

–¡Esta vez los pelirrojos han encontrado una buena excusa! Están organizando, urgentemente, un equipo represivo. Intentan movilizar cinco equipos de soldados, setecientas personas en total, liderado personalmente por el sargento Putmans. ¡Mañana por la mañana partirán en botes, desde el arroyo entrando al interior, tomarán represalias produciendo masacres en las aldeas de Siaulang y Mattau por separado! ¡También quieren que yo reclute guerreros de la población de Singang para la batalla! –dijo Daroque con frustración intentando reprimir su sentimiento alterado.

–¡Saran, lo siento, te he defraudado! ¡Esta es una verdadera guerra, mi posición es modesta, no puedo impedirlo! ¡Los pelirrojos están muy furiosos! ¡Vuelve a la población Mattau lo antes posible y convence a la gente de tu tribu de que huyan! ¡De ninguna manera los guerreros de Mattau pueden ganar esta batalla! Los soldados y las armas de fuego de los pelirrojos son tan poderosos como la impenetrable roca. Su poder es superior al del relámpago o el trueno. Los arcos y flechas de los guerreros son certeros pero incapaces de atravesar el pecho del soldado. Sus brazos aunque son fuertes, las lanzas que arrojan no llegan a la velocidad de las balas de los cañones. ¡Los pelirrojos están apoyados por demonios! ¡Para ellos exterminar la población Mattau es tan fácil como dar la vuelta a la palma de la mano!

Como decía Daroque, no es que Saran no conozca la capacidad de combate de los pelirrojos. Él ha visto esos arrolladores cañones que pueden destrozar un barco de contrabandistas en un instante. Ese invencible equipo de soldados con escopetas capaz de derribar todo un grupo de corpulentos y fuertes bueyes.

–¡Intenta todo lo que puedas para convencerles de que huyan lo más pronto posible! ¡Que no resistan neciamente! ¡Los flechas y las lanzas son incapaces de vencer a los cañones y las espadas de hierro! ¡Después pensaremos las soluciones! ¡Para poder volver a la población Mattau no hay otra forma que ceder y rendiros a los pelirrojos! ¡Este es el destino de los cazadores de ciervo *sirayas*! –con el rostro pesaroso dijo Daroque desoladamente.

–¡Me temo que los guerreros de Mattau no pueden aceptar huir sin haber luchado! –Saran estaba nervioso y perplejo.

–¡Sabio Saran! ¡Aunque colapse el cielo (*bu-lim*), desaparezca la luna (*bu-lan*), se expanda por la tierra el fuego (*lat-po*) y aúllen constantemente los espectros (*ma-hu-lan*), no podéis luchar! ¡Sea como sea tenéis que conteneros! ¡Las infinitas inundaciones nunca exterminan a la población Mattau, sin embargo, el equipo de soldados con escopetas es peor que las inundaciones, es mucho más difícil de resistir! En un instante pueden hacer que todos los guerreros acudidos sangren y caigan, y mueran flameados. ¡Tienes que hacer todo lo posible para convencer a la gente de tu tribu de que no sean impetuosos, de lo contrario las mujeres, niños y ancianos serán matados brutalmente, y los pechos de los guerreros flamearán, nadie podrá sobrevivir! –dijo Daroque con seriedad.

–¡Hermano! ¡En el glorioso nombre de Alid, eres un inteligente guerrero! Tienes que hacer todo lo posible para prevenir esta masacre. No dejes que la furia y la deshonra encubran el juicio de tus ojos. Indudablemente las flechas no pueden derrotar a los poderosos cañones. Salvar a los descendientes de Alid es una causa gloriosa, una causa heroica. ¡Todo depende de tu sabio juicio de estos años en la población Chakam! –las pupilas de Daroque están llenas de brillo: no se sabe si son lágrimas o expectativas hacia Saran.

–¡Escucha una vez el consejo de Daroque, huye como los ciervos, huye lo más lejos que puedas! –Daroque estaba agotado; se había desplomado sentado en el suelo sin ganas de decir nada.

Después de un largo silencio, de repente Saran besó emocionalmente una esquina de la prenda de Daroque, y dijo con la vista firme:

–¡Hasta la vista, buen amigo mío! –al decirlo se levantó inmediatamente, desenvolvió el pañuelo azul que cubría su pelo largo, se quitó el Kengensi, agarró el arco y las flechas que llevaba consigo y se lanzó fuera de la casa larga sin volver la cabeza hacia el verde campo de tupida hierba.

Nunca vuelve más la cabeza; Saran se abre paso suavemente atravesando las bulliciosas calles de Chakam para no levantar la sospecha de los pelirrojos. En el fondo se alegra de haber sido consciente de quitarse *Kengensi*, volviendo a ser un desvestido y tatuado guerrero. En este momento el único pensamiento de Saran era volver a la población Mattau cuanto antes para ver al cazador retirado en el campo Akiam, también verle cómo ayuda a Jilat y las tías (*asitkoa*) a cuidar el fresco campo de taros. ¡No será fácil convencerles para que abandonen el campo y que huyan hacia arriba del arroyo Baishui[49]!

Aunque sea una tarde de invierno, con que el tatuaje de los brazos y el pecho estén expuestos bajo el sol, Saran no siente frío, es más, siente energía en todo su cuerpo. ¡Él es un guerrero, no un mercenario! ¡Está hecho un cazador galopando en el campo, no un comerciante que transporta pieles de ciervo! Se acuerda de la primera vez que llegó al Fuerte Tayouan, en la tienda de campaña de Guo Huaiyi, le llamó la atención una prenda Han. Y hace más de diez años ha llevado este molesto tejido basto. Estando en la calle Chakam una vez se puso el Kengensi, como si estuviera poseído por demonios, nunca más podría quitárselo. ¡Es en ese momento que se encontró con Arana! ¡Desde que está involucrado en esta constante y tenebrosa obsesión y búsqueda, como el Kengensi en el cuerpo, nunca puede liberarse de ella! ¡Es, extrañamente, incapaz de salir de esto! El poder mágico de Arana, desde lejos, le ha llamado para estar en este mar de los huesos de ballena y terminar como un depravado comerciante.

---

[49] El arroyo Baishui es el nombre antiguo del Distrito Baihe de Tainán. Está situado en la zona noreste del dicho distrito.

En este momento, todo esto le hace tomar la decisión rotundamente de volver a la población Mattau. ¡Son los dioses que le han jugado una mala pasada!

"¿Luchar o no luchar?", la indecisión en el fondo no va a más. Saran sabe que después de esta partida no hay vuelta atrás. Con marcharse de la calle Chakam Daroque será enemigo de la población Mattau, nunca más va a ser su amigo. ¡Independientemente de si habrá enfrentamiento o no, Daroque es un explorador y representante de enemigos, nunca más va a ser el hermano con quien lucha codo con codo! Saran agradece las advertencias de su buen amigo, al mismo tiempo, comprende su situación comprometida, no quiere causar problemas a Daroque.

Saran decididamente abre grandes pasos hacia noreste, pasando por el recién labrado campo de caña de azúcar, atravesando espeso bosque de bambúes. Por fin Saran ve las altas montañas tendidas en la llanura, que se elevan por encima de las nubes, es la tierra natal de los dioses.

–¡Dioses, proteged a Saran que gane esta batalla e impida esta catástrofe! –Saran reza en silencio, mientras abre sus veloces pasos hacia el campo como el viento (*ma-li*). Al final se acuerda de la maldición de la bruja que resuena constantemente en sus oídos: "¡El desastre viene del mar, y caerá sobre ti!" "¿Acaso el desastre es inminente? ¡La profecía de la bruja se ha convertido en realidad!"

¡Huir! ¡¡No queda más alternativa que huir! "¡Huid igual que ciervos! ¡Huid lo más lejos que podáis!": la debilitada frase de Daroque suena en su oído como una desbordante inundación vertiéndose en su cabeza ola tras ola: "¡Huid lo más lejos que podáis! ¡Huid igual que los ciervos!" Las altas montañas tendidas en la llanura parecen gritar lo mismo.

El 23 de noviembre de 1635, después del mediodía, el ejército de los pelirrojos termina de embarcar; un hombre tras otro y descendiendo a tierra desde el gran arroyo. Quinientos soldados totalmente equipados forman el equipo de escopetas; avanzan a paso lento hacia la población Mattau. Los mercenarios de Singang están dispersados delante para ponerse en guardia, preparándose en cualquier momento para eliminar las emboscadas a lo largo de la senda.

Desde la torre de vigilancia, Saran ve claramente el conjunto de combate de los pelirrojos, serpenteando por el amarillento e inhóspito prado de invierno, como una corpulenta pitón gigante. Ésta vendrá a devorar los campos y ganados de la población Mattau. Las escamas del cuerpo de la pitón parpadean bajo la luz de sol causando escalofríos. Es una armadura gris azulado que las flechas y las lanzas no pueden perforar. ¡Los cazadores intentan matar a la pitón, pero es una empresa casi imposible!

Ayer al atardecer, cuando Saran llegó a la población Mattau, se dio cuenta de que los impetuosos guerreros todavía estaban bebiendo, celebrando la victoria del día anterior. ¡Todos estaban sumergidos en la aberración de licores (*da-lat-so*) sin saber la inminencia de la catástrofe! Saran recorrió la aldea una noche entera. Solo descubrió la embriagada gente de la tribu, incluso la reunión de los Mayores se había suspendió porque todos estaban sumergidos en el regocijo de la caza de crismas.

¡Resulta que ha sido el alcohol el que ha causado daño a la población Mattau! En pocos años los beneficios de las pieles de ciervo han propiciado que los cazadores caigan en una embriaguez diaria. Nadie más cree en la disciplina y advertencias de Alid, que no se debe beber en días ordinarios.

¡Al fin y al cabo ha sido el alcohol (*ta-lat-so*) el que ha arruinado el puerto Mattau! Toda la costa azul y los dorados bancos de arena, las innumerables canoas que navegan a sus anchas en el mar interior, los pescadores y los peces, los cazadores y animales en el campo, las pocilgas debajo de la casa larga, las pérgolas, los árboles frutales y las arecas fuera de las pérgolas, incluso la brisa que mueve el bosque de arecas y el agua de la fuente que riega el campo de taro, todo parece estar ahogado en una profunda resaca como si fueran maldecidos por dios debido a una herejía y se quedaran paralizados. Están a punto de dejar que los pelirrojos les expolien a gusto, y les conviertan en esclavos para siempre.

¡El ebrio Mar Interior Daofong, inmóvil! ¡Los descendientes de Alid no saben que se les aproxima la catástrofe!

Saran grita con voz ronca:

–¡Huid! ¡Huid como los ciervos! ¡Vienen los pelirrojos a vengarse! ¡Las escopetas de los soldados derribarán el pecho firme de los guerreros, dejarán sus cuerpos flameados! ¡Los afilados sables de los soldados cortarán la cabeza de los ancianos! ¡Ni las de los niños se librarán! He visto los cañones y sables de acero de los soldados en el Fuerte Tayouan –Saran suplicó a su gran Akiam angustiado.

–¡Huya hacia el arroyo Baishui! ¡Si se empeña en luchar, solo llegará a sacrificarse en vano! –dijo Saran, apretando la temblorosa y debilitada mano de su anciano padre.

Ese día por la mañana, la población Mattau se despertó de repente de una profunda embriaguez y entró en un alboroto. Muchas personas preferían confiar en los valientes guerreros y no querían abandonar su acomodada y bella finca familiar. Solo el sabio Akiam confió en la voluntad de Saran y dijo, invalidando oposiciones:

–Saran es mi hijo, el cazador que he entrenado. Saran nunca traicionará a la población Mattau. Dejad que se vayan primero las mujeres y los niños. ¡Evitemos esta calamidad de guerra! ¡Los que quieren luchar que se queden: nadie se burlará de vuestra falta de valentía!

Saran se acuerda siempre de lo que le dijo Akiam al final:

–¡Hijo mío, hazlo con valentía! ¡Este es el desastre final de la población Mattau, dios lo sabía mucho antes! ¡Es cierto el presagio de la bruja (*inibus*)! ¡Hoy de repente comprendí que al final la persona que impediría esta catástrofe serías tú! –la mirada de Akiam era benévola y llena de piedad–: ¡Al nacer estabas destinado a impedir esta catástrofe! –dijo Akiam.

Desde la torre de vigilancia, Saran vio claramente a los melenudos mercenarios Singang, con pasos bélicos, como los perros de caza, buscando las emboscadas con cuidado. Ellos son buenos luchadores por naturaleza, expertos en rastreo, nacidos con fuertes brazos y salvajes ojos, audaces y diestros en la guerra que no deshonran el nombre de Alid, pero ahora no tenían otra alternativa que guiar a los enemigos paso a paso para que devoraran la tierra de sus hermanos, hicieran suyo el templo de Alid, la tierra de ciervos de Alid, las casas largas y barcos de Alid. El ejército del enemigo es fuerte y disciplinado: avanza lentamente bajo el sol poniente de la tarde, se está acercando a la población Mattau. Estando en la torre de vigilancia, Saran chillaba en voz ronca:

–¡Huid! ¡Huid! ¡Huid hacia el río arriba del río Jishui! Allí hay una fuente que rezuma agua blanca: es el alcohol que han dejado los dioses, caído desde el cielo. ¡Seguid el arroyo Baishui: arriba encontráis la protección de los dioses!

El grupo de guerreros, liderado por Gata, se empeñaba en combatir. Salieron corriendo hacia la puerta de la aldea, sin tener en cuenta el impedimento de Saran, insistiendo en combatir contra los pelirrojos. Ellos injuriaron a Saran por ser un cobarde, a la gente de la población que había huido como ratones, sin ninguna dignidad. Ellos preferían morir combatiendo que abandonar las fincas y casas largas de Alid.

En el campo de la población Mattau nunca hubo un equipo armado de esta magnitud. ¡Los guerreros, que insistían en combatir y que salieron como flechas, no volverían jamás! Saran miró con impotencia a sus hermanos de combate de la infancia, escondiéndose como siempre en tupidos matorrales, librándose de los registros de los mercenarios Singang. Sin embargo, eran incapaces de desbloquear los arrolladores disparos de las escopetas. De hecho, el fuego estalló en sus pechos. Cayeron lentamente, uno por uno, en las amarillentas hierbas que estaban a punto de corromper. Ni una flecha salió de sus manos. Así de fácil terminó esta batalla.

¡Saran se acordó del joven Gata, del mancebo (*a-lat-lat*) Gata, que corrió en los bancos de arena del Mar Interior Daofong, gritando con entusiasmo por haber visto el mar! ¡Cayó el Gata que vio el mar! ¡Cayó el joven Gata! Cayó en el prado de la tierra natal Mattau. De repente Saran comprendió de manera escalofriante que el desastre venía del mar y había caído sobre el joven Gata.

–¡Huid, que vuestras almas se escaparán a la montaña del Arroyo Baishui! –gritó Saran con ojos enrojecidos y humedecidos–. ¡La población Mattau será arrasada! ¡Huid! –quería que su voz guiara a estos ciervos macho caídos.

¡Saran también debe huir! ¡Los miembros de la población Mattau han empezado a fugarse en todas direcciones! Algunos miembros de la tribu, que al principio se mostraban reacios a irse, cuando vieron, con sus propios ojos, que los valientes guerreros en los que habían confiado eran incapaces de resistir frente a tan poderosas armas de fuego, fueron atravesados por los fuegos al instante, y se quedaron en nada. Ellos gritaron confusamente, se escaparon, ni siquiera teniendo tiempo de llevar consigo alguna pertenencia. Saran miró por última vez la casa larga donde creció y el *Kuba*, luego se arrodilló y veneró en dirección al templo; después echó a correr hacia el noreste. Pensaba esconderse en el tupido bosque y reunirse con el viejo y afligido Akiam. Primero se mantendrían vivos; en cuanto hacia dónde o qué hacer, hablarían más tarde.

Cree que esos guerreros caídos han sido llevados por el dios de guerra a la tierra de origen de los dioses, en la montaña. El alma de Gata se quedará en el denso y alto bosque y beberá el néctar del arroyo Baihe.

En cuanto a él, hace mucho que ha sido renunciado por el dios de guerra: nunca más podrá luchar.

En noviembre de 1635, en la crónica de la ciudad de Batavia de la Compañía neerlandesa de las Indias Orientales se registró esto:

> El veintitrés de noviembre, el gobernador Putmans, de acuerdo con el plan programado, primero fue a conquistar a Mattau. Las quinientas personas se dividieron en siete equipos. Logró el esperado éxito ese día al atardecer. Nuestro ejército ocupó el pueblo sin recibir mucha resistencia. De nuestra parte no hubo ninguna muerte ni nadie resultó herido. En la conquista las veintiséis personas,

incluido hombres, mujeres y niños, que quedaban del bando enemigo fueron eliminados por la gente Singang que combatía con nosotros. Los otros habitantes fueron espantados por el ataque de sorpresa, abandonaron sus pertenencias y se dieron a la fuga. Al día siguiente de la victoria, nuestro ejército destruyó y quemó las viviendas de Mattau, que tenían plantadas las arecas y cocoteros en su alrededor, pero se conservaron las plantas.

Unos días después, el veintiocho del mismo mes, el líder y un Mayor representaron a la aldea. Primero pidieron la garantía de su seguridad, luego llegaron a la ciudad de Zeelandia acompañados por varias personas de Singang y Siaulang y el clérigo Junius. Los representantes de Mattau reconocieron los crímenes cometidos y rogaron el mismo trato que la gente Singang había recibido de los holandeses, así como que aceptaran su sumisión.

Por consiguiente, nosotros propusimos los siguientes acuerdos. Ellos prometieron llevarlos e informar a la gente de Mattau y estudiar su cumplimiento. El tres de diciembre vino más gente y prometieron todos los términos del acuerdo. Sin ninguna objeción, cumplirían todo. Plantaron varios arbolitos de areca y cocotero como testimonio de la sumisión. Eso simbolizó que cedían la tierra junto a sus productos a Holanda.

Por lo tanto, esta cláusula se anunció a las aldeas cercanas de la siguiente manera:

> El gobernador Hans Putmans y el consejo de la ciudad Zeelandia de Tayouan (Anping), en representación de la Compañía neerlandesa de las Indias Orientales y los líderes de la población Mattau, en nombre de todos los habitantes, celebramos el acuerdo de la siguiente manera:

Primero. Nuestros Tavoris, Tancksuij, Tilulogh y Tidaros, en nombre de todos los habitantes de Mattau, prometen recoger los cráneos y los huesos de los holandeses que fueron matados y colgados con el objetivo de presumir por los aldeanos; los entregamos de inmediato al clérigo Junius de Singang; incluidas las escopetas y otras armas de fuego, las prendas, etc., también deben ser entregadas.

Segundo. Entregamos los cocoteros y las arecas como símbolo de todo el terreno de la población Mattau y su alrededor, que de éste llega a la montaña, del oeste hasta el mar, por donde llega nuestra administración y la tierra heredada por nuestros antepasados; traspasamos totalmente al parlamento de los estados unidos holandeses.

Tercero. A partir de este momento, nunca combatiremos contra Holanda y sus aliados. Además, reconocemos y respetamos su Parlamento, lo consideramos nuestro protector y lo obedecemos. Con el fin de que vayan bien las cosas, obedecemos todas las órdenes de cuatro líderes, (que el gobernador los elija entre la lista de ocho personas). Cada tres meses, por turnos, se cuelga el estandarte del Duque en una de las cuatro principales iglesias. Cuando haya incidentes, nuestros líderes y los Mayores de la población se reunirán en este lugar y alcanzarán un acuerdo.

Cuatro. Cuando el gobernador decida iniciar un combate contra otras poblaciones o salvajes de la isla, nosotros seremos el ejército aliado de Holanda y participaremos en el combate. En tal caso esperamos que los holandeses, en teoría cuando el gobernador admita el inicio del combate y bajo el ámbito permitido de la Compañía, nos ofrezcan la ayuda que se permita.

Quinto. No hacemos daño a los chinos que trabajan en la calcinación en Wanjian, los que hacen negocios de pieles de ciervo o trabajan en otros negocios, quienes necesitan utilizar terrenos planos. Los dejamos pasar libremente. No debemos mantener en casa a los piratas chinos, los desertores holandeses o sus esclavos. Al contrario, cuando la situación lo requiera, debemos realizar la extradición o llevarles personalmente a la ciudad.

Sexto. Cuando un guardián sostiene un cetro y exige a una o varias personas que vayan a Singang o la ciudad para aclarar alguna duda o contestar alguna pregunta, deben ir inmediatamente.

Séptimo. Reconocemos nuestra culpa de haber matado a los holandeses. Cada año en la fecha del crimen, tenemos que entregar cerdos macho y hembra al gobernador como regalo, de manera que el gobernador los tome como prueba de buena amistad y nos regale cuatro estandartes del Duque.

Ciudad Zeelandia,
18 de diciembre de 1635.
Fdo. Hans Putmans

Capítulo 11
La tierra que fue abrasada por el fuego

El curso superior del río Jishui es llamado el arroyo Baishui, nace en los montes del este de Baihe. Desde Tiam-a-Khau (actual Baihe) corre cerca de Sinying, confluye con el arroyo Gueichong que procede del sureste, pasa por sur de Sinying hacia el oeste y luego desemboca en Keliao de Peimen. Antiguamente tenía un cauce profundo y extenso, además existían varios afluentes en su cuenca. Del puente Tienxian de hoy en día, Maoganwei hasta Mattau forma lo que se llama "puerto Daofong". Según la *Crónica de la prefectura Taiwán* del año 29 de Qianlong, "Existen tres ramas de puertos de Daofong, en el norte, se forma el puerto del puente Tiexian; en el sur el Puerto Maoganwei y en el suroeste, el puerto Mattau. En el sur de Mattau está el río Wanli (actual río Zengwen)", más tarde, debido a la sedimentación de los ríos y la elevación de la tierra, se produjeron cambios patentes en la topografía y actualmente han perdido la forma de puerto.

En el año 1652, el tiempo es como un río emergente: pasa sin esperar a la gente. En un instante Saran se ha convertido en un hombre del estatus de Mayor. Akiam le dijo en su lecho de muerte: "De ahora en adelante tenemos que aprender a aceptar distintos pueblos para sobrevivir!" Akiam se murió desconsolado en el año en la que la población Mattau cayó en el mar de fuego, sin poder ser sepultado en su antigua vivienda. La gente de la tribu ha construido una aldea en un terreno nuevo al noreste de la aldea antigua. El cuerpo de su padre se deja secar al viento durante tres años según la tradición, nunca ha podido volver al subsuelo de su casa antigua para descansar en paz junto a sus antepasados. La antigua casa larga ha sido incendiada, y en el mismo lugar se ha erigido un grandioso templo sagrado de rocas de los pelirrojos. Los cadáveres de los antepasados y las almas perturbadas se han sido sepultados bajo la tierra para siempre.

Esto es una cosa de hace mucho tiempo. La antigua población Mattau ya es una tierra abrasada por el fuego, se necesita invocar los difuntos constantemente. Ahora un gran número de forasteros se apresuran allí. Grandiosas iglesias y escuelas, residencias de los funcionarios, monjes y el cuartel de soldados, han reemplazado el templo y el *kuba*, se han convertido en la nueva autoridad. La gente de Mattau ha traspasado con las dos manos los árboles de areca, así mismo aprenden a identificar las palabras de la escritura de la parcela hipotecada. Cada parcela, cada árbol de areca es propiedad de los hombres pelirrojos, salvo los espíritus bajo el suelo que no están dispuestos a dormir en paz, que a menudo merodean e incordian a la gente y los ganados.

Este año es un año de escasez, y se debe rogar para que llueva. En este momento en el que el otoño releva al verano, los fantasmas se rebelan, los dioses se enfurecen, el dios creador (Tamagisangak) aún no deja caer la lluvia de verano. Sin la tormenta de verano, el mijo y el arroz están como cervatos a falta de leche, no sobrevivirán hasta otoño. Las hierbas en el campo también por la falta de irrigación languidecen, están amarillentas y enjutas. Si los ciervos no se alimentan de suficientes hierbas, los cazadores no tendrán suficientes pieles para pagar impuestos este año.

Dijo la bruja (*inibus*):

–Aún no ha llegado la ceremonia de Kaihiang, los fantasmas ya desobedecen la orden. El mundo está en un descontrol total. ¡Me temo que algo grande va a pasar!

Cualquier persona puede percibir que después de que la población Mattau fue abrasada por el fuego, se vienen turnando inundaciones y sequías, por lo tanto, suelen tenerse años de escasez. La gente Han se ha convertido en pequeños funcionarios despiadados que recaudan impuestos. Los pelirrojos están encantados. Sin embargo, la gente Mattau muchas veces no es capaz de pagar impuestos, se ven obligados a entregar, uno tras otro, los árboles de areca de su tierra a nuevos amos. Es cierto el presagio de la bruja, el futuro de los *sirayas* depende de la gente Han.

Saran se acuerda de Daroque; ha pasado mucho tiempo sin verse. Desde que la gente Han promocionó a encargarse de recaudar impuestos, el poder de su viejo amigo no era tanto como antes, estará más abatido, más frustrado.

Daroque siempre ha sido un fiel perro de caza, pero no esperaba que en su vejez fuese abandonado por su amo. ¿No se sabe si se ha retirado al campo? Estos años Saran pocas veces se encarga de asuntos de la población. Se ha convertido en un hombre solitario sin matrimonio. A pesar de que entre la población circulan sus hazañas heroicas, pocos cazadores le ven llegar a la casa larga de hombres (*a-ki-ki*), participando en la discusión. El solitario Saran acude únicamente a algunas importantes ceremonias o reuniones de los Mayores, cumpliendo su obligación. Recuerda a todas las personas que encuentra:

–¡No te emborraches! ¡Cuidado con la gente Han, que no te engañen y te roben la única parcela que te queda!

¡Es verdad! La gente Han no solo quiere la tierra de la gente Mattau, sino también pretende a las mujeres hermosas. Esos agricultores que quieren con entusiasmo poseer parcelas, trabajan desde la mañana hasta la noche, son más trabajadores que hormigas. A menudo se quedan rendidos bajo el sol ardiente. Con una gran ansiedad, quieren transformar el campo de ciervos, hasta donde su vista llega, en tierra cultivable. Ahora puesto que cada vez hay menos ciervos, ellos se ven obligados a plantar el mijo. Los cazadores que son buenos en perseguir ciervos, no pueden superar a los laboriosos Han. Los hombres jóvenes (*mata*) a los que no les gusta arar la tierra y plantar el mijo, muchas veces no encuentran a una buena mujer que les quiera. Las mujeres (*pai-pai*) de Mattau son bondadosas por naturaleza, tan indulgentes y generosas como la tierra que han heredado. Cuando los románticos *matas* salen a perseguir ciervos, los galanteadores Han, aprovechando la oportunidad, enseguida entran por la puerta trasera. Ellos no solo cultivan las tierras heredadas de las mujeres (*pai-pai*), sino también aspiran a ese lugar secreto debajo del seno donde el arpa de arcos de los jóvenes añora.

¡Los cazadores de Mattau han aprendido a leer pero su alma ha sido despojada por los pelirrojos! ¡Las mujeres de Mattau han aprendido a vestirse, pero su cuerpo ha sido reclamado por la gente Han! ¡Es una tendencia de los tiempos, una tragedia de Alid! La mayor parte de la tierra es propiedad de holandeses, cultivada por la gente Han. Sus originarios propietarios guardan silencio, solo pueden cobrar alquileres y pagar impuestos. Lo poco que les queda lo usan para comprar alcohol para emborracharse. Las familias, que se emborrachan todos los días y por lo tanto no han cazado ciervos, muy pronto empeñarán la escritura de toda su tierra a la gente Han que sigue llegando a raudales. Al final, al no poder pagar los impuestos, no les queda otro remedio que abandonar su casa yendo a la tierra interior. No es de extrañar que el viejo Saran haya hecho todo lo que pueda para convencer a la gente para que no se emborrache. La borrachera de la gente Mattau parece que no ha terminado nunca. El incendio de hace diecisiete años no recobró la conciencia de la gente de la tribu; en cambio, encendió la furia de los espíritus antepasados. Los alterados espectros merodean por todas partes, causando molestias en el campo, a las personas y los ganados.

El tramo superior del río Jishui es el arroyo Baishuei. Cuando practica el llamamiento del espíritu de los difuntos, la bruja (*inibus*) siempre dice que no es nada fácil conducir a los alterados espectros al lugar de los dioses. Este año es un año de escasez, la sequía causada por falta de lluvia, las fuentes se quedan secas, los espectros salen de bajo tierra, dañando los cultivos, asustando a los animales, incluso las ciervas no tienen leche para alimentar sus hijos y se han escapado sin dejar rastro. La bruja (*inibus*) percibe la gravedad del asunto, tiene que invitar a los respetables Mayores para subir juntos al río Jishui y buscar, en el cauce del tramo superior, piedras que sirvan para rogar por la lluvia y suplicar al Tamagisangak[50], el dios de lluvia, para que llueva.

Los *sirayas* creen que el dios de lluvia que vive en el sur tiene miedo de su esposa Teckarupada, que vive en el este. Cuando

[50] El dios que ha creado al ser humano también es el dios de lluvia en la mitología *siraya.*

suenan truenos en el este es la diosa que está reprochando a su esposo por no haber dejado caer la lluvia. En cuanto el dios de la lluvia oye el trueno, enseguida deja caer lluvias torrenciales. Por eso, las personas que ruegan por la lluvia tienen que ir al este para encontrar las mágicas piedras que sirven para rogar por lluvias y cuentan a la diosa el sufrimiento de la sequía. Mediante la transmisión de la piedra, ellos esperan que la diosa envíe truenos de reproche e impulse al dios para que deje caer lluvias cuanto antes.

Durante dos días Saran y varios Mayores siguen a la bruja (*inibus*) en busca de la piedra en el cauce seco del río. Por fin, encuentran la piedra de rogar por la lluvia del sueño de la bruja. En ese momento prenden la lumbre para hacer la comida en el cauce del río donde brota agua blanca, esperan que la bruja ruegue por la lluvia. Hasta que no caigan lluvias, la bruja no se retirará tan fácilmente. Quizás la ceremonia de la bruja durará arduamente unos cinco o seis días hasta que el cielo se vea lleno de nubes y relámpagos. El proceso de rogar por lluvia, únicamente permite que participen unos pocos Mayores de buen prestigio, es reservado y silencioso, tratando de no alterar la vida de los dioses.

Estando en la piedra del río, Saran mira hacia arriba las altas montañas tan próximas que están casi al alcance. Delante de las altas montañas están las colinas y valles con una continua secuencia de curvas y desniveles. En los valles se esconden grandes rocas bloqueando el camino. Detrás de los tupidos bosques de las colinas está la falda transversalmente puesta de los dioses.

De pronto, Saran recuerda: “No sé si el espíritu de Gata sabrá encontrar este lugar”. Es un recuerdo doloroso de hace tiempo, Saran siente un ligero pinchazo en el corazón. No es fácil guiar a los alterados espíritus al lugar donde descansan los dioses. Cada vez que comienza la ceremonia de evocar a los difuntos, surgen cantos tristes continuamente, Saran se acuerda de aquel día en el que la población Mattau fue abrasada por el fuego. Fue la mañana siguiente cuando el equipo de escopetas de los pelirrojos ocupó la población Mattau, Saran se escondió en el tupido bosque mirando el espeso humo y el gran fuego que se elevaban desde la dirección de su casa. Saran y Akiam corrieron por todo el camino a la población Mattau, escondiéndose en el matorral, viendo la que una vez fue la gran casa larga poco a poco era devorada por el fuego y todos los cerdos y las pieles fueron llevados por los pelirrojos. Parecía que Akiam pudiera oír aullidos y llantos de los antepasados que estaban enterrados bajo el suelo de la casa. Los llantos que brotaban de fuegos y espesos humos, siguiéndoles, se dispersaban por todas partes. Esa noche la gente Mattau que habían perdido sus hogares, que habían seguido los extraños y afligidos aullidos del aire, lloraron y gritaron su propia desgracia, erraron perdidamente en el desolado campo de invierno. Saran recordó perfectamente en esos días de huida a la gente de la tribu vagando sin rumbo fijo; no tenían mijo guardado, ni pieles de animal para proteger el cuerpo, ni tenían casa para cobijarse y varios frágiles ancianos cayeron enfermos. A menudo se oían lejanos y borrosos gritos y llantos desde la tierra de Alid, infinitas angustias, sin poder distinguir si era el canto fúnebre para lamentarse por los difuntos o el llanto y resentimiento de los espectros errantes. La gente Mattau no quiso volver a esa tierra que había sido abrasada por el fuego y el antiguo lugar donde ellos fueron dominados. Afortunadamente, con las ayudas de la población vecina y las aliadas, la población de Mattau encontró una nueva tierra donde podía vivir y descansar, recuperó fuerzas poco a poco y construyó de nuevo unas casas largas.

"¡Al fin y al cabo el joven Gata también necesita hermanos para guiarle el camino!", pensó Saran.

¡Inesperadamente desde el remoto valle inferior había gente llamando el nombre de Saran con una voz lejana y familiar! Le despertó a Saran de su pensamiento y se sintió ominoso.

–¡Saran, mi buen hermano! ¡Llevo mucho tiempo buscándote, el viejo Daroque, que nunca muere, ha venido a visitarte! –A lo lejos había un grupo de gente que subió hacia arriba siguiendo las piedras del río, con pasos precipitados. El que iba en cabeza era el mismo Daroque que lo llamaba.

–¡Efectivamente, es Daroque! –Saran saltó de una gran roca algo perplejo. ¡El famoso líder de Singang ha venido personalmente a buscarlo y además tenía tanta prisa! ¿Algún asunto grande debía haber ocurrido que no pudiera esperar su vuelta a la aldea, tenía que subir siguiendo al río Jishui? ¡Sería un asunto urgente! En el corazón de Saran esa sensación nefasta era aún más intensa.

–He oído que has venido con la bruja a rogar por la lluvia, y no se sabe la fecha de regreso. ¡De verdad, no puedo esperar: por eso he traído a mis hombres a buscarte! ¡Cuánto tiempo, viejo amigo! –dijo Daroque con alegría.

Pese a que Daroque goza de poder y prestigio, no se cubre el envejecido rostro. En este aspecto es justo Sariafingh, el dios que está encargado de la belleza: todo el mundo envejece, la piel se pone arrugada, los dientes se mueven, los cabellos se caen. Aunque la sabiduría incrementa, la fuerza se pierde, la lanza que tira no llega lejos, la flecha no acierta, aun más, es incapaz de perseguir a los animales; solo puede tender trampas esperando con paciencia que caiga la presa. El resto de los días se queda en el campo de taros cuidando la cosecha de la mujer, recogiendo algunos pequeños peces, y esperando la muerte. Aunque Daroque esté envejecido aún se viste decentemente con un vestuario vistoso de actores, implica que no está dispuesto a que se envejezca su prestigio. El atuendo del actor significa que a pesar de la aversión que Daroque siente por la gente Han, es incapaz de librarse del destino de encapricharse con los enemigos. Esta tentación de capricho es bastante profunda. La gente *siraya* se confunde creyendo que las lentejuelas y los abalorios incrustados en el atuendo de actores son verdaderos, se equivoca pensando en que una vez se visten con ese atuendo vistoso implica tener el glorioso poder y prestigio. Aunque se dan cuenta de que no es así, mucha gente está obsesionada con la ostentación de atuendo y llegan a engañarse a sí mismos, incluso no dudan en perder todos sus bienes para trabajar para los pelirrojos. La gente Han es práctica; en cambio, los *sirayas* son románticos llegando a ingenuos. ¿Cómo el ingenuo Daroque puede igualarse con la figura menuda gente Han que es tenaz manteniéndose viva? Daroque siempre ha sido un fiel perro de caza, está bien cuidado por su amo, no entiende que el gran poder de la gente Han procede de poder soportar dificultades y su menudo cuerpo. La gente Han es como ratas que soportan humillaciones, esperando oportunidades. Su incesante empeño en conseguir tierra le da mucho miedo a Saran, pero los pelirrojos desprecian a la gente Han, no les importan lo más mínimo. Por otro lado, los *sirayas* siguen durmiendo tan profundamente en la embriaguez de depender de su amo, sin fuerza de defenderse.

–¡Es verdad! El tiempo es como el río que fluye, corre sin esperar a la gente. ¡Saran ya es viejo, no me vengas con planes! –dijo Saran.

–¡Esta noticia te interesará! –Daroque estaba lleno de confianza, paró un momento y agregó–: Por fin Guo Huaiyi no aguantó más su resentimiento hacia los pelirrojos y les declaró la guerra! –dijo temblando, con un tono emocionado y expectativo. Este viejo parece que lleva mucho tiempo sin estar tan agitado, como si también tuviera un resentimiento acumulado esperando a ser desahogado y ahora ha llegado la oportunidad.

A lo largo de tanto tiempo Guo Huaiyi ha controlado el grupo de contrabando. Al principio, su influencia todavía no se había establecido, sufrió constantemente la persecución de los pelirrojos, se convirtió en fugitivo, tenía una vida desgraciada. Afortunadamente siempre podía evitar el desastre y lograba escaparse en el último instante. Guo Huaiyi, quien vivía soportando la humillación, obviamente no estaba contento con el dominio de los pelirrojos. Por su parte, Daroque, mercenario que trabajaba para el dominante, había tenido muchos encuentros con Guo Huaiyi, pero nunca pudo capturarlo, por eso no se resignaba, aun más, existían malos sentimientos entre las dos personas a cuenta de Arana, por lo que existía un embrollo profundo y duradero entre ellos.

–Guo Huaiyi llevó a 16,000 hombres Han y derrotó la ciudad Chakam. ¡Los pelirrojos están convocando a guerreros de varias poblaciones con el fin de prestar apoyo en el contraataque! He venido a preguntarte si quieres venir con tu antiguo hermano a tomar represalias –dijo Daroque en un tono alto.

–¿Tomar represalias? –a Saran le suena bastante ridículo. Últimamente se ha oído que la influencia de Guo Huaiyi está en aumento: tal vez en el futuro sustituirá a los pelirrojos y se convertirá en el nuevo dominante. Pero gane quien gane, la gente *siraya* siempre es ese ciervo sin escapatoria y nunca va a ser el amo. ¡Si se toma en serio en vengarse tendrá muchas ocasiones! Tanto los pelirrojos como la gente Han son objetos queridos y odiados del espíritu Hiang de Alid. ¿De dónde sacan fuerza para vengarse? Los *sirayas* solo pueden trabajar duramente en criar descendientes, mantener la tierra que les queda y tratar con cuidado los diversos poderosos dominantes.

–¿Después de tantos años el nudo entre Guo Huaiyi y tú todavía no se ha resuelto? –preguntó Saran–. ¿Acaso es por Arana? –siguió preguntando.

–Hace mucho que no era por Arana. ¡Es un asunto entre Guo Huaiyi y yo, puramente un asunto de hombres! –Daroque se puso en cuclillas en la roca, con la vista puesta en el cielo lleno de nubes negras. Parece que el ruego de lluvias de la bruja funciona, está a punto de tronar, llover y hacer viento. Lo mejor es que esta tormenta caiga en el campo, humedezca la tierra que lleva mucho tiempo seca. Si la lluvia cae en este valle debajo del monte, no podrá aliviar la sequía de inmediato.

–¡No quiero unirme! –dijo Saran en un tono tranquilo.

–¿Siempre piensas que el presagio del sueño de la bruja se hará realidad, la gente Han sustituirá a los pelirrojos y se convertirán en el nuevo amo? –preguntó Daroque en voz alta.

Saran se quedó en silencio.

–¡Te cuento un secreto que te sorprenderá al oírlo! –dijo Daroque, lleno de confianza.

–El objeto de la caza de crismas que lanzaron Gata y los guerreros de Mattau hace años no eran los monjes, sino los cincuenta y dos soldados holandeses que fueron a reprimir a los piratas, ¿acaso te has olvidado? –preguntó Daroque.

–No, no se me ha olvidado. En la ceremonia de rendición en la que Saran fue representante, se enteró de que la mayoría de las víctimas eran los soldados que habían ido a capturar a los contrabandistas –dijo Saran.

–¿Te acuerdas de que la noche anterior el mensajero de Arana vino a decirte que pensaras algo para vengarnos de los pelirrojos? ¡Lo que dijo era diferente de la realidad! Dijo que los objetos de los guerreros eran los monjes, ¿verdad? –insistió Daroque.

–¿Sí? ¿Esto qué tiene que ver? En los combates los guerreros siempre eligen a los contrincantes más difíciles de combatir para ostentarse. Por coincidencia esos cincuenta y dos soldados acuartelaron allí. Piensa, ¿qué acción ostenta más a uno, matar a unos bondadosos e indefensos monjes o a unos poderosos soldados totalmente armados? –preguntó Saran.

–Imagina, ¿cómo Arana y Guo Huaiyi pudieron conocer la noticia con antelación? La caza de crismas es un asunto sagrado de la población. Los secretos de combate están en juego. ¿Cómo dejan que los forasteros estén al corriente? ¿Crees que la gente de la población Mattau son tan imprudentes como para no conocer la importancia? –dijo Daroque.

–Quieres decir que Guo Huaiyi...–dijo Saran con los ojos bien abiertos y aterrorizado.

–Al mediodía del día siguiente del incidente, volví de la ciudad Zeelandia de indagar noticias, no me atreví contarte la situación por completo. ¡Temía que te surgiera la idea de tomar represalia y demorara la salvación de la población Mattau! –dijo Daroque. Luego suspiró levemente.

–Arana envió a escondidas a un mensajero para contarte la noticia porque a ella le dolió la idea de que la población de Mattau fuese utilizada. Es un asunto de suma importancia. ¡Sabía que le dolió la idea de sacrificar a toda la población Mattau para salvar a su marido!¡ Al fin y al cabo ella sigue siendo una *siraya*, una mujer (*pai-pai*) que venera a Alid! –dijo Daroque.

–¡Al principio tenía mis reservas sobre la situación porque temía que culparas a Arana! ¡No quería que le guardaras rencor! –explicó Daroque lentamente.

–Ahora llega el momento y tú, ¿decididamente quieres matar al marido de Arana? –dijo Saran con una sonrisa amarga.

–¡Afrontémoslo de una vez por todas! ¡Existe mucha incertidumbre sobre quién vive o quién muere! –dijo Daroque con firmeza en su mirada.

–¿Cómo puede resistir la gente Han, que usa la carabina y la caña de bambú, a destrozos del equipo de escopetas y la intimidación de valerosos cazadores? –preguntó Saran.

–¡Un gran ejército de dieciséis mil soldados! ¡No se puede infravalorar la potencia de la gente Han! ¡Dicen que además hubo gente escabullida del grupo de Guo Huaiyi que dio el chivatazo; si no fuera por eso, la ciudad Zeelandia, que era custodiada por tan solo algunos cientos de soldados, no podría haber sido salvada! ¡Quién pudiera imaginar que alguien tan sagaz como Guo Huaiyi siempre falla a mano de sus propios hombres! –murmuró Daroque.

–¿Existe alguna prueba de que Guo Huaiyi tendió una trampa a la población Mattau? –Saran todavía no daba a crédito.

–¡Los muertos ya no hablan! ¡Los guerreros que fueron incitados por Guo Huaiyi a lanzarse a la caza de crismas están ya podridos en el campo! Más tarde oí a los monjes que decían que Guo Huaiyi invitaba a los guerreros a beber lo que pudieran, los emborrachaba, luego, injuriaba a los pelirrojos, sobre todo, al equipo de soldados que había llegado la noche anterior a la aldea intentando averiguar las informaciones de los contrabandistas –dijo Daroque–. Esos soldados vinieron por Guo Huaiyi y los contrabandistas. Imagínate, ¿Guo Huaiyi se sentiría cómodo? ¡Seguramente estaría como si estuviera sentado en un peligroso acantilado, nervioso y aterrado! ¡Esos cazadores borrachos, sabiendo que causarían un desastre a la población Mattau, no se atrevían a huir; solo les quedaba el único camino de luchar hasta la muerte! Por lo que sospecho que Guo Huaiyi tentaba a los guerreros a eliminar a los soldados que le estaban persiguiendo. ¡Ha sido Guo Huaiyi quien ha matado a esos buenos cazadores, incluido tu buen amigo desde la infancia, Gata! –concluyó Daroque elevando la voz.

–¡Inconcebible! ¡Realmente no puedo imaginarlo! –Saran se sentó en el suelo débil y sin fuerza–. ¡Durante tantos años he creído que Guo Huaiyi, con su buena voluntad, salvó a la población Mattau: le agradecía con todo el corazón!

–¡Todo es por sobrevivir! La gente Han quiere vivir en esta nueva y bella tierra, nosotros queremos guardar la tierra de los antepasados. ¡En esta guerra no hay culpable, solo hay débil y fuerte, un conflicto de astucia y necedad! –suspiró Daroque.

–¡Ya que estamos sometidos a los pelirrojos, al final no podemos esquivar la enemistad entre Guo Huaiyi y los pelirrojos! Nosotros tenemos que ajustar cuentas con él. Desde la primera vez que llegaste al Fuerte Tayouan o aunque nunca hubieras llegado al Fuerte Tayouan, estarías destinado a ser involucrado. ¡Nadie puede librarse de esta guerra! –dijo Daroque.

–¡Hay que saldar las cuentas, ganemos o perdamos! –Saran se levantó pausadamente: su mirada ya había aceptado la invitación de su buen amigo.

–¡Eso es! ¡Si existiera otro mundo, Gata lo vería! –Daroque estaba extasiado.

–¡Saran no guarda rencor a Guo Huaiyi! Simplemente no quiere estar ausente en esta guerra fatídica. ¡Quiere verla personalmente para que algún día, cuando se muera, pueda justificarse ante Gata en el inframundo! –dijo Saran con tristeza.

¡De repente por encima del tupido bosque llegaron algunos estruendos sordos! ¡El cielo de nubes negras empezó a dar relámpagos! Esos truenos, como si golpearan afectuosamente el corazón de la tierra, quisieron despertar todo lo que está aturdido en esta tierra. A su vez, los relámpagos que los siguieron parecían querer alumbrar los ojos de la tierra, poner la ventana del alma de la vida en marcha, luego, hicieron caer lluvias frescas para despertar todas las cosas de esta tierra.

¡Los dioses todavía cuidan de la gente *siraya*! ¡La diosa creadora se apiada de los cazadores de ciervos, por lo tanto, no deja a los ciervos sin hierbas verdes ni que se mueran de sed, de este modo la mujer y los hijos de los cazadores pueden vivir y tener crías! ¡Se supone que los relámpagos y las lluvias torrenciales proporcionan infinita valentía a los cazadores, para que luchen en grupo, pisando el campo en vibración y vean la tierra abrasada por el fuego! ¡Una gran guerra sin precedente ha aguardado mucho tiempo!

En una noche de luna llena otoñal del año 1652, en el campo de altas eulalias se oye mucho ruido y ajetreo, de vez en cuando, asombrosos relámpagos bullen en esta noche de la luz de la luna. Esa luz de la luna (*bu-lan*) suave y luminosa, hace que se vea la senda, la valla de la ciudad, sombras de árboles por la noche y valientes guerreros que están dispuestos a luchar en cualquier momento por la noche. Los asesinos cañones y escopetas están lanzando destellos cegadores incesantemente, que se remueven y estallan en el cielo, como si quisieran devorar con precipitación la hermosa valla de la ciudad cubierta de la luz plateada por la noche.

El extraño estandarte de la gente Han está puesto en la valla de la ciudad, ondeando en la fresca brisa de la noche, como si calladamente estuviera declarando que la gente que protege vuelve a ser el amo de este lugar. ¡Por primera vez Saran ve a la humilde gente Han levantar la cabeza con valentía y proclamar su temperamento, nunca más va a contenerse! ¡Ve a los endebles siervos agitando temerariamente hachas, azadas y rastrillos y bramando a luchar contra su antiguo amo! Con sus gritos de furia y de gran ímpetu, los campesinos se reúnen en la valla de la ciudad como si quisieran descargar con todas sus fuerzas los rencores acumulados de toda la vida, superando las grandes mareas fuera del banco de arena, sin tener miedo a los cañonazos en la parte baja de la ciudad.

¡Saran puede percibir que esos descabellados e irracionales gritos proceden del abatido fondo de su corazón, de su pecho revolcado, y que tienen una fuerza estremecedora! No esperaba que esta pragmática gente Han que solía buscar pequeños beneficios, esta asustadiza gente Han que vivía soportando humillaciones, esta modesta gente Han que vivía como ratas u hormigas, tendría una fuerza de tanta ira, que dejaría de tener miedo a su férreo amo.

¡Los dos bandos, que gritan en busca de combate, ven la hermosa luna (*bu-lan*)! Las suaves luces plateadas caen en ambos bandos enfrentados durante mucho tiempo sin hacer ninguna distinción. Esta noche hace buen tiempo para combatir, la luz de la luna les acompaña. Los muertos tendrán la guía de la luna para que vayan hacia buena dirección, tanto de unos como de otros. La luna es imparcial, no favorece ni a un bando ni al otro y acaricia tiernamente a la gente Han que se apresura como ratas hacia el acantilado de la muerte, al mismo tiempo, tiernamente mira al amo pelirrojo, tan fuerte como un oso y a sus fieles perros. El amo convocó a dos mil cazadores que tienen por tradición la caza de crismas de todos los lugares que llegaron a la ciudad Chakam al atardecer, incorporándose a este inaudito enfrentamiento. Antes de esto, cientos de soldados pelirrojos con escopetas habían disparado y atacado al grupo sublevado de la ciudad Chakam. Sin embargo, más de diez mil enloquecidos Han agitaban los estandartes y se precipitaban a la muerte sin titubeo. Los cadáveres se apilaban uno tras otro al lado de los cocoteros debajo de la valla de la ciudad. Su sangre era más roja que el jugo del *buyo*, era sangre de los cobardes de antes. Ellos furiosamente ahuyentaron a sus amos que antes les habían exprimido hasta el máximo. El poderoso equipo de escopetas nunca pudo derrotar a la gente Han que se resguardaba con rabia.

No obstante, a la mañana siguiente, cuando el sol (*i-lat-hah*) levante el velo de la niebla (*ma-soan*), los ataques serán más intensos.

Llega el momento de la batalla decisiva. La gente Han, que son harapientos y con armas primitivas, aunque sean muchos en número, no se escapan de la matanza de los guerreros que son expertos en cazar ciervos. Dos mil cazadores tatuados y ansiosos de cazar crismas rodean la plateada ciudad Chakam después de anochecer. Ellos montan fuegos para cocinar en la pradera, afilan flechas y lanzas, esperan en silencio la batalla del día siguiente. A altas horas de la noche, ellos cantan lentamente las canciones de combate que se cantan antes de lanzar una caza de crismas. Bailan rodeando la hoguera, esperan ser poseídos por el dios de guerra para reforzar el poder de combate. Las canciones de combate flotan siguiendo la luz de la luna, dando vueltas por el cielo cerca de la costa Tayouan. El sonido de los cantos es, como espectros que bailan con locura, triste y melancólico que va a la deriva, como si llamara al duende del agua, al de la pradera, al de la roca y al del gran árbol para que vengan al lugar de la hoguera y bendigan a los guerreros que bailan con entusiasmo.

La primera batalla cruenta ha hecho un alto, los gritos procedentes de la ciudad Chakam también han cesado bruscamente. ¡Únicamente se oyen las canciones de cazar crismas que se transmiten a lo infinito! ¡Seguramente la gente Han ha oído los bramidos para apaciguar a los espíritus de los cazadores que han participado en la batalla, los toman como una maldición de la bruja reclamando vidas, sin duda han oído! De no ser así, ¿cómo la ciudad Chakam está más silenciosa que la luz de la luna? El cielo presenta el horror antes de la caída de cabezas. Los *sirayas* que antes recibían las burlas de ellos por ser tan endebles como ciervos, ahora se han reunido a por sus cabezas, ¿cómo no van a hacerles permanecer callados?

¡Qué batalla sangrienta va a ser la de mañana! ¡En esta tierra nadie ha sufrido una lucha a tal escala!¡ ¡Esta noche nadie podrá dormir con tranquilidad! ¡Esta gente Han que se se ha alejado de su lugar de nacimiento y ha venido aquí en busca de la supervivencia, indudablemente está temiendo a estas personas salvajes con tatuajes como espectros y con los ojos sanguinarios, se les lanzan directamente en el sueño, hasta el punto de que no se atrevan a dormir! ¡Sin duda estarán aterrados después de haber escuchado atentamente a los cazadores reclamando sus vidas!

¡Qué batalla sanguinaria va a ser la de mañana! ¡La hostilidad entre Saran y Guo Huaiyi parece estar lejana y confusa, ya no es importante! ¡Esto parece un camino inevitable, desde el día en el que la nave gigante de los pelirrojos guardó la vela y puso su ancla, está condenado a enfrentarse a la hostilidad y conflictos! Desde la época en la que la ciudad Zeelandia se levantaba poco a poco se puso en marcha la expectativa de esta gran batalla. ¡Hoy simplemente es el momento de poner fin!

–¡Líder, una mujer (*pai-pai*) de la población Singang está suplicando verle fuera del campamento! ¡Se lo ha impedido la guardia! –un hombre de Daroque entró precipitadamente en la tienda de campaña para informarle.

–La situación es tan tensa y el combate puede estallar en cualquier momento, ¿para qué ha venido esta mujer? –dijo el designado atacante en vanguardia, capitán Alonso con gesto de aversión.

Dentro de la carpa, la gente y los Mayores de distintas poblaciones se han reunido para atender la explicación del plan de ataque de Alonso. Inmediatamente después de amanecer, los cañones de los buques de guerra que están en la bahía, concordarán con el equipo de escopetas de tierra, de manera que los dos concentrarán el fuego en atacar de frente. Bajo el amparo de los cañonazos, los líderes de cada población recibirán la orden y a su turno atacarán por sorpresa con rapidez por la izquierda, por la derecha y por detrás de la ciudad Chakam, destrozando uno a uno los puntos de los insurgentes, acabando con los auxilios de frente. Alonso explicó que las veces anteriores con solo fuegos del equipo de escopetas, los sucesivos ataques fueron resistidos y repelidos por los insurgentes, fracasando en la lentitud para rellenar la pólvora o balas de las escopetas.

Esta vez nos hemos reforzado con dos mil guerreros valientes que son tan rápidos como relámpagos, darán batidas rápidas y despiadadas en recompensa de la diferencia de números de personas existente entre ambos lados. La sublevada gente Han no será capaz de utilizar el tiempo a cambio de espacio o emplear estrategias de muchedumbre para aumentar las tropas combativas.

–Cuando llegue el momento, los cazadores entrarán en busca de crismas, la sublevada gente Han temblará de miedo y colapsará enseguida. ¡No tardará mucho! –dijo Alonso lleno de confianza.

–¡Eso! ¿Quién no sabe que Alonso es un capitán sabio y valiente? ¡Mañana esperaremos ver a los sublevados huir! ¡Amo, déjeme a Daroque ver qué pasa con esa mujer (*pai-pai*)! –tras decirlo, se levantó, mientras hacía un guiño a Saran en silencio. Los dos se retiraron de la lujosa carpa siguiendo al guerrero que había venido a anunciar la noticia para ver a esa mujer que pedía verlo.

–¿A esta hora de la noche, qué mujer se atreve a arriesgarse entrando en el campo de batalla? ¡Seguramente tendrá algo urgente que pedir! –dijo Saran andando.

–¡Es verdad! ¡El campo está lleno de hombres armados, es difícil de distinguir entre amigos y enemigos, uno pierde la vida en cualquier momento! –dijo Daroque.

–¿Acaso será Arana? –dijo Saran con los ojos como platos.

–¿Sí? ¡Si es así, pues, hace mucho tiempo que no nos hemos visto! –dijo Daroque algo incómodo.

Los dos, bajo la guía de la luz de la luna, pisaron la senda de la pradera, atravesando las hogueras y acampadas de guerreros de distintas poblaciones y llegaron sigilosamente a una encubierta arboleda. Era la zona intermedia de las dos tropas enfrentadas donde algunos soldados estacionados estaban patrullando para impedir ataques sorpresa del otro bando.

Daroque ordenó a los soldados pelirrojos que tenían las escopetas cargadas y los tatuados guerreros que estaban equipados con sables y flechas que se fueran, para que se revelara la asustada mujer que estaba escondida dentro del arboleda.

Después de que la luz de la luna se hubiera desviado un rato, la arboleda empezó a tener movimientos titubeantes, poco a poco salió una mujer asustadiza.

–¡Soy yo, Arana! –Arana, tenía un pañuelo azul en la cabeza, y vestida de atuendo Han apareció lentamente desde la oscura arboleda.

–¡Tantos años sin vernos: me temo que los dos héroes ya no me conocéis!

La carnosa Arana ya es una mujer de mediana edad, pero que conserva el esplendor de antes. Los ojos brillantes, especialmente de las mujeres de *siraya*, ya están llenos de rutilantes lágrimas bajo la luz de la luna. La lóbrega noche ha encubierto la vejez de Arana atormentada por los años, sin embargo, no ha podido disimular la perdida voz dulce de una doncella. Si esta mujer de voz áspera no hubiera dicho que era Arana, quien pudiera identificarla con la inolvidable hermosa chica de antaño.

–¡De verdad eres tú, Arana! ¿Cuánto tiempo hace que no nos vemos? –preguntó Daroque con una mezcla de sentimientos, como si todos los recuerdos y penas se sumergieran de repente y haciendo que tardara mucho tiempo en serenarse.

–Afortunadamente hablas el idioma local, en el caso contrario, al entrar ilegalmente en el campo de batalla, podrías ser confundida con una persona Han sublevada. ¡Es muy peligroso! –dijo Saran emocionado.

–¡En estas circunstancias, no puedo pensar si es peligroso o no! ¡Esta vieja mujer viene a rogaros que perdonéis la vida de mi esposo Aí, por favor! –mientras dijo eso se arrodilló llorando.

–¡Por favor, perdonad los errores que cometió antes! ¡No tenía otra opción! –el afónico llanto de Arana era nítido y resonaba hasta muy lejos en el campo en una noche desolada.

–¡Ya somos viejos! –suspiró Daroque bajando la cabeza.

–¡Eso es! ¡Los rencores ya se han convertido en viejas historias! ¡Hemos sido involucrados involuntariamente en este conflicto, que tarde o temprano tenía que pasar! –dijo Saran suavemente.

–¡Aí se sumó a los inmigrantes a la rebelión porque no le quedaba otra alternativa! Los pelirrojos obligan a la gente Han a pagar muchos impuestos: para pescar, cazar, cortar leña o transportar mercancías, para todo se debe pagar impuestos.

Incluso después de cumplir siete años los niños tienen que pagar impuestos por cabeza mensualmente. Si no lo pagan, les meten en la cárcel, les azotan, a veces hasta desollan su cuerpo, lo decapitan y descuartizan. Tienen que torturar a la degradante gente Han hasta su muerte –dijo Arana llorando.

–Varios antiguos subordinados de mi esposo fueron matados por las crueles torturas de los pelirrojos. Además, hay niños que recientemente han cumplido siete años, aún no saben pescar ni cortar leñas, pero les exigen pagar impuestos. Varias familias pobres tienen muchos hijos, la carga de responsabilidad cae en los padres arrendatarios agrícolas. ¡Qué productividad tienen los niños! ¡Como mucho ayudan a cortar hierbas, criar las vacas y cuidar el campo! –Arana, que estaba arrodillada, de vez en cuando golpeaba el suelo con rabia–. Lo que más le enfurece a la gente es que los pelirrojos obligan a la gente Han a creer en la religión cristiana. ¡Los que no obedecen no pueden casarse con mujeres *sirayas*; a los casados les imponen el divorcio! ¡Han sido los amos quienes han obligado a estos solteros de vida difícil a rebelarse! ¡Han sido los pelirrojos quienes han obligado a estos hombres, que han atravesado el océano en busca de un nuevo campo, a dedicarse al contrabando! Durante estos años Guo Huaiyi ha querido volver a llevar una vida de ciudadano decente, y dejar de vivir a la deriva y de llevar una vida fugitiva. Sin embargo, después de establecerse descubrió que por mucho que hubiera trabajado en hacer negocios nunca cumpliría a la exigencia de los dominantes. ¡Todos los beneficios en negocios se lo llevaron los pelirrojos! ¡Somos sus esclavos siempre! –Arana golpeó el suelo llorando.

Los llantos histéricos en la noche seguramente llegaban a los dos bandos enfrentados con claridad. Los frescos rocíos estaban poco a poco cubriendo la tierra de la noche cerrada. La brumosa niebla matinal se aglutinaba poco a poco cercando a las tres apenadas personas que estaban bajo la sombra de los árboles, cubriendo la luz de la luna, haciendo que la noche antes del amanecer estuviera más sombría y tenebrosa.

Apareció la niebla matinal: pronto comenzaría el momento de combate.

–¡Vete cuanto antes! ¡Cuando amanezca comenzarán los ataques! –dijo Daroque secamente después de permanecer en silencio un largo rato y se fue sin volver la cabeza.

–¡Cuídate! ¡Confío en que a Daroque le surgirá algo! ¡Vete ya! –dijo Saran con pesadumbre.

En el camino de vuelta a la carpa, ninguno de los dos abrió la boca. La oscuridad de la noche hizo que Saran no pudiera ver la expresión de Daroque, pero sabía que él estaría muy dolorido. Más de veinte años de marañas afectivas y la hostilidad étnica de repente aparecieron, poniendo a Daroque a prueba. Parecía que todos estaban a la espera de una resolución en el momento de amanecer. No quedaba mucho tiempo: los ataques estaban al borde, a punto de desplegarse.

Cuando el levante ligeramente cambió de oscuro a claro, facilitó a los tiradores de cañones de las fragatas calcular la distancia de las vallas de la ciudad Chakam. Las fragatas en el mar Tayouan ajustaron, una tras otra, la orientación de la nave, con sus cañones del costado apuntando hacia la tierra. Tras una orden, los cañones empezaron a soltar estruendos y fuegos. La apacible mañana y la niebla brumosa fueron perturbadas por los humos de las poderosas fragatas antes de tiempo, sin poder distinguir si los que dispersaron en la costa eran el humo del fuego o la niebla. Las bolas de hierro escupidas por los cañones silbaban atravesando el cielo para estrellarse contra el muro de piedra y las vallas de madera de la ciudad Chakam, produciendo algunas nuevas muescas. Solo se ve a la bandada de rebeldes esforzándose en cargar sacos de arena y barricadas de madera a cubrirlas con una eficiencia impresionante.

Los guerreros, que estaban al lado de la hoguera aún con fuego, se levantaron sacudiendo los rocíos en la piel de ciervo y en las plumas y empezaron a escuchar atentamente esos pasmosos estruendos de los cañones. El disciplinado equipo de escopetas de los pelirrojos apareció en el campo otoñal que estaba cambiando de color verde a amarillo. Ellos avanzaron pausadamente hacia la línea de combate. El uniforme de los soldados de color sanguíneo era como un rayo de sangre en el campo, estaba a punto de proyectarse en la corpulenta ciudad Chakam que estaba en el umbral de ser sacrificada.

Los grandes cañonazos despertaron a la tierra que estaba durmiendo sosegadamente y de por sí, se convirtieron en la orden de iniciar ataques para los guerreros. ¡Los guerreros, equipados con el sable, flechas y plumas, levantaron las lanzas de las manos, emitiendo aullidos de combate en el campo, esperaron el honorario combate sangriento de cortar crismas! La desolada y calmada tierra de repente se convirtió en un lugar bullicioso, incluso los rebeldes en la ciudad Chakam empezaron a gritar, meneado banderas y tocando tambores para demostrar el ímpetu. El rojo vivo equipo de escopetas lanzó otra vez disparos intensivos. La gente Han no quiso resignarse y les respondieron con escopetas y cañones de hierro capturados, de manera que por un tiempo el campo estuvo lleno de chillidos y llantos, hubo muertos y heridos tanto en un bando como en el otro.

Bajo el abrigo de intensos fuegos, los guerreros de las poblaciones Backloun y Siaulang eran los primeros en lanzarse, asaltaron por la fuerza desde la izquierda y la derecha respectivamente. Ellos intentaron ocupar las muescas de la muralla que habían sido quebradas por los cañonazos de las fragatas. Se veían olas y olas de guerreros medios desnudos tatuados, con las lanzas y flechas en las mano, dejando que las plumas en su pelo volaran entre humos. Esquivaron lanzas y flechas de los enemigos con rapidez y esmero, y avanzaron ágilmente hasta debajo de la ciudad, intentando entrar en ella desde las muescas.

A pesar de la opresión de intensos fuegos, las tropas Han se encontraron por primera vez con los guerreros y lucharon contra ellos en las diversas muescas de la muralla.

¡Acababa de ascender el sol de la mañana, los remojados rocíos aún no se retiraban del campo, sin embargo, en la ciudad Chakam de la orilla se había combatido con vehemencia! ¡Ese combate del primer encuentro violento era tan devastador! Tantos campesinos como mareas, uno tras otro, intentaron arreglar las muescas ocasionadas por los cañonazos. Muchos fueron matados o heridos, víctimas de intensos lanzamientos de armas de fuego. La gente Han, que entró en lucha de cerca, eran piratas y contrabandistas, veteranos de batallas, que agitaron armas y escudos, causando mucho padecimiento entre la gente Siaulang, que era famosa por ser despiadada. En las arduas batallas ensangrentadas de arrebatar las muescas en las vallas de la ciudad, no había ganador, causando muchos muertos y heridos en los dos bandos.

Se veía que olas y olas de guerreros tatuados subían con audacia a las vallas de la ciudad, pero uno tras otro, fueron rebanados por espadas y hachas. Y los feroces cañonazos reventaron, una y otra vez, a los piratas que no tenían en cuenta el peligro. En un instante, los cuerpos volaron literalmente en pedazos, con cabezas y cuerpos en distintos lugares, lo cual hizo que Alonso reprendiera con disgusto:

–¡Estas ratas nunca mueren! ¡Qué desagradables! ¡Ataques por sorpresa! ¡Solo nos queda atacar desde su espalda y flanquearlos! –dio la orden Alonso–: ¡Marchad, guerreros de Singang y Mattau!

Daroque y Saran llevaron cuatrocientos y quinientos jóvenes guerreros que pertenecían a la población Singang y Mattau respectivamente, entraron en el pasto y avanzaron serpenteando, intentando rodear las vallas de sureste atacando desde la espalda.

Nadie conocía mejor que Daroque y Saran sobre las callejas de la ciudad Chakam y las deficiencias de su defensa. Era muy fácil para ellos entrar en la ciudad Chakam y atacar por sorpresa o luchar de cerca aprovechado las situaciones caóticas. Los guerreros esquivaron eficazmente la vigilancia que los enemigos habían implantado en la torre de vigilancia y se reunieron al sureste debajo de la muralla esperando la orden de la segunda oleada de asaltos. El equipo de Singang y el de Saran avanzaron por separado. Daroque se acercó a Saran sigilosamente y le dijo en voz baja en su oreja:

–¡En el caso de que ganemos la batalla, no matemos a todos: les dejaremos un camino para que huyan!

–¡Lo haré! ¡Moderaré a mis guerreros para que no se conviertan en asesinos sanguinarios! –Saran miró con los ojos bien grandes a este amigo que complacía–. ¿Pero si perdemos? –sonrió Saran.

–¡Viejo amigo! ¡Entonces cada uno nos daremos a la fuga! ¡Si tenemos suerte, nos veremos en el cielo! –después de terminar la frase, Daroque lideró a sus soldados desapareciendo en el tupido bosque.

Dado que Saran conocía las calles de Chakam como la palma de su mano, los guerreros de Mattau avanzaron por un atajo a escondidas y llegaron a una calleja retirada; sorprendentemente no encontraron ningún obstáculo. Los edificios de las calles estaban vacíos. Varias casas largas fueron alcanzadas por los cañonazos y estaban completamente en llamas. Los rebeldes se concentraron en defender los ataques frontales viniendo del mar. La tropa principal se instaló en la torre de Chakam, construida por los pelirrojos. El resto se instaló provisionalmente en las barricadas y vallas de las calles principales, por lo que se veía que esta fuerza rebelde, formada en su mayoría por los campesinos arrendatarios, no tenía ninguna experiencia bélica y se envalentó simplemente por la cantidad de personas.

Pasó muy poco tiempo. Los guerreros de Mattau quebrantaron algunas barricadas, dispersaron a los campesinos que estaban equipados con cuchillos de cocina atados en cañas de bambú y escopetas de caza. Luego se desviaron a la parte trasera de la torre Chakam, dispuestos a ascender a la ciudad para que los rebeldes se sintieran atacados tanto por la parte delantera como por la trasera. En este momento los cañonazos de las fragatas que estaban en el oeste del mar habían cesado temporalmente, eso significaba que la tropa oficial de los pelirrojos estaba a punto de asaltar.

De la otra calle también llegaron los gritos de combate del comando Singang. Los vulnerables esclavos campesinos Han fueron derrotados y se dieron a la fuga dando desesperados y amargados gritos. Los que no pudieron escapar fueron rodeados y matados en el acto. ¡Antes de la caída de la cabeza imploraron clemencia sucesivamente, al oír esos gritos le dio mucha lástima a Saran! ¡Los ciervos no implorarían clemencia! ¡Era muy distinta la furiosa y rabiosa mirada de un ciervo macho caído en la trampa y la expresión que causaba la compasión de una cierva! Si tanto los esclavos agrícolas como los *sirayas* son ciervos de los pelirrojos, ¿para qué tenían tanta prisa en matarse? No podía quitarse de la cabeza esa sombría imagen de Arana llorando y pidiendo clemencia bajo la luz borrosa de la luna de anoche. Los guerreros, como demonios, avariciosamente no paraban de asaltar a los pobres campesinos que intentaban fugarse. Cortaban sus cabezas de forma que no les daban tiempo a quejarse del dolor, era pan comido. Dado que las cabezas de victoria eran tantas que no podían llevarlas todas, tuvieron que cortar una oreja o un manojo de pelo y los metieron en el abarrotado bolso de *buyos*.

Saran supuso que los hombres de Daroque habían avanzado hasta delante de la torre Chakam, en ese momento intentarían cortar la comunicación de los enemigos para aislar las distintas fuerzas. Llegó la orden, comenzó la acción de asaltar la ciudad. Los sanguinarios guerreros lanzaban flechas y lanzas, entraron al castillo de vallas que tenía deficiente defensa. De pronto, la aislada parte noreste del castillo cayó en una desalada sangrienta batalla de cerca.

Se veían algunas valientes personas Han que no parecían campesinos, intentando cercar y matar a los guerreros tatuados con espadas. Se suponía que eran antiguos hombres de Guo Huaiyi, piratas que eran buenos luchadores. Era una lástima que, enseguida, fueran eliminados por completo por las afiladas flechas, espadas y lanzas que llegaron en manadas. Al resto de los honrados campesinos les cogieron desprevenidos. Por no haber recibido a tiempo las ayudas de la tropa principal, no podían hacer nada frente a estas personas que cazaban cabezas y que eran expertos en combate. A menos del tiempo de un reloj de arena, se dieron a la fuga aterrorizados.

Los guerreros con los ojos rojos querían seguir matando, jugueteando con sus presas aterradas; por fin, el enfurecido Saran gritó:

–¡Basta! ¿Qué honor tenéis matando a estos endebles campesinos que solían usar azadas en sus días cotidianos? ¡Guardad fuerzas para enfrentaros a los piratas que eran expertos en combate! ¡Su tropa de élite estaba resistiendo con valentía el fuerte equipo de escopetas; si uno puede cortar la cabeza de combatientes que no temían las armas de fuegos, entonces, sería un héroe!

Así que la parte noreste y sureste de la ciudad fueron asaltadas y ocupadas enseguida por los guerreros de las tribus formando un cerco. ¡Si en este momento dejaron entrar además a la tropa oficial de los pelirrojos y el equipo de escopetas, entonces sin duda la tropa de piratas de Guo Huaiyi sería totalmente aniquilada!

Guo Huaiyi, que al principio era un hombre importante del gran pirata Yan Siqi, colocó todos sus antiguos valientes y diestros subordinados en la parte este para hacer frente a los intensos ataques de la costa. No esperaba nunca que los cazadores se desviaran, esquivándose en la supervisión de la torre de vigilancia, hasta la parte posterior de la ciudad. Además se metieron dentro a través de ataques arrolladores. Varias esquinas de la ciudad fueron derrotadas y el ejército de los pelirrojos seguía atacando firmemente, parecía que los hombres de Guo estaban a punto de ser cercados y desmoronados. Viendo esto, Guo Huaiyi se apresuró a reajustar a sus hombres, centrándolos para romper el cerco desde la parte noreste, encontrándose directamente con el grupo de Saran.

El grupo de Han, con todos sus hombres reunidos e intentando retirarse rompiendo el cerco, hizo que el grupo de Mattau, que estaba ocupando la parte noreste, cayera en una situación inferior en cuestión de número de personas. Se veía un gran número de abrumados y fatigosos enemigos que atemorizadamente atravesaron humos de fuego y llamas, con los cuerpos ensangrentados arrastrando armas y estandartes inclinados, atravesaron las quebrantadas plazas y calles, desbordándose directamente hacia la esquina noreste. Hubo personas que no quisieron resignarse y dijeron:

–¡Arriesguemos otra vez! ¡Reorganicémonos al llegar al arroyo! ¡Todos juntos nos arriesgaremos otra vez!

¡Su voluntad de combate no disminuyó ni un ápice, tenían una fuerza asombrosa! ¡Como si de un animal atrapado se tratara, hicieron todo lo que pudieron para recuperar su dignidad! ¡Saran supo que si acorralaran insistentemente a este animal atrapado causaría muchos graves daños a ambos lados, y eso solamente les dejaría a los dominantes hacerse más beneficios! ¡No dejaría que los jóvenes guerreros de Mattau se convirtieran en ofrendas! Ellos tenían que salir adelante, pero no serían siempre perros que traigan presas para su amo.

En ese preciso momento, Saran ordenó a sus hombres, que estaban a punto de involucrarse en una batalla sangrienta, dar marcha atrás hacia una calleja, para fingir que iban a ser derrotados con el fin de evitar un enfrentamiento brutal. Por otro lado, Daroque también estaba en sintonía demorando su asistencia para que los desesperados animales heridos pudieran huir. La batalla acababa de detenerse, cuando el agotado Guo Huaiyi lideró a sus hombres, que no quedaron ni la mitad, a romper el cerco sintió claramente que los guerreros Mattau no tenían intención de lucha, como si quisieran dejarle una escapatoria. En un breve enfrentamiento en las callejas, Saran vio que Guo Huaiyi, quien fue agrupado y protegido por sus hombres, juntando sus manos y le hicieron reverencias, tenía la mirada firme e intrépida. ¡Tanto un bando como el otro mantenían el control, nadie quiso tomar la iniciativa de atacar, de este modo se reconcilió una dura pugna!

¡Resulta que Guo Huaiyi todavía lo reconoce! Guo Huaiyi, que tiene las sienes canosas, el semblante pálido y envejecido, en este momento muestra que no tiene miedo a la muerte! ¡De repente a Saran le da un sobresalto, le invade un presentimiento, y piensa que Guo Huaiyi ha tenido varios encuentros con él, se ha escapado de numerosas calamidades librándose de la muerte, pero esta vez, quizás podría ser la última vez! ¡Un héroe como Guo Huaiyi está viejo, Saran tampoco encuentra fuerza para seguir luchando en esta tierra con ahínco! ¡El atrapado y herido animal que ha perdido la batalla ya no es el valiente ciervo macho de otro tiempo! Reunir los ciervos de nuevo parece una empresa imposible.

El gran capitán, el agitado y exasperado Alonso, lideró el equipo de escopetas. Llegó apuntando con el dedo a la nariz de Saran y le reprendió:

–¿Por qué dejaste al tigre volver a la montaña? ¿Por qué no luchaste contra él?

–Mis guerreros son unos trecientos o cuatrocientos, ¿cómo podemos enfrentarnos a esta remanente tropa de cuatro mil o cinco mil personas? –preguntó Saran sumisamente–. Para mantenerse viva, una bestia atrapada que únicamente piensa en escaparse, tiene un poder impresionante. ¡No voy a dejar a los guerreros sacrificarse en vano!

–¡Si hubierais distraído todo lo que podíais a los enemigos, el equipo de escopetas, que llegaría más tarde, podría aniquilarlos! –gritó Alonso–. ¡Saran, desde antes, en las operaciones de perseguir a Guo Huaiyi, sospechaba que vosotros poníais trabas en ellas! Voy a retirar tu autoridad de comando: te sustituirá otro líder. ¡No has tenido suficiente habilidad en combate y has dejado escapar a los enemigos; has perdido el honor de un guerrero! –ordenó Alonso furiosamente.

–¡Alonso! ¡Saran ha llevado a cabo la misión que le designaste, ha atacado por sorpresa por la esquina noreste, ha rodeado a los enemigos, y los enemigos han sido derrotados! ¡No tienes ningún derecho a quitar su honor! –protestó Daroque, quien llegó más tarde y por primera vez se atrevía a llamar a su superior por su nombre.

–¡Y tú, no has apoyado a la fuerza amiga, supongo que has dejado a Guo Huaiyi huir a propósito: has tenido contactos con él! ¡Tú, has sido despojado de la autoridad también! –¡Alonso dio la orden en el acto apuntando a Daroque!–. ¡Los que desobedecen la orden militar y se retiran serán fusilados en el acto según la ley holandesa, sin la necesidad de pasar por juicio! ¡Recordad: habéis aceptado ser reclutados y vuestra obligación es la obediencia, ya que sois soldados del rey de Holanda! –Alonso se dio cuenta de que hubo conmociones de descontento entre los guerreros de Singang y Mattau y entonces dijo en voz alta enseguida–: El prisionero que capturamos confesó que el grupo de Guo Huaiyi había recibido la orden de romper los cercos y fugarse por separado hacia el bosque del noreste. ¡Antes de mañana por la mañana se reunirían en la orilla norte del arroyo! ¡Quien pueda capturar a Guo Huaiyi, vivo o muerto, recibirá una recompensa de mil escudos holandeses y dos buenas escopetas! ¡La tropa que llegue primero al arroyo quedará exenta de impuestos durante un año y la que aniquile a los enemigos además recibirá una doble recompensa! –de inmediato Alonso anunció esta notica a los aturdidos guerreros de diversas tribus. Primero les amenazó con la rigurosa ley; luego les tentaba con una buena ganancia. Tanto Daroque como Saran se dieron cuenta de que no había forma de recuperar su dignidad. En tal situación no les quedó otra alternativa que retirarse abatidos.

La batalla de hoy ha durado todo el día. Bajo una recompensa tan substancial, los guerreros de las poblaciones de Backloun, Siaulang, Singang y Mattau continúan persiguiendo a los rebeldes hacia el arroyo del norte. El denso humo y las llamas subieron desde las arrasadas calles paulatinamente, ascendiendo hacia el cielo del sol inclinado. En la media arruinada ciudad Chakam estaban tendidos por todas partes cadáveres de los que habían muerto en el combate. Era muy fácil de reconocer a la gente Han que había muerto en la tierra extraña puesto que les faltaba la cabeza.

Saran se dio cuenta de que Daroque, de repente despojado de su posición, tenía el aspecto calmado y dijo:

–¡Hombre, eres como un fiel perro viejo que ha recibido una patada de su despiadado amo! ¿No estás triste?

–¿Por qué tengo que sentirme triste? ¡Daroque sabía desde hace mucho que era un viejo perro: tarde o temprano sería abandonado sin piedad! ¡Al menos no he defraudado a mi amor de joven! –suspiró Daroque complacido.

–¡Ya es la edad de volver a cuidar el campo de taros! –le consoló Saran.

–¡Solo que parece que Guo Huaiyi y sus hombres no se rinden! –dijo Daroque.

–¡Esta época no depende de nosotros! –dijo Saran.

–¡Lo peor es que Guo Huaiyi vaya en contra de la voluntad de Arana, insistiendo en luchar hasta final! –dijo Daroque.

–¡Eso debe ser la calamidad de los emigrantes! Dicen que los rebeldes cautivados serán conducidos a la ciudad Zeelandia y condenados a garrote –Saran miró al cielo de la ciudad Chakam que estaba cubierto casi por completo por los densos humos.

–¿No se ha cumplido tu presagio del sueño? –preguntó Daroque seriamente.

Saran volvió la cabeza y miró a Daroque fijamente con los ojos bien abiertos, para después de un largo rato decir:

–¿Te acuerdas todavía?

–¡Sí! La bruja dijo que la gente Han se convertirá en el amo de esta tierra. ¡No lo creo, más aún, estoy luchando contra este presagio toda la vida!

–¡Eso! ¡Para nuestra sorpresa el presagio de la bruja no se ha cumplido! –murmuró Saran.

–¡Después del combate de hoy, me temo que no habrá oportunidad de que se cumpla! –dijo Daroque con calma.

El combate cerca del río ha permanecido estancado durante varios días. Con el río de por medio, es más fácil defender y más difícil de atacar para los dos bandos. Cinco o seis mil pequeñas artillerías ligeras están dispuestas a lo largo de la orilla sur del río, coordinando con el equipo de escopetas que continuamente abren fuego contra los rebeldes que se reunieron en la orilla enfrente. Al final, los guerreros de las cuatro poblaciones se reunieron en la orilla y cruzaron el río a la fuerza, de esta manera acabaron con la gente Han que resistía. El único instrumento para ellos al cruzar el río es un ligero y flotable calabacino. Lo llevan en la espalda, es flexible y rápido. No es fácil ser detectado al cruzar el río. A diferencia del equipo de escopetas de los pelirrojos, si no los transportan en el barco, muy posiblemente las escopetas se mojarían por el agua del río y no podrían disparar. Si los llevan los barcos entonces serían muy fácil ser objetos de fuegos desde la otra orilla. Los pelirrojos han intentado varias veces cruzar el río, pero han sido derrotados por los rebeldes de la otra orilla. Al final, han sido los guerreros quienes han cruzado el río y atacando por sorpresa, de esta manera terminó la guerra contra los holandeses que duró medio mes.

Guo Huaiyi no pudo defender el río, siendo derrotado una y otra vez. Por otra parte, el ejército holandés le persiguió aprovechando la victoria. Al final, Guo Huaiyi murió por una herida de bala. El resto de su ejército fue destruido y huyó hacia la montaña. Durante este medio mes de la rebeldía de Han, la costa Tayouan de Chakam y Siaulang ha sido abrasada por el fuego: no se ha librado ningún lugar.

CAPÍTULO 12
El verdadero amo

Año 1662. Una brumosa tarde primaveral. Un cazador Mattau, tan calmado como un leopardo, apareció en el frondoso campo, cruzando el verde y húmedo campo de taros apresuradamente, llegando a la casa larga en que el Mayor Saran vivía solo y llamó en voz baja:

–¡Mayor Saran, ha pasado algo malo!

Saran sacó un poco la cabeza como para contestar; extrañamente no pronunció ni una palabra. El sol estaba suavemente flotando por encima de la nebulosa bruma.

–¡Mayor! ¡Usted es la persona más sabia de nuestra población! ¡Usted ha sido testigo de grandes acontecimientos! Dicen que la primavera del año pasado, los piratas Han que venían del mar se apoderaron de la ciudad Zeelandia; ahora la han renombrado "Ciudad Royal". ¡Los poderosos holandeses se rindieron de improviso y fueron expulsados fuera de Tayouan! ¡La iglesia y los cuarteles del castillo Mattau están completamente vacíos! Estos poderosos piratas han empezado a entrar en el interior siguiendo la costa, ocupando las poblaciones y aldeas. Además, han declarado que todos los terrenos ahora pertenecen al rey de los piratas, por lo tanto, la gente debe pagar impuestos y ofrecer servicios laborales inmediatamente. ¡La persona que incumpla será eliminada, sea quien sea, incluyendo la gente Han de la misma tribu! –dijo el cazador.

Saran reflexionó durante un momento, sin decir ni una palabra aún; únicamente levantó levemente el rabillo de su ojo y su visión periférica flotó hacia un punto lejano.

Este cazador tan prudente como un leopardo preguntó:

–Estos piratas son muy brutales, ¿nosotros, la población Mattau, nos rendimos o nos retiramos?

El senil Saran se acordó de las palabras que Akiam le había dicho antes:

–¡Hijo mío! ¡Obra con valentía! ¡Es el último desastre de la población Mattau, el dios lo sabía hace mucho! Era cierto el presagio de la bruja (*inibus*). ¡Me he dado cuenta hoy, resulta que eres tú la persona que impide este desastre!

–¡Al nacer ya estabas designado a impedir este desastre! –dijo amablemente, como si en la pradera lejana de delante el alma de Akiam subiera flotando desde bajo tierra.

De repente, Saran se dio cuenta de que ese incendio ocurrido antes de la muerte de Akiam no había sido el último: el desastre de la población Mattau no había concluido. El presagio de la bruja estaba a punto de cumplirse.

Después de la muerte de Guo Huaiyi en la orilla norte del río, apenas un año más tarde, murió Daroque a causa de una enfermedad. Saran se acuerda de lo que dijo su viejo amigo durante un atardecer en una calle llena de hedor de cadáveres, humo y fuego:

–¡Me temo que no habrá oportunidad de llevarlo a cabo! –mientras dijo eso, tenía una expresión apacible y serena.

–Los árboles gigantes se derrumbarán, las inundaciones explotarán, la gente Han se convertirá en el amo de esta tierra. Es cierto el presagio de la vieja bruja. ¡La vieja bruja ha visto el futuro destino! –gritó de pronto el senil Saran.

–¿Qué ha dicho? –el cazador, cauteloso como un leopardo, preguntó horrorizado, con el rostro lleno de perplejidad y angustia.

–El presagio de la vieja bruja decía: "Los invasores talarán los árboles gigantes, las inundaciones serán incontenibles, gran cantidad de rocas y tierra destruirán el Mar Interior Daofong. Ninguna casa ni banco de pesca de la gente Mattau se librará." La vieja bruja además dijo que ella había soñado que el templo de los dioses de los Han se había levantado suntuosamente en el banco de arena del Mar interior. Ellos tenían la intención de quedarse aquí. ¡Al final, nos rendimos y entregamos esta tierra con las dos manos! –el envejecido Saran salió de la casa larga emocionado y agarró firmemente el fuerte brazo de ese cazador.

–¡Huid! ¡Huid igual que los ciervos! ¡Decid a la gente de la población que ya ha llegado el presagio de la bruja! –dijo Saran temblando.

En el año 1662, tras haber conquistado la ciudad Zeelandia, el ejército de Koxinga empezó a eliminar y expulsar a la gente Han y los aborígenes que se habían establecido en el terreno a lo largo de la costa. El terreno adquirido serviría para construir cuarteles y alojar a los soldados.

En el año 1822, el dique del río Zengwen se reventó, los barros se acumularon en Taijiang y la mayor parte del Mar interior se convirtió en tierra.

El lugar donde hoy en día se erige el gran templo Nan Kuen Shen del municipio Beimen del condado Tainán era un banco de arena del Mar Interior Daofong en tiempos antiguos.

Kuen Shen se refiere al pez gigante del mar, o sea la ballena, llamada "*hai-ang*" en boca de los pescadores. El topónimo describe los bancos de arena aflorados en el mar interior similares a los altibajos de los lomos de las ballenas. Al día de hoy, de vez en cuando hay ballenas y delfines que migran por este mar situado fuera de la costa de Tainán, llamado en tiempos antiguos el "mar de huesos de ballena" y el "Mar Interior Daofong".

Daofong: El Mar Interior de Wang Chia-Hsiang
se terminó de imprimir en los talleres de
Ediciones El nido del fénix
el 30 de marzo de 2022.

La edición consta de 1,000 ejemplares,
subvencionados por el Ministerio de Cultura
de la República de China (Taiwán)

Calle Florencia, Manzana 7, Lote 2, casa 6.
Fraccionamiento La Toscana, Cuautitlán,
Estado de México, México. C.P. 54840.

www.ingramcontent.com/pod-product-compliance
Lightning Source LLC
LaVergne TN
LVHW091405190726
843491LV00006B/1277

* 9 7 8 6 0 7 9 9 0 0 4 8 9 *